D0760238

JESÚS

DEEPAK
CHOPRA
JESÚS

SUMA
de letras

Título original: *Jesus: A Story of Enlightenment*

© 2008, Deepak Chopra
© De la traducción: 2008, Guillermina Ruiz

© De esta edición:
Santillana Ediciones Generales, SA de CV
Av. Universidad 767, col. del Valle
CP 03100, Teléfono 5420 7530
www.sumadeletras.com.mx

Diseño de cubierta: Victor Ortiz Pelayo
Fotografía de cubierta: Ruben Eduardo Ortiz Morales
Formación: Oscar Levi
Revisión y lectura de pruebas: Dania Mejía
Cuidado de la edición: Jorge Solís Arenazas

Primera edición: mayo de 2009

ISBN: 978-607-11-0190-7
ISBN: (tapa dura) 978-607-11-0191-4
Impreso en México

Nota de autor

Este libro no trata del Jesús del Nuevo Testamento, sino del que quedó fuera. Los autores de los evangelios no dicen nada de la etapa conocida como "años perdidos", que comprende la vida de Jesús entre los doce y los treinta años. En realidad, Jesús desaparece en ese periodo, y el único episodio que protagoniza después de su nacimiento es aquel (narrado únicamente en el evangelio de Lucas) en el que, con doce años, se separa de sus padres durante la Pascua en Jerusalén. José y María de regreso a casa se dan cuenta de lo que ha pasado. Nerviosos, vuelven sobre sus pasos y encuentran a su hijo Yeshúa (tal es el nombre de Jesús en hebreo) en plena discusión acerca de Dios con los sacerdotes del templo. Salvo por esa mención excepcional, la infancia y juventud de Jesús son casi un misterio.

Aun así, hay otro Jesús que ha quedado fuera del Nuevo Testamento: el Jesús iluminado. En mi opinión, su ausencia ha socavado profundamente la fe cristiana porque, por excepcional que sea Cristo, convertirlo en el único Hijo de Dios deja al resto de la humanidad abandonada a su suerte. Un abismo enorme separa la santidad de Jesús de nuestra naturaleza común y corriente. Millones de cristianos aceptan esa división, que, en realidad, no tendría que existir. ¿Y si Jesús quería que sus seguidores —y nosotros— alcanzáramos la misma unidad con Dios que él alcanzó?

Mi novela se basa en la premisa de que eso era precisamente lo que quería Jesús. Siguiendo al joven que busca a lo largo de su camino desde Nazaret hasta convertirse en Cristo, he trazado un mapa de la iluminación. No ha sido necesario inventar el mapa: la iluminación ha existido en todas las eras. El camino desde el sufrimiento y la separación a la dicha y la unidad con Dios está bien marcado. Sitúo a Jesús en ese sendero porque creo que él lo recorrió. De más está decir que muchos cristianos confirmados van a discrepar, a veces con violencia. Ellos quieren que Jesús siga siendo irrepetible, el único hombre que también fue Dios. Pero si Jesús es del mundo, como yo creo que es, su historia no puede excluir a todos los que han llegado a la conciencia divina. En esta novela, Jesús sigue siendo un salvador, pero no es *el* salvador.

Al principio, no me sentí cómodo escribiendo una novela sobre los años perdidos. Es inconcebible plantear una nueva escritura y, si uno decide presentar a Jesús en un tono secular, corre el riesgo de negarle el papel sagrado que tuvo, que es completamente real. Yo quería darles a los cristianos creyentes —y a todos los que buscan— incluso más motivos para la inspiración. A tal fin, hay que traer a Jesús al plano de la vida cotidiana. Él se preocupa por la violencia y el descontento; duda si Dios está escuchando o no; se pregunta "¿quién soy?" con intensidad. Mi intención no era, de ningún modo, contradecir las enseñanzas de Jesús que figuran en la Biblia, sino más bien imaginar cómo llegó a ellas.

Entonces, ¿cómo era Jesús en su etapa de joven inseguro y dubitativo en busca de la verdad? Yo barajé varias posibilidades. Podría haber pretendido que se trataba de una biografía perdida. Pero las biografías tienen que basarse en hechos y, en este caso, conocemos pocos hechos: el nombre de los familiares de Jesús y poco más. ¿Sabía leer Jesús? ¿Cuánto sabía de la Torá? ¿Vivía alejado de la cultura romana o se mezclaba libremente con los colonizadores y soldados imperiales? Nadie puede responder a esas preguntas con certeza.

Algunos estudios recientes incluso dudan de que Jesús fuera carpintero; algunas autoridades en la materia sostienen que era más probable que el padre de Jesús, José, fuese picapedrero o "artesano" en general, como se llamaba en aquella época a quienes hacían todo tipo de trabajo manual. En todo caso, el Nuevo Testamento tampoco es biográfico: es un argumento tendencioso de por qué un viajero carismático era en realidad el mesías tan esperado, y fue escrito en épocas turbulentas, cuando otros candidatos a mesías proclamaban su verdad con la misma vehemencia.

Otra posibilidad que contemplé fue escribir una especie de relato fantástico de tinte espiritual, dejando que mi imaginación volara libremente. Los relatos fantásticos de ese tipo no tienen límites, porque no hay hechos que los restrinjan. Jesús podría haber sido un aprendiz de mago en un taller de Éfeso o haber visitado el Partenón para sentarse a los pies de los herederos de Platón. Pero esa opción parecía una impertinencia.

Por último, podría haber tomado al viejo y querido Jesús de los evangelios y trabajar hacia atrás. Eso hubiera sido lo más seguro, una especie de "joven Indiana Jones" que nos impulsa a tomarle el gusto al héroe que, sabemos, está por venir. Si los evangelios nos muestran a un hombre lleno de amor, compasión, bondad y sabiduría, cabría pensar que empezó siendo un muchacho inclinado prodigiosamente al amor, la bondad, la compasión y la sabiduría. Con el tiempo, esos rasgos habrían florecido hasta que llegase el día en que, a los treinta años, más o menos, Cristo irrumpiese en escena pidiéndole a su primo Juan que lo bautizara en el Jordán.

Estudiando todas esas posibilidades, me di cuenta de que había quedado fuera de la Biblia más de un Jesús. Tenía sentido, entonces, rescatar al que había sido más crucial, el Jesús fundamental que implora ser conocido. Para mí, ese Jesús no es una persona, sino un estado de conciencia. La forma en que Jesús logró la unidad con Dios fue un proceso que tuvo lugar en la mente. Visto desde la perspectiva del Buda o los antiguos *rishis* ("profetas") de la India, Jesús alcanzó la iluminación. Ése es el tema que me ocupa verdaderamente: un joven con el potencial de convertirse en el salvador descubrió ese potencial y después aprendió a ejercerlo.

Espero poder satisfacer la curiosidad más íntima de todos los lectores. ¿Qué se siente al estar unido con

Dios? ¿Podemos seguir nosotros el mismo camino que Jesús? Yo creo que sí. Jesús fue un maestro de la conciencia elevada, no sólo un perfecto ejemplo de ella. Les dijo a sus discípulos que ellos harían todo lo que él podía hacer y más. Los llamó la "luz del mundo", el mismo término que usaba para sí. Señaló al reino de los cielos como un estado de gracia eterna, no un lugar lejano escondido encima de las nubes.

En pocas palabras, el Jesús que quedó fuera del Nuevo Testamento resultó ser, en muchos aspectos, el Jesús más importante para los tiempos modernos. Su deseo de encontrar la salvación resuena en todos los corazones. Si no fuera así, la corta vida de un rabino, controvertido y bastante despreciado, en la periferia de la sociedad judía del siglo I no hubiese significado mucho. Sin embargo, como todos sabemos, ese rabino oscuro quedó envuelto para siempre en el mito y el simbolismo. Yo no quería que el Jesús de esta novela fuese venerado, y mucho menos proponerlo como el Jesús definitivo. Los hechos de esta historia son ficción pura. Pero, en un nivel más profundo, siento que Jesús es real porque alcancé a ver el interior de su mente. La oportunidad de comprender, por ínfima que sea, responde muchas plegarias. Espero que los lectores sientan lo mismo.

Deepak Chopra,
Mayo de 2008

EL QUE BUSCA

Primera parte

1

El forastero de la nieve

—¡Un caballo! —gritó el muchacho del templo mientras entraba corriendo y trataba de recobrar el aliento—. Rápido, ven a ver.

—¿Por qué? —pregunté sin levantar la vista. Estaba escribiendo, como todas las mañanas. Mis garabatos nunca salían de esa choza oscura, medio en ruinas, pero eso no tiene importancia.

—Porque es enorme. Apresúrate, alguien podría robarlo.

—¿Antes que tú, quieres decir? —El muchacho estaba tan exaltado que no dejaba de tirar al suelo el agua caliente del balde que llevaba. Tenía permiso para invadir la choza y prepararme el baño después del atardecer. Le fruncí el ceño—. ¿Y que pasó con la indiferencia?

—¿Qué? —preguntó él.

—Pensé que el sacerdote te estaba enseñando a no exaltarte tanto.

—Eso era antes de que apareciera el caballo.

Si uno ha nacido en lo alto de estas montañas, un caballo perdido es todo un acontecimiento. ¿De dónde vendría aquél? Probablemente de la parte occidental del imperio, donde crían enormes sementales negros. Los lugareños conocían a los animales por la brújula: los elefantes vienen del sur, donde empieza la jungla, y los camellos, del desierto del este. En todos mis viajes, había visto uno solo de esos monstruos grises, que son como paredes que caminan.

Del norte, a través de los desfiladeros, venían unos ponis pequeños, peludos, que eran muy comunes; los comerciantes usaban ponis para llegar a las aldeas con sus mercancías: cáñamo, seda, incienso, sal, cecina y harina, es decir, lo imprescindible, además de la seda para adornar a una novia en su dicha o envolver un cadáver en su desgracia.

Puse el pincel cargado de tinta en su soporte y me froté los dedos negros.

—Va a ser mejor que dejes ese balde en el suelo antes de que nos ahogues a los dos —dije—. Después trae mi manto.

En el exterior, una tormenta que había bajado de repente de los altos riscos durante la noche golpeaba los cueros estirados contra las ventanas de mi choza, dejando otros treinta centímetros de nieve reciente. Salí y miré a mi alrededor.

"Aquí hay algo más que un caballo", pensé.

El chico del templo no se aguantó y salió corriendo por el sendero sin esperarme.

—¡Busca al forastero! —grité.

El chico se dio la vuelta enseguida. Yo tenía el viento a favor y, por la altura, mis gritos se oían a gran distancia.

—¿Qué forastero? —respondió el chico.

—El que se cayó del caballo. Ve a buscarlo. Búscalo bien y no pierdas el tiempo.

El chico del templo dudó. Prefería quedarse embobado mirando al enorme y magnífico animal, aunque buscar un cuerpo en la nieve tenía su propio encanto. Asintió, giró en un recodo y se perdió de vista. Las rocas que había a ambos lados del sendero eran tan grandes que bastaban para que un adulto desapareciera tras ellas, con más razón un muchachito escuálido.

Avancé despacio detrás de él, pero no por la edad. No sé qué edad tengo —es algo que dejó de importarme hace mucho tiempo—, pero todavía puedo moverme sin que mis huesos rechinen.

Yo había predicho la presencia del misterioso forastero dos días antes, pero no la tormenta nocturna. La nieve no lo iba a matar, aunque sí era probable que la ráfaga de aire gélido que venía aullando desde los picos acabara con él. Nadie que viene de abajo espera encontrarse con semejante frío. Yo he ayudado a los aldeanos a rescatar a los viajeros en apuros que han tenido buena fortuna: solamente se les ponen negros la nariz y los dedos de los pies. Después de ser arrastrados a un lugar protegido están entumecidos, al principio, pero empiezan a gritar de dolor tan pronto como los hacen entrar en calor.

Todos los de mi valle tienen un enorme respeto por los altos picos y sus peligros. Pero también veneran a las montañas, que les recuerdan lo cerca que está el cielo. Yo no necesito el consuelo del cielo.

Los aldeanos no volvieron a buscarme para rescatar a nadie: les molestaba que un viejo asceta que parecía una estatua torcida de teca pudiera caminar descalzo mientras que ellos tenían los pies envueltos en trapos y capas de piel de cabra. En las largas noches de invierno, apiñados unos contra otros, debatían justamente eso, y llegaron a la conclusión de que yo había hecho un pacto con un demonio. Como había miles de demonios locales, sobraban algunos para cuidarme los pies.

Bajé por el sendero hasta que oí un sonido débil y distante en el viento, más un chillido de roedor que la voz de un chico. Pero entendí lo que significaba. Me desvié hacia la izquierda, de donde procedía el sonido, y apuré el paso. Tenía un interés personal en encontrar al forastero con vida.

Lo que encontré al llegar a la siguiente cumbre fue un montículo en la nieve; el chico del templo lo miraba fijamente, pero el montículo no se movía.

—He esperado a que llegaras antes de darle una patada —dijo. Tenía en la cara esa mezcla de terror y deleite que invade a la gente cuando cree haber descubierto un cadáver.

—Escúchame. No le desees la muerte. No ayuda en lo más mínimo —le advertí.

En vez de patear el montículo, el chico se arrodilló y empezó a sacar la nieve furiosamente con las manos. El forastero se las había arreglado para enterrarse debajo de una capa de nieve de unos treinta centímetros, pero eso no era tan sorprendente como otra cosa: cuando finalmente pude ver el contorno de su cuerpo, noté que el hombre estaba de rodillas con las manos entrecruzadas bajo el mentón. El chico no había visto nunca a nadie en esa posición.

—¿Se quedó helado así? —preguntó.

No contesté. Al mirar el cuerpo, me impresionó que alguien se quedara rezando a punto de morirse. La postura también me indicó que era judío porque, más hacia el este, los religiosos no se arrodillan para rezar, sino que se sientan con las piernas cruzadas.

Le dije al chico que corriera a la aldea a buscar un trineo y él obedeció sin chistar. La verdad es que podríamos haber llevado el cuerpo entre los dos, pero yo necesitaba estar solo. En cuanto el muchacho del templo desapareció, acerqué la boca a la oreja del forastero, que todavía presentaba un color rosa vivo aunque estuviera cubierta de escarcha.

—Muévete —susurré—. Sé quién eres.

Durante un instante no pasó nada. Todo indicaba que el forastero seguía congelado, pero no lo abracé para darle calor con mi propio cuerpo: si ése era el visitante que yo estaba esperando, no era necesario. Sin embargo, hice una pequeña concesión: llamé al forastero por su nombre.

—Jesús, despierta.

La mayoría de las almas reacciona cuando uno las llama por su nombre. Unas pocas incluso vuelven del valle de la muerte. El forastero se movió, ligeramente al principio, apenas lo suficiente para sacudir unos copos de nieve del pelo enmarañado de escarcha. No era cuestión de descongelarse. Los seres humanos no son como las carpas, que se pasan todo el invierno suspendidas en el hielo y no se retuercen para volver a la vida hasta la primavera, cuando se deshielan los lagos. El forastero había deseado con todas sus fuerzas quedarse completamente quieto y ahora deseaba con todas sus fuerzas volver a moverse. Si yo hubiera dejado que el chico presenciara la escena, él habría quedado convencido de que yo estaba haciendo magia negra.

Jesús levantó la cabeza y miró fijamente sin comprender. Todavía no había vuelto del todo a este mundo. Poco a poco, empezó a distinguirme.

—¿Quién eres? —preguntó.

—No importa —respondí. Traté de ayudarle a ponerse de pie. Jesús se resistió.

—He venido a ver a un hombre en especial. Si no eres ese hombre, vete. —Jesús era fuerte y fibroso, incluso después de un viaje tan arduo y, al resistirse, me hizo retroceder. No preguntó por su caballo. La lengua que hablaba era un griego ordinario, del tipo que se usa en los mercados de la parte occidental del imperio. Lo habría asimilado en sus viajes. Yo sabía algo de griego, aprendido de los comerciantes cuando tenía la edad del forastero, unos veinticinco años, más o menos.

—No seas terco —dije—. He escarbado en la nieve para sacarte. ¿Qué otra persona se iba a tomar la molestia de hacerlo en un vulgar montículo?

Jesús seguía desconfiando.

—¿Cómo has averiguado mi nombre?

—Tu pregunta se contesta sola —dije—. El hombre que buscas sabría tu nombre sin preguntar.

Ahora Jesús sonreía y entre los dos, a la fuerza, estiramos sus rodillas, rígidas del frío. Se puso de pie, tembloroso, pero enseguida cayó contra mi hombro.

—Un momento —dijo.

En ese momento lo medí. Yo les llevaba media cabeza a los aldeanos de la montaña y Jesús me llevaba otro tanto a mí. Tenía la barba y el pelo muy cortos, oscuros; no estaban recortados con cuidado sino irregulares, como los de un viajero sin tiempo para los detalles. Los ojos castaños parecían más oscuros de lo habitual en contraste con la piel pálida. Es decir, pálida en comparación con los que están calcinados por el sol en las alturas, donde todos terminan como odres de cuero.

Jesús me dejó que lo ayudara a subir a la montaña apoyado en mi hombro, lo que me indicaba que ahora confiaba en mí. No volvió a preguntar mi nombre, gesto sutil que tomé como señal de que lo sabía de antemano. Yo prefiero ocultarme en el anonimato; si uno quiere la soledad absoluta, no debe decir su nombre a nadie ni preguntárselo jamás a ninguna otra persona. Los aldeanos no sabían mi nombre, aun después de años de cercanía, y yo me olvidaba del de ellos tan pronto como lo escuchaba, incluso el del muchacho del templo. A veces le llamaba "Gato", porque su trabajo era cazar las ratas de campo que entraban al templo atraídas por el incienso y el aceite.

Después de medio kilómetro, Jesús se enderezó y caminó solo. Un instante más tarde, rompió el silencio.

—He oído hablar de ti. Dicen que sabes todo.

—No, no dicen eso. Dicen que soy un torpe idiota o un adorador del demonio. Dime la verdad. Tuviste una visión en la que aparecía yo —Jesús parecía sorprendido—. No tienes que ocultarme lo que sabes —dije, mirándolo a los ojos—. Yo no tengo nada oculto. Si tienes ojos, verás.

Él asintió. Ahora la confianza entre nosotros era absoluta. Enseguida llegamos a mi casa, azotada por el viento. Una vez dentro, metí la mano entre las vigas del techo y bajé un paquete envuelto en trapos sucios.

—Té —dije—. Té de verdad, no los tallos de cebada secos que usan en este lugar.

Puse a hervir en el brasero una tetera con nieve derretida. Hizo un fuego humeante porque diariamente yo usaba estiércol seco como combustible. El suelo de la choza estaba cubierto del mismo estiércol mezclado con paja. Cada primavera venían unas mujeres a poner una capa nueva.

Jesús se puso en cuclillas en el suelo, como un campesino, y observó. Si yo realmente fuera tan sabio, tendría que saber si Jesús había aprendido a sentarse así entre su gente o en sus largos viajes. Después del aire puro del exterior, los ojos del visitante lloraban por el humo. Descorrí uno de los cueros secos que cubrían la ventana para que entrara un poco de aire.

—Uno se acostumbra —admití.

No tenía intención de anotar la visita, aunque había tenido sólo un puñado como ésa en veinte años. A simple vista, Jesús no tenía nada de especial. Es probable que la superstición de los ignorantes convierta en monstruos y gigantes a quienes tienen un destino especial. La realidad es diferente. ¿Eran los ojos de Jesús profundos como el mar y oscuros como la eternidad? No. Para el iniciado, había algo en su mirada que no podían expresar las palabras, pero lo mismo pasa con una joven aldeana, pobre hasta la desesperación, que al ver a su recién nacido por primera vez se colma de amor. Un alma es todas las almas; nos negamos a verlo, nada más.

Con la misma lógica, todas las palabras son palabras de Dios. Las personas se niegan también a ver eso. Jesús hablaba como todo el mundo, pero no todo el mundo hablaba como Jesús, lo cual es un misterio.

Durante esa primera hora, los dos tomamos nuestro té negro, fuerte y bien hecho en honor al visitante, y no poco cargado, como yo lo tomaba habitualmente. La provisión me tenía que durar todo el invierno.

—Creo que entiendo tu problema —dije.

—¿Mi razón para venir a buscarte, quieres decir? —preguntó Jesús.

—Es lo mismo, ¿no? Tú encontraste a Dios y no fue suficiente. Nunca es suficiente. No hay peor hambre que el hambre eterna.

Jesús no parecía sorprendido. El hombre a quien buscaba hablaría así, sin hacer preguntas preliminares. Y yo ya había visto a unos cuantos jóvenes febriles llegados a la montaña con sus visiones, que, tras apagarse, se marcharon muy rápido llevándose consigo sus visiones convertidas en cenizas.

—Una cosa es encontrar a Dios —afirmé—. Otra es convertirse en Dios. ¿No es eso lo que quieres?

Jesús parecía asustado. A diferencia de los otros jóvenes inquietos, él no me había encontrado por propia voluntad, sino porque algo invisible lo había guiado, llevado de la mano como a un niño.

—Yo no lo diría de esa manera —dijo con sobriedad.

—¿Por qué no? A estas alturas no puedes estar preocupado por la blasfemia —me reí y me salió como un ladrido corto, suave—. Ya te han acusado de blasfemo cientos de veces. No te preocupes. Nadie te está vigilando. Cuando yo cierro la puerta, hasta los dioses del lugar tienen que quedarse afuera.

—El mío no.

Después de ese intercambio, no hablamos más. Nos quedamos sentados en silencio mientras la tetera silbaba sobre el brasero. El silencio no es un espacio vacío. Es la posibilidad preñada de lo que está por nacer. El silencio es el misterio al que yo me dedico. Silencio y luz. Así que no me costó nada reconocer la luz que Jesús traía consigo.

Sin embargo, había algo más. Su camino se había trazado antes de que él naciera. Todavía era joven y apenas había alcanzado a ver un trecho. Pero era posible que hubiera otro capaz de ver todo el camino sin lágrimas en los ojos. Ésa era la razón por la que Jesús había sido guiado a través de la tormenta de nieve: para entretejer su visión con la mía.

Se quedó dormido allí sentado, vencido por el agotamiento. A la mañana siguiente, empezó a contarme su historia. Mientras fluían las palabras, el frío y la oscuridad de la choza hacían que su relato pareciera irreal. Pero eso era de esperar: hacía tiempo que Jesús sospechaba estar viviendo en un sueño.

Yo escuché la historia y, en mi mente, vi mucho más. Escuchen y juzguen por ustedes mismos.

Capítulo
2
Los dos Judas

La voz atronadora llenó el granero de piedra hasta las vigas.

—¿Qué decisión van a tomar, hermanos? La próxima vez que los soldados invadan su aldea, ¿van a ser como la serpiente, que muerde cuando la pisan? ¿O como la tortuga, que se esconde en su caparazón y reza para que no la aplasten a pisotones?

El orador hizo una pausa; sabía que el temor dominaba a aquellos galileos. Aunque no era más alto que aquellos que lo escuchaban, estaba erguido, mientras que ellos estaban encorvados como perros que esperan un latigazo. Dio una patada en el suelo y levantó una nube de paja que resplandeció como oro opaco a la luz del candil.

—Todos ustedes me conocen por mi reputación —dijo—. Soy Simón, el hijo de Judas de Galilea. ¿Qué significa eso para ustedes?

—Significa que eres un asesino —gritó una voz desde las sombras. El granero estaba oscuro, excepto por un único candil cubierto. Los romanos pagaban bien a sus informantes y las reuniones secretas de los rebeldes eran delitos que se castigaban con la muerte.

—¿Asesino? —se burló Simón—. Yo hago sacrificios justificados.

—Tú asesinas sacerdotes —lo corrigió la misma voz.

Simón entrecerró los ojos para tratar de distinguir más claramente en la oscuridad al que hablaba. Por cada diez hombres que se animaban a entrar a escondidas en una reunión, por lo general no había ni uno que realmente se uniera a la causa de los rebeldes. Esa noche, el grupo que estaba apretujado en un granero abandonado de las afueras de Nazaret no era muy diferente. El tono del zelote se hizo más fuerte.

—El asesinato va en contra de la ley de Dios. Nosotros eliminamos a los colaboracionistas. Cualquiera que colabore con Roma es enemigo de los judíos. Los enemigos de los judíos son enemigos de Dios. ¿Niegan eso?

Esta vez, nadie gritó nada como respuesta. Simón despreciaba la cobardía de esos galileos, pero también los necesitaba. Eran habitantes de aldeas remotas, acechados por el espectro del hambre. Cuatro de cada diez niños morían antes de cumplir los cinco años. Las familias a duras penas tenían lo indispensable para vivir en los cerros, entre olivos torcidos y campos de trigo resecos. Era la única existencia que conocían.

El hombre que había llamado asesino a Simón no era Jesús, pero Jesús estaba allí. Se encontraba de pie junto a su hermano Santiago, que no podía esperar a unirse a los rebeldes. Habían estado discutiendo toda la mañana sobre asistir o no.

—Ven a escuchar, aunque sólo sea eso —le rogó Santiago—. No tienes que hacer nada.

—Ir a sus reuniones es hacer algo —respondió Jesús.

Lo cual era cierto desde el punto de vista de los romanos. Pero cuando Santiago amenazó con ir sin él, Jesús, como hermano mayor, se sintió obligado a acompañarlo. El granero de piedra era frío de noche. Olía a paja y a nidos de rata.

Simón levantó la mano en un gesto conciliador.

—Ya sé, lo único que quieren es vivir en paz y yo les traigo una espada, la espada de Judas, mi padre. ¿Ustedes nos llaman "los hombres de los puñales"? Los puñales son sólo el principio.

Con un gesto exagerado, sacó una espada legionaria debajo de la capa. Simón oyó gritos ahogados. Incluso bajo el resplandor de la luz amortiguada del farol tapado se notaba que era acero romano. La levantó en alto.

—¿Tenemos tanto miedo que ante la simple visión de un arma del enemigo nos meamos encima? Esta espada no se le cayó a ningún soldado. No se la olvidaron en ninguna taberna después de una pelea de borrachos. Esta espada se ganó en un combate mano a mano. La ganó uno de nosotros… la ganó un judío. —Se adelantó hasta el hombre que tenía más cerca—. Vamos, tócala, huélela. Tiene todavía la sangre del enemigo. —Levantó la voz y miró fijamente a los hombres que estaban en la habitación—. Que todo el mundo la toque.

Jesús intentó asir el brazo de su hermano.

—Vámonos.

—¡No! —susurró Santiago, pero en un tono feroz. Ninguno de los dos había tocado una espada en su vida. El único metal que conocían era el azadón o el hacha y el cincel del obrero. Ahora la espada se acercaba más aún.

—Si la tocas ahora, ¿podrás olvidar su roce alguna vez? —preguntó Jesús. Con veinte años, ya hacía cinco que se lo consideraba un hombre, y aun así ninguno de sus hermanos le hacía caso.

Simón miraba con satisfacción cómo pasaba el arma de mano en mano. La espada romana era su ardid más poderoso. Las manos ásperas podían captar lo que las mentes simples no. Sin embargo, no estaba diciendo la verdad: en realidad, la espada había quedado olvidada en una taberna de Damasco y alguien se la había vendido al movimiento clandestino. La sangre que embadurnaba la espada era sangre de conejo, que él aplicaba de vez en cuando, cuando lograba cazar uno para la cena. Pero a estos galileos tenía que contarles algo que los incitara. Tanto si se unían a él como si huían, recordarían la imagen de una espada capturada, untada con sangre del enemigo.

Jesús era uno de los que recordaba. Y eligió los pormenores de esa noche para empezar la historia que me relató.

Él estaba de pie, nervioso, detrás del grupo. No tenía miedo de estar allí con un rebelde zelote, pero quería que, por su propio bien, Santiago, su impetuoso hermano menor, tuviera miedo.

La espada había llegado hasta ellos y Santiago se la alcanzó a Jesús.

—Tómala —susurró. La hoja, corta y roma, era más pesada de lo que parecía, lo que revelaba que había pertenecido a un soldado común de a pie.

Jesús había visto dagas robadas desde que era niño y, a veces, también una funda o yelmo romanos. Robar a los invasores garantizaba el respeto de los demás chicos. Él sospechaba que la espada era fruto del saqueo y no un botín de guerra.

—Tráela aquí —ordenó Simón.

Jesús no se había dado cuenta de que era el último de la fila. Trató de pasar la espada por encima de la cabeza del granjero que estaba delante de él.

—No, tráela tú mismo —dijo el zelote. Jesús hizo lo que ordenaban, manteniendo la vista baja. Su intento de pasar inadvertido había fallado—. Quiero verte después de que todos se hayan ido —murmuró Simón en voz baja, con la mirada fija en Jesús.

Nadie oyó exactamente lo que dijo y Santiago estaba ansioso por averiguarlo. Jesús se negó a satisfacer su curiosidad. El granero tenía una sola salida y Simón la bloqueó en cuanto se dispersó el grupo. Su cuerpo bajo, rechoncho y fuerte era tan imposible de franquear como una roca enorme.

—Yo los conozco —dijo Simón—. Son hijos de David. —Ése era el tipo de elogio exagerado que funcionaba bien con los campesinos simplones.

Pero Jesús dijo:

—Los hijos del rey no hacen reuniones secretas en un granero. ¿Por qué nos elegiste a nosotros dos?

—Porque tengo ojos. Esos otros son judíos de nombre, nada más, pero ustedes no.

—Puedes ver lo que quieras —dijo Jesús. Notaba a su hermano menor cada vez más exaltado e irritado.

—En nuestra aldea hay muertes todos los días —saltó Santiago—. ¿Por qué los rebeldes no hacen algo al respecto?

—¿Qué es lo que los está matando? —preguntó Simón.

—Los romanos nos chupan la sangre con los impuestos; ya antes de ellos casi no teníamos suficiente comida para nosotros.

Simón sonrió. Una oportunidad. Ése era el momento que justificaba su vida dura, clandestina. Los rebeldes siempre iban de un lado a otro a lo largo de las tierras ocupadas de Palestina, durmiendo en graneros o detrás de los montones de heno. Era muy raro que un granjero alojara a un zelote: corría el riesgo de que, como represalia, le quemaran la casa hasta los cimientos.

—Tus preguntas son buenas —dijo Simón—. Mi padre te las puede responder. ¿Te gustaría conocerlo? Puedo llevarte allí esta noche.

Santiago quiso aceptar la oferta inmediatamente. El padre de Simón, Judas de Galilea, era el alma de la rebelión. De pelo oscuro como un oso, había venido de Gamala, una aldea no más grande que Nazaret, de unos quinientos habitantes como máximo. Desde que había nacido, Santiago había visto a los zelotes levantarse de la tierra como fantasmas, atacando en todas partes, incluso dentro del templo de Jerusalén. Pero no eran fantasmas: eran hijos del cerebro de Judas y las armas de su voluntad.

Simón notó que el joven miraba, nervioso, a su hermano mayor, que permanecía indiferente.

—Judas es el hombre más grande que existe, es el sucesor de los profetas —alardeó Santiago.

El hermano mayor dijo lo que pensaba:

—¿Necesitamos otro profeta que presagie muerte? Ese pozo no se ha secado, se vuelve a llenar con cada generación.

—Mira a tu alrededor. Los judíos ya conocen la muerte —dijo Simón—. No necesitamos que un profeta nos cuente eso. Necesitamos uno que pueda liberarnos: ése es mi padre. A menos que tú sigas soñando con el mesías, que siempre llega mañana.

El mayor no se dejaba convencer.

—Dices que tu padre es nuestro salvador. ¿Qué clase de salvador se vale de la destrucción para terminar con la destrucción? —dijo.

Jesús no necesitaba explicar el sentido de sus palabras. Los zelotes acababan de redoblar su campaña terrorista. Sus "hombres de los puñales" habían asesinado a varios sacerdotes de alto rango en Jerusalén y ahora amenazaban con asesinar a cualquier judío que cooperara con los romanos, incluso al más pobre de los granjeros.

Simón extendió las manos.

—No voy a discutir con ustedes. Vengan y vean con sus propios ojos. Mi padre está escondido en un lugar donde los invasores nunca lo van a encontrar. Es más seguro visitarlo a él que venir aquí.

Sentía que el más joven titubeaba, pero apenas tenía quince años. El mayor sería la gran adquisición, si lograba convencerlo de que se sumara a la causa.

Jesús dudó. Sabía que si rechazaba la invitación, Santiago nunca lo iba a perdonar. Los zelotes habían dividido a la comunidad. Por cada judío que los consideraba asesinos despiadados, había otro que los veía como héroes en la lucha contra el opresor. Santiago se inclinaba más hacia el segundo bando y era muy probable que si Jesús se interponía en su camino, se escapara con tal de unirse a ellos. Por otro lado, existía la ley. La ley de Moisés no prohibía matar al enemigo. Había que obedecer el mandamiento de no matar, pero no cuando se trataba de sobrevivir y ¿no estaban los judíos al borde del exterminio?

Ésas no eran razones suficientes para conocer al jefe de los rebeldes. Jesús se debatía entre las dos opciones, pero no podía abandonar a un miembro de la familia, si bien ir directo a la boca del lobo era igual de malo. Después pronunció la frase que más le costó en su vida:

—Soy Jesús. Éste es mi hermano, Santiago. Llévanos a donde tú quieres que vayamos.

Jesús no sabía dónde tenían escondido a Judas de Galilea, pero cuando Simón los guió en la subida hacia los cerros, caminando por senderos tan estrechos que apenas se veían a la trémula luz de la luna, no se sorprendió. Hacía varias generaciones que los judíos venían rebelándose y, ya antes de eso, los densos picos escondían a los contrabandistas y a sus botines de vino de Creta, tintes de Tiro y cualquier otra mercancía que los romanos gravaran con impuestos exorbitantes. Mientras caminaban, Jesús sentía el olor de los árboles resinosos. Su fino oído podía detectar los pies que correteaban y se detenían, alarmados, cuando los tres hombres pasaban cerca. Las piedras sueltas dificultaban el avance. Santiago perdía el equilibrio a cada rato y Jesús tenía que sostenerlo cada vez que tropezaba.

Simón miraba por encima del hombro.

—¿Todo bien ahí atrás?

Santiago asentía. No le pedía que redujera el paso por conservar el orgullo.

Simón se mostraba tan seguro del camino que Jesús se dio cuenta de que los estaban llevando, a él y a Santiago, a un santuario permanente de los zelotes y no a uno de sus refugios ocasionales. Eso quería decir que iban a una cueva. Los romanos podían inspeccionar cualquier vivienda construida por encima de la tierra: la insurrección era un asunto serio y su red de espías y soldados era muy estrecha. Pero las cuevas eran otra cosa, porque había una cantidad innumerable en esos cerros y porque estaban bajo tierra.

Jesús se preguntaba si, en sus andanzas, habría pasado por esa cueva sin descubrir jamás de qué se trataba. En su aldea de Nazaret vivían dos tipos de personas, las de las montañas y las de los caminos, es decir, aquellos que se quedaban en casa y aquellos que viajaban. Quienes sembraban trigo, cultivaban olivos o pastoreaban ovejas se pasaban todo el día en los cerros. (Los viajeros que habían visto los picos nevados del Líbano se habrían burlado si hubiesen considerado montañas los cerros galileos, pero eran elevaciones de todos modos y hacía frío en el invierno.) Desde que Adán y Eva fueron expulsados del paraíso con lágrimas y gemidos, la supervivencia dependía del trabajo entre el polvo. Era lo que exigía Dios como expiación. La gente de los caminos era una pequeña minoría, hombres que caminaban de pueblo en pueblo, buscando cualquier trabajo que pudieran conseguir. A menos que los romanos estuvieran construyendo una villa en las afueras de la ciudad de Séforis, una gigantesca empresa que generaba trabajo durante varios meses seguidos, los tekton ambulantes se podían considerar afortunados si, después de medio día de viaje, conseguían un trabajo de cuatro horas.

Cuando tenía siete años, Jesús había oído que a su padre le llamaban tekton. José lo había llevado de viaje por primera vez, y un comerciante de Macedonia, bajo y rechoncho, había pronunciado esa palabra al señalar una rueda de carro que estaba rota y soltar una orden cortante antes de dar media vuelta sobre sus talones e irse. José empezó a reparar con mucha paciencia el metal retorcido que envolvía el eje de la rueda.

—No le caes bien a ese hombre. ¿Por qué? —preguntó Jesús. Había confundido la palabra tekton, que significa "artesano" en griego, con un insulto, del mismo modo que los romanos soltaban *judaeus* (no podían —o no querían— pronunciar correctamente la palabra hebrea yehudi cuando hablaban con los judíos). José hizo que su hijo sostuviera la rueda con firmeza.

—No vas a dejar que se caiga y nos mate a los dos, ¿verdad? —dijo.

Jesús, resuelto, negó con la cabeza y mantuvo el cuerpo rígido hasta que notó que estaban a punto de doblarse sus rodillas. Después, José empezó a hacer lo que hacen eternamente los padres cuando sus hijos llegan a cierta edad: empezó a explicarle el mundo y el lugar que ellos ocupaban en él.

—Yo soy un artesano y, ahora, tú también. Un día colocamos piedras, reparamos muros caídos, cortamos madera para hacer vigas. Al día siguiente, vamos adonde nos necesiten y, si queremos comer, aprendemos a hacer un suelo de barro, construimos un corral de ovejas con piedras del lugar y medimos una viga para el techo. Dios no nos dio una vida fácil, pero nos entregó el mundo entero para que lo veamos mientras caminamos en busca del próximo trabajo.

Jesús escuchaba y asentía. Desde que tenía memoria, había observado a su padre, paciente y de brazos musculosos, hacer todas esas cosas. José se levantaba antes del amanecer y salía de la casa con la túnica remendada y el delantal de cuero, y volvía tan tarde como fuera necesario. Todos los artesanos vivían de esa forma y las historias que traían consigo a su regreso pintaban la única imagen del mundo que conocían los nazarenos, a excepción de las historias de Moisés y Abraham y sus descendientes, que estaban en el Tanaj, las sagradas escrituras.

Como sus familiares eran gente de los caminos, Jesús tendría que haberse sentido desconcertado con esos senderos torcidos e iluminados por la luna, como trazados por la mano de un escriba senil. Pero él era poco común: era tanto de las montañas como de los caminos. Santiago, por otro lado, nunca se había aventurado tan alto. Jadeaba con fuerza y sus ojos escudriñaban el cielo, nerviosos, para ver si había alguna nube que tapase la luna y sumiera los bosques en la oscuridad total. Jesús oyó un sonido nocturno, el susurro de las alas de los murciélagos muy cerca de sus cabezas.

—Hay un redil, más arriba, en una cueva grande —dijo.

Sin mirar hacia atrás, Simón asintió. Era habitual, durante los meses de pastoreo, poner una pared baja de piedra en la entrada de una cueva para encerrar a las ovejas de noche. Jesús había oído el murmullo, el sonido nervioso de los animales mansos que soñaban con lobos. Un instante después, vio el redil. El sendero llevaba directamente a la entrada de una cueva enorme, en la que brillaban unas brasas de un tenue anaranjado en la oscuridad. Simón echó un rápido vistazo hacia atrás para advertir a los hermanos que guardaran silencio. Acostumbrados a las montañas, él y Jesús podían silenciar sus pasos a voluntad, moviéndose furtivamente a través de la maleza y las ramitas caídas. Santiago no tenía esa habilidad, y a pesar de que sus pisadas quebraban apenas alguna que otra pequeña ramita, el chasquido bastaba para despertar a un pastor semidormido.

—Apresúrense —les ordenó Simón entre dientes. Si Simón tenía miedo de los pastores que cuidaban las ovejas, entonces no eran señuelos. Como el invierno ya ponía fin a la época de pastoreo, estaban envueltos con varias mantas, aislados del frío y del ruido de los intrusos—. Por aquí —susurró Simón.

Al principio, no se veía ningún "aquí", pero despúes Jesús divisó, a través del espeso sotobosque, un segundo acceso a la cueva. Esa entrada apenas llegaba a la rodilla; una negrura abierta que casi no se distinguía de las tinieblas propias de la noche. Él y Santiago se tiraron al suelo, guiados por Simón, y entraron a rastras por la abertura. Siguieron gateando por una superficie de tierra a lo largo de lo que parecieron cincuenta metros, aunque era una ilusión provocada por el espacio reducido, la oscuridad y los nervios a flor de piel. En realidad, el pasaje se ensanchó a los veinte metros y enseguida pudieron caminar agachados. Era una manera espantosa de avanzar y Jesús estaba seguro de que Santiago estaría haciendo muecas de dolor. Pero, justo en ese momento, vieron que más adelante había una luz de antorchas y oyeron un sonido nuevo, extraño: estaban salmodiando plegarias.

¿Plegarias en una cueva de bandidos?

El túnel se ensanchó hasta que Jesús pudo verlos: un grupo de judíos sentados en círculo dentro de una cueva enorme, con las cabezas cubiertas con mantos de tejido sencillo, que se inclinaban hacia atrás y hacia delante. Las figuras tenían una apariencia espectral a la luz de las tenues antorchas que, con su luz titilante, hacían resplandecer como el agua las paredes de la cueva.

Simón captó la mirada inquisidora de Jesús.

—No es la hora establecida —dijo—. Pero no hay ley que prohíba rezar cuando se necesita a Dios. Para nosotros, cualquier momento es adecuado.

Ninguno de los jóvenes miró hacia ellos cuando se acercaron. Santiago le dio un codazo a Jesús, señalando a un viejo que estaba dentro del círculo. Judas el zelote —porque tenía que ser él— hizo una inclinación con la cabeza a su hijo que volvía. Era delgado, con cara de halcón y la misma frente feroz que el hijo. Estaba sentado en una alfombra burda de camello y no llevaba ningún signo de rango; esa sencillez denotaba su reciedumbre. Que no hubiera interrogado a Simón le indicó a Jesús que tenía absoluta confianza en su hijo. Y que éste hubiera corrido a arrodillarse a los pies de Judas demostraba que Judas era venerado.

—Vengan —les indicó Judas, haciendo señas, y los dos hermanos se acercaron. Santiago se postró inmediatamente en el suelo de piedra. Jesús permaneció de pie. Judas lo examinó.

—¿Por qué no estás muerto? —preguntó de golpe.

Jesús intuyó que la pregunta era una trampa, pero la respondió.

—Porque nadie quiere matarme —dijo.

Judas gruñó. Tocó a Santiago en la cabeza para que se incorporara, después les hizo señas a los tres de que se sentaran a su lado. El círculo de jóvenes seguía meciéndose y rezando. Judas parecía impaciente.

—Tu respuesta no puede ser sino ingenua o maliciosa. No tengo tiempo para ninguna de las dos posibilidades. Lo que quiero enseñar lo tienes que aprender rápido y, si no, no lo aprendes. ¿Has entendido? —Judas siguió hablando sin esperar respuesta—: ¿Por qué cualquiera de nosotros está vivo? ¿Qué hizo que los judíos, un pueblo miserable diezmado por una conquista tras otra, pudieran sobrevivir?

—Nosotros devolvemos el golpe. Estamos dispuestos a morir —soltó Santiago.

Judas entrecerró los ojos.

—Piensa antes de hablar. Devolver el golpe es la forma de morir que tienen las personas cuando el adversario las supera en número. Los judíos han sido presa fácil en todas las generaciones que vinieron después de Abraham. Dios nos da abundantes recompensas por nuestra fe. Tendríamos que haber sido exterminados hace mucho tiempo, como langostas quemadas con antorchas en el campo. Pero no ha sido así. —Se volvió hacia Jesús—. Dame esperanzas. ¿Tú sí piensas?

—Solamente cuando es necesario —contestó Jesús.

A Judas le gustó esa respuesta, que era más un bloqueo con espadas ligeras que una respuesta de verdad.

—Para los judíos —dijo Judas— siempre ha sido necesario pensar. Ahora dime sin rodeos, ¿por qué no estás muerto?

En silencio, Jesús juntó las manos delante de la cara, después las abrió, con las palmas hacia arriba.

Judas se echó a reír.

—¿Ves? —le gritó a Simón—. No deberías llamar "idiotas" a todos. Éste es inteligente. —Después se volvió otra vez a Jesús—: Tienes razón. Tus manos me muestran un libro y así es como nosotros, los judíos, hemos sobrevivido. Gracias al Libro.

Rápido y sin esfuerzo, Judas había captado la atención de todos, algo que, claramente, era su fuerte. Encajaba bien en el papel de líder de los rebeldes: la piel curtida, los ojos feroces cuando proponía desafíos. Tenía la barba sin cortar y dividida en dos por un grueso mechón de pelo gris.

—Mi hermano también tiene razón —dijo Jesús—. Nuestro pueblo ha luchado por sobrevivir. No todos fueron asesinados.

—Si el Libro nos ayudó a sobrevivir, ¿qué es lo que nos está aniquilando ahora? —preguntó Judas.

—Que nos apartamos de la ley —intervino Santiago.

Jesús agarró a Santiago por el cuello de la rústica capa de lana.

—Vámonos.

—¡No! ¿Por qué?

Jesús sentía que los ojos de Judas, fijos en él, lo observaban para ver cuál iba a ser su próximo movimiento. Los jóvenes del círculo no eran estudiosos. Todos estaban armados con un puñal bajo el talit, atado cerca del pecho. Todos ellos eran *kanaim*, hombres celosos de Dios. Si no reclutaban a Jesús, no dudarían en matarlo.

—Yo sé por qué nos trajiste aquí —le dijo a Judas.

—Para enseñarles —respondió el zelote. El tono ya no era feroz, pero sus ojos de halcón no titubearon.

—No, para amenazarnos. Ahora sabemos dónde te escondes. Tendremos que guardar el secreto si no queremos que nos maten.

Una oleada de furia atravesó la cara de Judas. El círculo de oración guardó un silencio cada vez más siniestro. Cuando Judas no lograba reclutar a un rebelde, por lo general, se ganaba un adversario. No había partes neutrales en Judea, ni en ese momento ni nunca, probablemente. Pero Judas no había sobrevivido todo ese tiempo sin tener la capacidad de leer a los hombres y éste no estaba listo para ponerse en su contra. Incluso podría resultar maleable, con el trato adecuado.

Simón se sorprendió de que su padre no dijera nada, pero inclinó la cabeza y se puso el talit blanco. No hubo ni siquiera un gesto seco para indicar que salieran los hermanos. Pero el hijo sabía que su padre tendría sus razones y, sin que se lo ordenaran, guió a Jesús y Santiago hacia la salida de la cueva.

CUANDO LOS HERMANOS volvieron a estar cerca del redil, Jesús le pidió a Santiago que se sacara las sandalias. Las suelas del hermano menor estaban curtidas de andar por los caminos, y haría menos ruido si iba descalzo. La precaución funcionó al principio: en el aire enrarecido de la montaña, se oía el ronquido de los pastores, que estaban dormidos con el fuego totalmente apagado. Pero unos cien metros más adelante, Jesús se puso tenso.

—Eso es lo que temía —dijo.

—¿Qué? —preguntó Santiago, que no había oído nada raro.

—Nos están siguiendo. —Jesús miró al cielo. Todavía había luna, pero pasaban unas nubecitas a toda velocidad. No podía arriesgarse a abandonar el sendero. Se dio cuenta de que Santiago quería correr y lo detuvo—. Es mejor esperar —dijo. La persona que había enviado Judas a seguirlos, quienquiera fuese, conocía el terreno demasiado bien.

Los perseguidores eran casi silenciosos y cayeron sobre ellos por sorpresa, no por atrás sino de frente: dos hombres jóvenes, puñal en mano. Jesús todavía tenía agarrado a Santiago del brazo y sintió que los músculos le temblaban bajo la piel.

—No los vamos a matar. Muestren las armas si llevan alguna —ordenó el más grande de los dos hombres.

—No tenemos —dijo Jesús.

El hombre que estaba al mando asintió.

—Entonces estiren los brazos. Tenemos que hacerles un corte.

Jesús sabía el motivo. Los rebeldes querían marcarlos para poder reconocerlos después. También podían valerse de las marcas para delatarlos a los romanos, en caso de que éstos empezaran a dar caza a los simpatizantes de los zelotes.

—No —dijo—. Déjennos pasar.

Los dos rebeldes se miraron y estallaron en una carcajada vulgar.

—No es una petición, muchacho —dijo el que estaba al mando, aunque probablemente no le llevara más de uno o dos años a Jesús—. Descubre el brazo. ¡Ahora!

A pesar de la oscuridad, Jesús vio cómo su hermano abría los ojos a causa del miedo cuando se acercaba el puñal. Santiago se liberó del brazo que lo sujetaba y salió corriendo.

—¡Atrápalo! —gritó el que estaba al mando.

El otro no tuvo dificultad en alcanzar a Santiago, que tropezó y casi se cayó de bruces a escasos diez metros. El zelote saltó sobre él. Hubo un poco de lucha antes de que el atacante apretara el filo del puñal contra la garganta de Santiago y lo pasara suavemente trazando una media luna. Salió una delgada línea de sangre que, a la luz de la luna, parecía negra. Santiago chilló de dolor. Sabía que lo que seguía era el golpe de gracia.

—¡Basta!

El atacante levantó la vista. El grito no era de Jesús, sino que procedía de una voz que venía de la oscuridad. Dudó por un segundo y entonces, de entre las sombras, surgió la figura de un tercer zelote.

—¿Quién les dijo que salieran del escondite? —ladró. El hombre era mayor y más alto que los otros dos, y parecía tener autoridad sobre ellos. Lanzó una mirada furiosa y los más jóvenes bajaron los puñales de inmediato—. ¡Lárguense!

Tan furtivamente como habían aparecido, los dos asesinos volvieron al bosque y desaparecieron. Jesús oyó mucho ruido de pisadas, después nada. Para entonces, ya estaba inclinado sobre Santiago, que temblaba de la impresión.

—No trates de ponerte de pie todavía. Vamos, quédate quieto. —Jesús arrancó un jirón de su larga prenda interior y lo envolvió alrededor de la garganta sangrante del hermano.

—Es una línea, nada más —dijo el tercer zelote, examinando la herida de un vistazo—. No acabaron de hacer la marca.

Jesús asintió. La herida bien podía haber sido causada por un punzón o cincel que se le había escapado mientras trabajaba. Cuando estuviera curada, no delataría el contacto con los rebeldes. Pero Santiago nunca olvidaría cómo la había conseguido. Jesús lo ayudó a incorporarse.

—Si te unes a ellos, será así todos los días —dijo en voz baja.

A Santiago le resultó difícil oír semejante cosa en ese momento, por eso Jesús lo mencionaba. Debía destrozar las ilusiones que su hermano tenía con respecto a la lucha.

Para su sorpresa, el zelote alto que estaba de pie frente a ellos se mostró de acuerdo.

—Tiene razón. Déjalo. También necesitaremos combatientes el año que viene y dentro de cinco años. —Hablaba con la autoridad de quien había vivido duras experiencias.

Cuando Santiago estuvo en condiciones de ponerse de pie, tembloroso, el zelote alto le ofreció el hombro para ayudarlo. Jesús, reacio, dejó que los guiara en el descenso por el sendero. Las nubecillas que se deslizaban a toda velocidad se habían reunido en una gruesa capa haciendo desaparecer la luna. El rebelde habló poco hasta que empezaron a verse las luces de Nazaret, no más que velas parpadeantes haciendo de vigías en unas cuantas ventanas.

—Parecemos malas personas, ¿verdad? Aun peores de lo que imaginabas. —Jesús no respondió—. Ten presente una sola cosa —dijo el rebelde—. Ustedes tienen más cosas en común con nosotros que con ellos, por muy perversos que parezcamos. ¿Lo vas a pensar?

—Tengo mis propios pensamientos —afirmó Jesús, lacónico. Al bajar la montaña, empezó a preguntarse si todo el ataque no había sido una puesta en escena, una forma fácil de depositar su confianza en el que los había rescatado, cuya voz sonaba maliciosa.

El alto zelote bloqueó el sendero. Era imponente incluso como silueta en la oscuridad. Por su largo cabello sin cortar, uno podría haberlo confundido con un guerrero filisteo que volvía de los tormentos de la Gehena.

—¿Y cuáles son esos pensamientos, hermano? —le preguntó a Jesús.

—Pienso que Judas es ingenioso. Quizá tan ingenioso que es capaz de montar una falsa emboscada, muy completa, con alguien que viene a salvarnos en el último momento y todo.

El zelote gruñó.

—Eres un tipo poco común, ¿no es cierto?

La noche no logró ocultar su cara de sorpresa. No siguió discutiendo: ahora todos ellos sabían que el "salvador" era, en realidad, un reclutador.

Media hora después llegaron al camino principal. Santiago había recuperado un poco las fuerzas y ya no necesitaba apoyarse en nadie. El zelote tocó a Jesús en el hombro.

—Fue idea de Simón. Si alguna vez vuelves, no confíes demasiado en él. —Se volvió a Santiago—. Cuando dije que vamos a necesitar combatientes el año que viene, hablaba en serio. La lucha va a ser cada vez más feroz. —Santiago se fue apresuradamente, sin mirar atrás—. Al fin y al cabo, te he resuelto el problema —dijo el zelote cuando Jesús se quedó atrás.

—Sí. No volverá a tener la tentación.

—El único que tienta es el mal —afirmó el zelote—. Y nosotros no somos el mal.

—Entonces, ¿cómo llaman a lo que están haciendo? —Jesús ya había empezado a bajar por el camino para alcanzar a su hermano. El zelote se colocó a su altura.

—Yo lo llamo salvación —contestó—. De todos modos, los mantendré alejados de ustedes. Y si tú o tu hermano tienen algún problema, mencionen mi nombre. Todos me conocen, me llamo Judas. El otro Judas.

Jesús ya estaba bastante lejos y apenas oyó esas palabras. Ya no se distinguía al otro Judas en la oscuridad, ni siquiera su silueta.

Dios en el tejado

Jesús se despertó cuando sintió el olor más peligroso de Nazaret: el humo. Saltó de la cama y corrió hacia afuera, poniéndose la túnica y la capa. Ése no era el cálido aroma del pan que cocinaba su madre en el hogar, sino que era acre y fuerte, el olor del desastre.

Jesús vio las volutas negras que salían de su techo. Habría dado el grito de alarma pero, en ese instante, vio una escalera apoyada contra la pared. Subió con dificultad y, cuando asomó la cabeza por encima de la línea del tejado, vio a Isaac, el ciego de la aldea, en cuclillas junto a una pequeña hoguera de pino que había encendido sobre la superficie chata de barro. En una mano, Isaac sostenía un cuchillo; en la otra, un conejillo que temblaba de terror.

—No, no hagas eso.

Al oír la voz de Jesús, el ciego volvió la cabeza.

—Necesitas un sacrificio —dijo con firmeza, levantando el conejo—. Pedí a uno de mis hijos que lo atrapara esta mañana. —La esposa de Isaac lo atendía fielmente por su ceguera y le mantenía la túnica impecable y la barba larga pero cuidada, como la de un patriarca.

—Lo que necesito es que no se me queme la casa —replicó Jesús, subiendo al tejado y acercándose al altar improvisado hecho de ramitas y palitos.

Nadie sabía qué enfermedad aquejaba a Isaac. El hombre se había quedado ciego casi de la noche a la mañana, una calamidad para su esposa y sus dos hijos, que todavía no tenían edad suficiente para salir a recorrer los caminos. Los chicos pastoreaban unas cuantas ovejas mientras el padre se quedaba en casa.

Cuando Jesús trató de sacarle el conejo a Isaac de las manos, él se resistió.

—Tú has traído problemas a esta casa. Yo sé adónde fuiste y a quién viste.

Jesús dudó. El sacrificio era la forma habitual de aplacar el descontento de Dios, y desde que se había quedado ciego, Isaac estaba obsesionado con Dios. En su aflicción, había recibido un don, la clarividencia, o al menos eso era lo que todos creían.

—Nada de sacrificios por ahora; charlemos —pidió Jesús, sentándose junto a Isaac que, a regañadientes, le entregó el animal tembloroso. Jesús les dio una patada a los palitos y ramitas ardientes, que se esparcieron y apagaron—. Tal vez Dios tenga otros planes. Es posible que los zelotes tengan razón. Quizá perezcamos a menos que usemos la espada.

—Dios siempre tiene planes —dijo Isaac—. Planes misteriosos, como elegir a un pueblo y después no darle ningún poder. ¿Quién ha podido entender eso nunca?

—Puso la voz más grave—. Por otro lado, estás tú, que casi tienes el don. Casi tenerlo puede ser peor que no tenerlo. —Jesús sabía que la gente decía eso de él, que era como Isaac, pero sin la excusa de la ceguera—. ¿Qué ves? —preguntó Isaac—. Ha pasado algo. Si yo puedo presentirlo, seguramente tú también.

Jesús no quiso contestar. Él y Santiago habían entrado en casa, sigilosos, después de medianoche. Aunque toda la familia dormía en una sola habitación, nadie se despertó. Los dos hermanos se deslizaron hacia el camastro que compartían, un colchón de lana relleno de paja y tendido en el suelo. Santiago, agotado a causa del miedo, se quedó dormido enseguida. Jesús no podía dormir. Miraba fijamente las estrellas a través del único ventanuco abierto en la pared de la casa de piedra.

La misma idea alarmante le pasaba una y otra vez por la cabeza. Judas —el otro Judas— no podía protegerlo. Si los romanos querían rastrear a los simpatizantes de los rebeldes, nadie podía detenerlos. Era necesario estar tranquilo y ser invisible. Muy fácil. Todos ellos tenían mucha práctica en eso… siglos de práctica.

—Bajemos —le dijo a Isaac—. Podemos comer juntos. —María, su madre, no estaba en casa cuando lo despertó el humo. Probablemente habría ido a buscar agua a la cisterna, pero le habría dejado un desayuno de pan ácimo y aceitunas machacadas.

Isaac negó con la cabeza.

—Me quedo aquí arriba. Dios está aquí.

Jesús sonrió. No importaba dónde estuviera, el ciego, por lo general, decía entre dientes "Dios está aquí".

Eso molestaba a la gente. Jesús era uno de los pocos que se interesaba en él.

—Dime, rabí —dijo, utilizando la palabra como elogio y no en broma—, ¿cómo es que Dios está aquí?

Isaac extendió las manos hacia arriba.

—Siento calidez. Tengo un brillo detrás de los ojos. ¿Acaso Dios no es eso?

A Jesús no le iba a servir de nada protestar, como cualquiera habría hecho, y decir que eso no era Dios sino el sol. Isaac se limitaría a sonreír en secreto y a decir: "Sí, y el sol es Dios, ¿no?".

Jesús observó cómo moría la última voluta de humo del altar hecho trizas; dejó que el conejo corriera por el tejado, pero éste desapareció a toda velocidad por la escalera.

—¿Por qué no estamos muertos? —dijo. Era la misma pregunta que le había hecho Judas de Galilea en la cueva—. ¿Es por el Libro?

Isaac se encogió de hombros.

—Si pisas un hormiguero y le echas combustible para prenderle fuego, vas a matar a la mayoría de las hormigas. Pero algunas siempre se escapan. Los judíos son así.

—¿Tú crees que los judíos no son más que hormigas?

—No, hay una diferencia: los que se escapan piensan que Dios los ama más que a los otros.

Jesús esbozó una sonrisa torcida.

—Es nuestra maldición, ¿no es cierto?

Los dos sabían lo que él quería decir. Preocuparse por los inescrutables designios de Dios era una maldición muy sutil. Un pueblo insignificante, que de tan insignificante resultaba patético, estaba enamorado del destino. Para un judío, nada era casualidad, cualquier cosa podía ser una señal. No podía caer ni un gorrión sin que alguien preguntara si era la voluntad de Dios.

Pero la atención de Jesús se había desviado. En su preocupación por que se incendiara la casa, no tuvo en cuenta una cosa: se había despertado solo. Aunque su madre hubiera ido a la cisterna y el padre hubiera salido a buscar trabajo, ¿dónde estaban sus hermanos y hermanas menores?

—Ven —dijo—. Tenemos que encontrar a mi familia. —No hacía falta llevar a Isaac de la mano. Él podía bajar por una escalera más rápido que Jesús.

—Tendría que habértelo dicho —dijo Isaac—. Todo el mundo ha huido.

—¿Cómo es que nadie me despertó? —preguntó Jesús, nervioso. El único motivo por el que hubiese huido la aldea entera era que los soldados romanos acuartelados entraran en Nazaret. Los mocosos de la calle hacían de vigías y corrían para avisar a la aldea que la gran bestia, el ejército romano, avanzaba pesadamente con sus cien pies.

—A todo el mundo le entró el pánico. A mí me hicieron volver a buscarte —dijo Isaac.

—Y entonces, ¿por qué no me despertaste?

—No hay tiempo para hablar. Tenemos que llegar al bosque.

Jesús tomó de la mano a Isaac y lo guió por el terreno escabroso, corriendo tan rápido como podía el ciego. No culpaba a Isaac por haberse distraído. Dios hacía esas cosas a las personas que tenían el don.

No iban a llegar muy lejos si los romanos estaban en la zona, pero Jesús conocía un lugar secreto, un hueco bajo unos árboles caídos. Los aldeanos, que sólo se adentraban en el bosque para buscar combustible o refugio, se preguntaban por qué Jesús iba a pasear por ahí y agregaban eso a su lista de comportamientos extraños.

El hueco era suficientemente grande como para ocultar a los dos, y habían llegado justo a tiempo. La casa de José estaba en las afueras de Nazaret, la veían desde su escondite. Y ahora, los soldados romanos, en escuadrones de cuatro y cinco soldados, se dispersaban desde el centro de la aldea. Todos llevaban antorchas.

—¿A cuántas personas se llevarán? —murmuró Isaac. Desde la corta distancia, oía el chisporroteo de las antorchas.

—Depende de cuánto quieran asustarnos —contestó Jesús con gravedad.

Los soldados arrojaron una antorcha en una casa que no estaba muy lejos de la de José. Aunque tenía paredes de piedra sin pulir cementada con barro, la casa se incendió con rapidez en cuanto echaron dentro unos trapos empapados en aceite. Las camas de paja ardieron primero y el fuego se extendió a las vigas bajas de madera que estaban encima.

Jesús sintió náuseas. Sin embargo, los romanos no iban a destruir la aldea entera: necesitaban los impuestos. Incendiar algunas casas bastaría para asustar a la gente. Ésa era una pequeña venganza por la reunión que habían hecho en el granero la noche anterior. El próximo paso sería llevarse a alguien a rastras para torturarlo. Pero ése era el límite. Si las pasiones rebeldes se encendían otra vez, los romanos volverían, esta vez por la noche, cuando todos estuvieran durmiendo. Unos pocos sobrevivirían al incendio, pero los romanos estaban acostumbrados a eso. Siempre había algunas hormigas que se las arreglaban para escapar.

JESÚS NO OYÓ los gritos del hombre que murió. Era Ezequías, viejo y lisiado, un patriarca debilitado. La familia no quería irse sin él, aun en medio del pánico, pero él insistió en correr el riesgo. Los romanos no se iban a preocupar por un viejo. Ese día, solamente se habían incendiado tres casas hasta los cimientos. La providencia quiso que la de Ezequías fuese la primera. De las cenizas, sacaron un cuerpo calcinado y lo envolvieron en una mortaja. Los lamentos distantes de las mujeres llegaron a los oídos de Jesús. Era un momento para que todos se reunieran a llorar la pérdida, pero él lo aprovechó para escapar. Tenía que llevar a cabo un ritual secreto.

Sin que nadie lo notara, caminó hasta la mikve, lugar para baños rituales que estaba en las afueras del pueblo. Allí había un manantial natural y, hacía ya varias generaciones, se había cavado una cisterna a su alrededor. La Torá exigía que se quitaran las impurezas con agua, pero no en una tinaja o lavadero llenado a mano: solamente el agua corriente y fresca estaba en conformidad con la ley.

Jesús se acercó con cautela. Si había una mujer dándose su baño mensual dentro de la mikve, tendría problemas. Ése era casi exclusivamente un lugar para mujeres, y los hombres no lo frecuentaban. El hombre recto no debía observar el misterio del ciclo femenino ni pensar en él. Pero todas las mujeres iban a estar en el funeral, así que Jesús estaría seguro por unas horas.

Unos escalones esculpidos en la roca llevaban a una pequeña cámara con forma de caja, de tamaño suficiente para que se bañara una sola persona. Jesús se sacó la túnica y se amarró un lienzo a la cintura. Había agua a sus pies, profunda y clara. Incluso en la estación seca, el baño estaba siempre lleno.

Jesús había traído un pequeño recipiente de arcilla con aceite puro de oliva. Se lo untó en la frente y se metió en el agua, que le llegaba a la cintura. Era fría y tonificante en invierno, y él se sumergió rápidamente. Volvió a la superficie con un jadeo y pronunció su plegaria en voz alta.

—Dios, perdona mi transgresión. Muéstrame mi pecado y quítame este peso.

Vio una sombra antes de ver al hombre que la proyectaba. Mientras se daba la vuelta, el intruso dijo:

—Yo puedo hacer mucho más por ti que él. Puedo salvarte.

Jesús frunció el ceño.

—No quiero el tipo de salvación que ofreces tú.

El intruso era Judas, el zelote alto. Estaba de pie en la plataforma donde Jesús había dejado su ropa, y en la estrecha cámara no había sitio para dos personas: había atrapado a Jesús en el agua.

—No te preocupes. No voy a llamar a nadie a gritos. Sé por qué estás aquí, y no es porque te creas mujer.

—Judas hablaba en voz baja y tranquila. Se sentó sobre la capa y la túnica para dejar claro que Jesús no iba a ningún lado—. Vas a tener que temblar un rato más mientras terminamos nuestra charla. —Sin esperar respuesta, continuó—: Estuve haciendo averiguaciones sobre ti. Todos dicen que eres extraño, pero nosotros dos ya lo sabemos. —Sonrió y agitó una mano. Cualquier hombre al que pescan en una mikve es extraño. O santo. Judas entrecerró los ojos—. Pero vayamos al grano. El mundo no se está acabando. ¿Me crees? ¿O estás tan loco como dicen?

—Lo que creo es que me estoy congelando. Vete. Por culpa de ustedes y de su reunión ha muerto un hombre inocente.

—Estás mintiendo —dijo Judas, seco—. Si creyeras que la culpa es nuestra, ¿por qué estás aquí haciendo expiación? Crees que de alguna forma eres tú el culpable, ¿no? Que tu pecado provocó la invasión de los soldados. Yo llamo a eso megalomanía. —De pronto, Judas sonrió—. Y nosotros necesitamos más de eso.

—Ya es suficiente. Muévete. —Jesús había superado la vergüenza de que lo hubieran descubierto y estaba empezando a enfadarse. No iba en contra de la ley que él estuviera en la mikve. Todos, hombres y mujeres, se bañaban en las aguas que rodeaban el templo de Jerusalén antes de entrar en ese lugar sagrado.

Intentó subir a la plataforma, pero Judas lo empujó.

—Entonces, ¿qué vamos a hacer con tus pecados? ¿Eres uno de esos tipos raros que sienten tanta culpa que se tiene que acabar el mundo, enteramente a causa de ellos? Responde.

Los dos se miraron con furia. El agua estaba fría; Judas no cedió terreno: Jesús no saldría a menos que respondiera.

—No, no creo que esté a punto de acabar el mundo. Las personas que creen eso están desesperadas. No ven ninguna otra salida.

—Yo sí. —Con un ademán rápido, Judas sacó un puñal curvo de la faja. Con el poco espacio que había, el puñal quedó a menos de medio metro del cuerpo desnudo de Jesús. Él retrocedió, pero Judas se inclinó hacia delante y extendió el puñal—. Aquí tienes tu escape. ¿No es eso lo que quieres?

Apuntó la hoja hacia el otro lado y ofreció a Jesús el mango. Jesús negó con la cabeza, recordando la espada que había blandido Simón en el granero. Era el mismo truco barato.

—Tómala —insistió Judas—. Vas a ser otro hombre. ¿Ha hecho Dios algo por ti? Tú piensas que quieres el perdón, pero te estás mintiendo a ti mismo. Quieres fuerza, porque estás harto de ser el cordero manso. ¿Para qué sirven los corderos si no es para estar sobre el altar y esperar que les corten el cuello?

A Jesús se le aceleró el corazón de ver el arma, y no fue solo por la posibilidad de que Judas se la clavara. Sin saber por qué, extendió la mano y tomó el mango del puñal. Judas asintió con la cabeza, con una ligera sonrisa.

—Sostenlo. Siéntelo. No te pido que seas un verdugo. Te pido que recuperes tu poder. ¿Con qué derecho te lo robaron?

De repente, el zelote se interrumpió; dio la vuelta y subió los escalones a toda prisa. Jesús sintió que se le relajaban los músculos. Salió del agua y se puso la ropa, todo el tiempo con el puñal apretado con fuerza. Cuando salió de la mikve, Judas estaba de pie al sol, junto a la entrada.

—Llévatela. No quiero el poder de matar —dijo Jesús.

Judas negó con la cabeza.

—¿Y qué tipo de poder quieres? ¿El poder de que te maten? Bueno, pues te felicito. De ése tienes muchísimo.

Jesús notó que se ruborizaba. Cuando le extendió el cuchillo, Judas lo tiró al suelo de un manotazo.

—Levántalo cuando estés listo para ser un hombre libre. O déjalo ahí hasta que se oxide. Eso es lo que haría un esclavo.

Judas no esperó a ver qué efecto causaba su burla. Ya había dado media vuelta y empezaba a bajar por el sendero pedregoso. Jesús lo observó dar de pronto un giro a la izquierda y desaparecer entre la sombra de los pinos. Unos instantes más tarde, ya no se le veía.

Habían llevado el cuerpo de Ezequías a la casa mortuoria. La casa era demasiado baja y pequeña para que entrara toda la aldea y, mientras Jesús se acercaba, los que estaban reunidos afuera, en su mayoría chicos más jóvenes, giraron la cabeza, pero solamente durante un segundo. Estaban acostumbrados a Jesús que, por su costumbre de deambular, se había ganado el apodo de "vagabundo".

Jesús se detuvo y se quedó alejado del resto. Sobre el techo, había algunos hombres que rezaban, entre ellos Isaac. Los hombres se mecían y el aire estaba tiznado de la ceniza que se habían frotado en la cara. Sin embargo, Isaac tenía los ojos abiertos, aunque no podía ver, y el rostro hacia arriba.

Como parte de su don, Isaac podía ver cuándo se acercaba el ángel de la muerte.

—Una cosa maravillosa, con alas ruidosas y cabeza de halcón —le dijo—. También chilla como un halcón, para que el alma vaya hacia Dios. Las almas moribundas tienen miedo y necesitan que les muestren el camino.

El ciego y el "vagabundo" tenían ese tipo de conversaciones cuando estaban solos. Ahora, la cara de Isaac empezó a resplandecer. El ciego levantó los brazos en el aire. Vio lo que vio: al único ángel con el que podían contar los judíos cuando parecía que los demás los abandonaban. Jesús, en cierto modo, también creía haberlo visto. El aire brillaba por encima de la casa mortuoria pero, a esas alturas del año, no era por el calor veraniego. Todo se habría aclarado para Jesús si hubiese podido estar tan seguro como Isaac, pero era muy posible que sólo lo estuviera imaginando.

Lo que no formaba parte de su imaginación era el puñal cuyo peso notó en la palma de la mano. Ya estaba harto de ser un esclavo, y si Judas sabía adónde llevaba el camino a la libertad, la elección resultaba clara. Jesús sabía que él nunca podría matar pero, como había dicho el zelote, ser víctimas del asesino era una habilidad que los judíos dominaban demasiado bien.

El primer milagro

De camino a Jerusalén, los dos viajeros hablaban de milagros.

—¿Te gustaría ser *magus?* —preguntó Judas, usando el término que empleaban los romanos para referirse a quien obraba milagros.

Jesús parecía desconcertado.

—¿Por qué?

—Va a hacer falta uno para guiar a los judíos —contestó Judas—. Cuando todo lo demás falla, prueba con los milagros. El primer milagro es conseguir que la gente crea en tus poderes.

—Yo no tengo poderes —dijo Jesús.

—No tienes que tenerlos de verdad. ¿Es un milagro que leude el pan? Es un milagro si nunca lo viste antes.

Llevaban tres días de viaje y estaban a sólo un día de distancia de la capital. Judas era autoritario y estaba lleno de planes ambiciosos. Le ordenaba a Jesús que se quedara de guardia mientras él dormía, a veces durante toda la noche. Se pasaba horas sin prestar atención a su joven seguidor —era la única manera en que veía a Jesús— y planeando lo que pasaría cuando llegaran a Jerusalén. Después, cuando Galilea se perdió de vista a sus espaldas, Judas se relajó un poco. El peligro de que los capturaran era mucho menor al sur, donde el sistema de espionaje de los romanos todavía dejaba que desear.

—Hay algo raro en ti —dijo Judas—. Ya pudiste pasar por *magus* antes; oí hablar de eso.

Jesús mantuvo los ojos fijos en el suelo.

—¿Qué es lo que se dice? —Estaban atravesando a pie un trecho de desierto donde no había más que maleza reseca por todas partes. Judas señaló un espino solitario que estaba más adelante—. Descansemos.

La sombra del árbol era tenue y calurosa, pero los viajeros la aceptaron con agrado. Se pasaban un odre de agua hecho de piel de cabra de uno a otro mientras Judas narraba una historia que se contaba a espaldas de Jesús. María, su madre, guardaba higos en un tarro durante el invierno para repartirlos en primavera, durante la Pascua. Los niños de la aldea la adoraban por eso, pero un año, cuando María abrió el tarro, vio que dentro había moho verde. Los higos se habían podrido, salvo dos que estaban arriba de todo.

—Dicen que encontraste a tu madre llorando y le dijiste que invitara a los chicos de la aldea de todas formas —dijo Judas. Miró a Jesús de repente—. ¿Es cierto? —preguntó.

Jesús esbozaba una sonrisa.

—Hasta ahora, sí.

—Cuando llegaron los chicos, tú estabas sentado junto a la puerta. Sobre las rodillas tenías una cesta cubierta con una servilleta. Metiste la mano bajo la servilleta y sacaste un higo para cada uno de los niños. Ellos estaban encantados, y a ti nunca se te acabó la fruta. Pero cualquiera que hubiera mirado debajo de la servilleta habría visto, en todo momento, solo dos higos, por muchos que hubieras sacado antes.

—Eso es cierto —admitió Jesús.

—Así que empezó a correr el rumor de que hubo un milagro —dijo Judas, entrecerrando los ojos—. ¿Nunca lo oíste?

—Yo tenía doce años —dijo Jesús con suavidad—. Los muchachos de doce años tienen mucha imaginación.

—¿Y eso qué quiere decir?

Jesús dudó. Sabía que estaba a punto de alimentar la veta del engaño en Judas. Entonces le explicó.

—A esa edad, yo me sentaba todo el tiempo a soñar y una de las cosas con las que soñaba era con los milagros que se hacían en la época de Moisés. Me preguntaba por qué ni yo ni nadie más que yo conociera habíamos visto jamás un milagro. Mi madre había sacado su tarro de higos para Pascua, como siempre.

—Y no estaban podridos —dijo Judas, que sabía muy bien hacia dónde iba la historia.

—Hice correr el rumor de que sí —dijo Jesús—. Cuando mi madre invitó a todos, la gente estaba confundida, pero vino de todas formas. No es difícil poner un fondo falso en una cesta. Dejé dos higos arriba y sacaba el resto del fondo.

Judas se echó a reír.

—¡Hiciste trampa! Yo sabía que eras un magus. Lo que no sabía era que lo hubieras descubierto de tan joven.

—¿Te complace que haya hecho trampa? —preguntó Jesús—. Yo me sentí importante durante unos días, pero mi madre se enteró del rumor de los higos mohosos. No me reprendió, aunque mi castigo fue la manera en que me miraba.

Judas ya no estaba complacido. Metía el dedo en el suelo arenoso que estaba bajo el espino, sumido en sus pensamientos. Cuando volvieron al camino, frunció el ceño por unos instantes antes de decir:

—No te olvides, todavía necesitamos un hacedor de milagros. Los judíos son esclavos y los esclavos no tienen idea de cómo liberarse. Lo máximo que pueden llegar a hacer es una revuelta y las revueltas están condenadas al fracaso antes de empezar.

Se turnaron para montar el burro que había conseguido Judas para el largo viaje. Él le había dado a Jesús un nuevo par de sandalias delgadas y le había advertido:

—Guárdalas para la ciudad. Tenemos que pasar inadvertidos y tus zapatos de todos los días dicen a gritos que eres hombre de los caminos. —Le ordenó a Jesús que se recortara la barba para no parecer un oso escapado de las montañas.

En las afueras de Jerusalén, el camino empedrado estaba repleto de gente, un caos ambulante de peregrinos, comerciantes, mendigos y artesanos que buscaban a Dios y la fortuna en la capital. Jesús vio un mono por primera vez, un caballo árabe y cabras enanas que no le llegaban a la rodilla. Vio viajeros que tenían las orejas, el cuello y la nariz adornados con aros, collares y otros ornamentos más exóticos. Por cada incentivo de oro había un bandido acechando al lado del camino con intención de arrebatarlo. Al caer la noche, cuando Jesús se fue a dormir envuelto en una manta, se oían risas ebrias y gritos ensordecedores. Jesús se maravillaba de pensar que Roma era, seguramente, diez veces más desenfrenada.

—Sé qué cosa sería para mí un milagro —dijo Judas—. Si sobrevivimos a esta misión.

—¿Sobreviviremos? —preguntó Jesús.

Era la primera vez que Judas hablaba de una misión o sus peligros. Incluso en ese momento, los mantenía bajo un halo de misterio diciendo:

—No te preocupes. Está todo arreglado.

Cuando las puertas de la ciudad aparecieron a la distancia, Jesús se quedó boquiabierto. Hacía ya muchos años que sus padres lo habían llevado al antiguo centro de fe. De pequeño tenía la fantasía de que las puertas serían de cedro sólido, tan enormes que el perfume de la madera se percibiría a un kilómetro y los peregrinos verían los destellos de luz que emitía la superficie dorada a una distancia aun mayor.

Judas lo sacudió para despertarlo de su ensueño.

—Tienes que saberlo todo —dijo, y reveló la misión en voz baja mientras descansaban al borde del camino.

Simón el zelote los mandaba a una misión mortal: apuñalar al sumo sacerdote del templo. Era hora, dijo, de dirigir el terror al corazón de los colaboracionistas, no a los rabinos de baja jerarquía sino al Sanedrín, el mismísimo tribunal supremo. Unos días después de su encuentro en la mikve, Judas instó a Jesús a volver al escondite de los rebeldes. Sentado en el suelo de la cueva, Jesús escuchó en silencio mientras le daban las órdenes.

—El Sanedrín se reúne en el templo todos los días para oír los casos. Hay veintitrés jueces en los días comunes, pero no te preocupes por ellos. Concéntrate en el sumo sacerdote y juez supremo —dijo Simón—. Córtale la cabeza y morirá la bestia entera.

Judas hizo una pausa. Vio que el cuerpo de Jesús se ponía rígido. Como cualquier provinciano, sentía reverencia por el templo y casi no se atrevía a acercarse a cincuenta metros de la casta sacerdotal. Atacar al sumo sacerdote no iba a ser muy distinto de atacar a Dios.

—¿Crees que todos los miembros del tribunal son traidores? —preguntó Jesús en voz baja.

—Son los únicos que pueden juzgar al rey y ¿qué es Herodes sino la puta de Roma? —dijo Judas—. Sin embargo, el Sanedrín no hace nada.

—¿Es eso lo mismo que traicionar a Dios? —preguntó Jesús.

—¿Qué quieres decir?

—Cuando nos conocimos, Simón dijo que hay que respetar el Libro, lo cual significa obedecer las leyes de Dios. ¿No es eso lo que hacen estos sacerdotes y jueces?

—No los estás mirando desde el punto de vista correcto. —Judas se estaba impacientando—. Colaborar con el enemigo es una afrenta a Dios.

—¿Y qué alternativa les queda? —dijo Jesús—. Los sacerdotes son los judíos más destacados. Si no colaboran, los matan. Puede que te haga enfadar, pero necesito entender. Un sacerdote puede inclinarse ante los romanos aparentemente, pero amar a Dios en su corazón. Todos hacemos lo mismo. ¿Qué nos hace menos culpables a nosotros? —Judas apenas podía contener su irritación, pero dejó que Jesús siguiera—. Vine contigo porque hay que hacer algo con respecto al sufrimiento de nuestra gente. Pero, si llegara a descubrir que no eres un hombre justo, mi ayuda solo serviría para aumentar ese sufrimiento. ¿Me equivoco?

Aunque parecía a punto de estallar, la voz de Judas permaneció inalterable.

—No puedes traicionar la misión. Yo respondí por ti. Ésta es tu prueba. Soy lo único que se interpone entre tú y lo que van a hacer los zelotes si fallamos.

—¿Mi prueba consiste en asesinar? —preguntó Jesús.

—Escúchame. Si lo logramos sin que nos arresten, hasta Simón y su padre van a confiar en nosotros. Vamos a ser tenientes y, después, capitanes.

Jesús estaba perplejo. Había mentido y se había preparado en secreto para irse de Nazaret. No podía contar nada a sus familiares por miedo a que los romanos los torturasen si los capturaban. Sus movimientos furtivos se notaron, pero también hubo un poco de suerte: la familia de Ezequías, el viejo que había muerto quemado en el incendio, quería ofrecer un sacrificio en el templo. Su esposa era anciana y estaba debilitada; los hijos no podían dejar su escuálido rebaño. Jesús se ofreció para hacer el viaje por ellos. Ellos le agradecieron su bondad con lágrimas en los ojos; la anciana se tiró al suelo y le abrazó los pies.

Jesús acalló la culpa y se ató un puñado de monedas en una pequeña bolsa alrededor de la cintura: aunque la mayoría era de cobre, representaba la mitad de sus ahorros. Se las arregló para tranquilizar el temor de su madre y las sospechas de su hermano. La última noche durmió a ratos, se despertó al amanecer y dio un salto cuando la madre preguntó:

—¿Dónde está Judas?

Se refería al menor de los hijos de José, el que tenía cinco años. La única hermana que estaba cerca para oírla, Salomé, corrió a buscar al pequeño. Jesús se obligó a tomar el desayuno, sumido en pensamientos sombríos. María no hizo ninguna pregunta; no cruzaron ni siquiera una mirada. Después, la familia salió a la puerta para observar a Jesús cuando se iba; él notó los ojos en la espalda hasta que se perdió de vista. No tuvo ocasión de despedirse del padre, que había salido temprano a buscar trabajo, ni de los otros hermanos, José y Simón, que ya no vivían en la casa.

Ahora, se volvió a Judas.

—No puedo convertirme en asesino, ni siquiera para salvar a nuestro pueblo.

Judas hizo una mueca.

—No vas a asesinar a nadie, eso es lo mejor de todo.

Jesús sintió que le subía el color a las mejillas.

—¿De qué estás hablando? —preguntó.

—Tranquilízate. —Judas metió la mano en su bolsa y sacó pan, aceitunas y unos trozos de cordero seco—. Come. Son las últimas provisiones —dijo con calma.

Jesús le tiró la comida de las manos con un golpe y se puso de pie de un salto.

—¡Yo confié en ti! —gritó—. Me tentaste con la libertad, ¿y ahora me llevas al pecado?

Judas se divertía con la consternación de Jesús.

—¿Y ahora qué eres? ¿Un rabino? —dijo con sequedad—. Tú no eres quién para decir que ojo por ojo no es justicia.

—Entonces, sé tú el rabino. Dime qué es justicia.

—No. Yo no tengo un objetivo tan elevado. Lo único que tienes que hacer es confiar en mí un día más. Antes confiaste en que yo te salvara de los zelotes. Lo puedo hacer otra vez.

Judas examinó el pan que había tirado Jesús de un golpe al suelo. Lo olió y lo volvió a tirar.

—Ahora vamos a pasar hambre. —Se puso de pie—. Te dije que no vamos a matar a nadie. Solamente va a parecer que sí. ¿Vienes?

Judas levantó una ramita de zarzamora para pegarle al burro. Jesús lo observó, mientras se preguntaba si todavía podría escapar. Pero los dos sabían que no. Judas no iba a poder protegerlo si abandonaban la misión.

—Está bien —dijo Jesús de mala gana—. ¿Y ahora, qué?

Judas montó en el burro y lo azuzó para que empezara a moverse.

—Vamos a obrar el primer milagro, el que va a hacer que la gente crea en nuestros poderes.

EL TEMPLO ERA enorme y sobrecogedor, una ciudad dentro de otra ciudad. Las paredes encerraban la única seguridad perfecta que los judíos hubieran conocido jamás. Cuando se congregaban allí, el mundo exterior desaparecía y, en su lugar, se había construido la promesa de la gloria de Dios en la Tierra. Las paredes blancas y relucientes encandilaban la vista; las columnatas con sombra daban paz y refugio. El sanctasanctórum, sagrado entre lo sagrado, era la parte más pequeña, pero la más rica porque allí el devoto estaba ante Dios.

Alrededor del tribunal del templo había una extensa columnata de piedra. Jesús y Judas se mezclaron entre la multitud que se apretujaba entre cambistas y vendedores de ofrendas. Había muy pocos que tenían dinero suficiente para sacrificar los toros y ovejas exigidos por la ley sagrada. La mayoría solamente podía permitirse una ofrenda menor: tórtolas o cereales.

Jesús miró las aves que colgaban dentro de las jaulas de mimbre. Notó la bolsa con monedas atada a la cintura y preguntó cuánto valdría una sola tórtola. El vendedor lo miró con desdén.

—Yo no engaño a los clientes —dijo con amargura antes de haber dado un precio siquiera—. Si quieres un pájaro gratis, vuélvete a la granja.

Judas tomó a Jesús del brazo, impaciente por seguir adelante. La columnata encerraba un vasto patio donde cabían miles de personas. Jesús siempre lo había visto repleto de fieles arracimados. Para las personas pobres, como su familia, la ley prescribía una visita anual para hacer una ofrenda durante Pascua, pero José no siempre podía traerlos a todos. Por ser el hijo mayor, Jesús había venido tres veces. Santiago, una sola.

La primera vez, cuando tenía trece años, se sintió en el paraíso. Los olores eran embriagadores, el aire estaba cargado de cedro y mirra. Jesús le preguntó al padre por qué no había plantas exuberantes, como las que una vez habían adornado el templo de Salomón, o al menos un árbol.

—Lo dejaron yermo para que simbolice el desierto que tuvieron que cruzar los judíos para llegar a la tierra que Dios les iba a dar —dijo José—. O tal vez represente el dolor.

Había muchas razones para sentir dolor. Dentro del lugar más recóndito y más sagrado había una única lámpara de aceite, hecha de oro, que remplazaba el deslumbrante despliegue de metal precioso que una vez llenó el templo de Salomón. Después sobrevino el desastre atroz. Los invasores babilonios arrasaron el templo y, para aplastar el espíritu de los judíos, destrozaron y saquearon todo lo que era sagrado. Ya no quedó Arca de la Alianza ni restos del maná que había enviado Dios milagrosamente mientras sus hijos erraban cuarenta años por el desierto con Moisés. Los judíos, que ya eran pocos, fueron diezmados; el resto, arrastrado al cautiverio en Babilonia. Cuando por fin les permitieron volver a casa, la marcha a Jerusalén duró meses. Pero lo primero que hicieron todos los judíos que sobrevivieron al viaje fue unirse para reconstruir el templo.

Era difícil olvidar esos sacrificios, a pesar de que habían ocurrido quinientos años antes. El lugar sagrado hacía que Jesús estuviera cada vez menos entusiasmado por la conspiración rebelde, mientras que a Judas las mismas imágenes le inspiraban desprecio. Alejó de un puntapié a un muchacho que trataba de dominar a dos ovejas que había traído el padre para el sacrificio. Los animales parecían aterrorizados y trataban de escapar. El suelo estaba lleno de bosta de vaca y oveja.

—¿Qué clase de pueblo somos? Míralos. Pisan estiércol para llegar al altar. Ése es su camino de purificación —dijo con desdén. Tomó a Jesús del brazo; era hora de reconocer el terreno.

El salón donde se reunía el Sanedrín era una estructura separada que daba al gran patio, pero tenía otra entrada en la parte exterior, que miraba a la ciudad, con el propósito de dar a entender que se trataba de un tribunal religioso pero también gozaba de autoridad civil.

—O quizá sea una advertencia de que los jueces tienen dos caras —dijo Judas. Hizo la inspección con rapidez, paseando su aguda mirada por cada rincón del lugar. Llevó a Jesús a la entrada de la ciudad para asegurarse de que fuera fácil huir, pero se sintió decepcionado porque la entrada era pequeña y estaba atestada de solicitantes irritados que empujaban para entrar.

Judas no preguntó ni dijo nada a Jesús. Era muy temprano y los jueces todavía no habían llegado, así que la cámara interior, donde se llevaban a cabo los juicios, estaba desierta. La multitud que se amontonaba a la puerta iba a ser el doble de numerosa en cuanto el tribunal abriera la sesión. Judas decidió no esperar.

—Pero no hemos visto cuántos guardias habrá —dijo Jesús.

Judas no parecía preocupado.

—Los guardias están para arrestar a la gente. No se van a interesar por nosotros a menos que cometamos un delito.

Jesús había sido paciente y le había permitido a su compañero mantener un aire de misterio en torno a sus planes, pero ya no deseaba esperar más. Se detuvo en los escalones del templo y exigió una explicación.

—Hay algunos delitos que sólo parecen delitos —dijo Judas, enigmático. Extendió la mano—. Vamos, dame tu dinero.

—¿Por qué?

—Dámelo y no preguntes. ¿Qué ha pasado con tu confianza? —Jesús retrocedió, apretando con la mano la bolsa de monedas que tenía escondida. Cada una de las jugadas que había hecho Judas hasta el momento era una prueba de poder, no de confianza. Judas se dio cuenta, finalmente, de que había llegado demasiado lejos—. Te lo contaré todo, pero no puedes echarte atrás. ¿Estás de acuerdo? —dijo.

En vez de asentir, Jesús se encogió de hombros, pero Judas quedó satisfecho.

—No vamos a apuñalar a nadie. Vamos a ser magos y hacer que parezca real. Nadie va a tener motivos para arrestarnos, pero los zelotes van a pensar que lo logramos. Tengo que reconocer que es un plan brillante, de verdad. —Su sonrisa astuta no le dio ninguna seguridad a Jesús, pero Judas ignoró la expresión de duda—. Vamos a usar tus monedas para comprar una jaula con tórtolas. Después te voy a arrastrar al tribunal gritando que me las robaste. Vamos a armar un escándalo y atacar a los jueces directamente.

—No nos van a dejar llegar tan lejos —protestó Jesús.

—Nos vamos a mover tan rápido que nadie va a reaccionar a tiempo. Cuando los guardias echen a correr, ya estaremos suficientemente cerca.

—¿Para qué?

—Para esto. —La sonrisa de Judas se agrandó mientras sacaba un frasquito de vidrio lleno de un líquido amarillo verdoso—. Es veneno. Lo voy a untar en un espino y, cuando esté bastante cerca de un juez, le voy a raspar el brazo. No hace falta nada más.

Jesús estaba alarmado.

—¿Así que, después de todo, vas a matar a uno de los jueces?

—¿De un pinchazo? Por supuesto que no. Pero es un veneno rápido y le va a provocar un ataque casi al instante. Mientras tanto, yo hago una escena. Los guardias caerán sobre mí. Cuando me arrastren, me voy a volver loco. Agitaré los brazos, maldeciré al juez y provocaré la ira de Dios. En ese momento, el veneno le va a producir convulsiones y sacudidas. Si tenemos suerte, se caerá redondo y perderá el conocimiento.

Aunque no se trataba de un plan brillante, a Jesús le pareció, por lo menos, admirable. Todo el mundo quedaría paralizado por el espectáculo de la maldición de un magus que surtía efecto ante sus propios ojos. El sacerdote se recuperaría en cuestión de minutos, lo que los iba a salvar de ir a la cárcel. Incluso podrían llegar a escapar si Judas hablaba con suficiente rapidez.

Pero Jesús tenía sus dudas.

—Simón va a descubrir que no matamos a nadie.

—¿Y qué? Digo que apuñalamos a un sacerdote y, con todo el escándalo, no le pudimos dar en una zona vital. Nadie me podrá contradecir.

—Pero yo pensé que sí querías matar a uno de los sacerdotes —dijo Jesús.

—No seas simple. Yo estoy usando a los zelotes, por eso te necesito. Tú eres como yo. Te das cuenta de lo estúpidas que son sus conspiraciones. Sólo es cuestión de tiempo para que los romanos acaben con todos ellos. ¿Te parece que un imperio sobrevive si tolera la rebelión?

Jesús desconfiaba. Si Judas estaba usando a los zelotes, era muy probable que también lo estuviese utilizando a él.

—¿Por qué tendría que hacer lo que tú dices? —preguntó.

—Porque cuando dijiste que querías que acabara el sufrimiento en la Tierra, lo decías en serio. No como la mayoría de estos hijos de puta. Se están pudriendo en las cuevas desde antes de que naciera cualquiera de nosotros y, cuando salen, los romanos los eliminan. Además, por muchos colaboracionistas que apuñalen los rebeldes por la espalda, ¿ves que haya mejorado la vida de alguien?

Era una excelente pregunta, para la que Jesús no tenía ninguna buena respuesta.

JUDAS PLANEÓ EL falso milagro para la mañana siguiente. Pasaron la noche envueltos en los mantos bajo un viaducto. Era un lugar mugriento, apestoso; en cuanto estuvo seguro de que Judas dormía, Jesús se puso a vagar por las calles. El aire soplaba helado y, en cualquier momento, podía saltar un ladrón de entre las sombras, pero él tenía que pensar. En su mente flotaban algunas de las palabras que había dicho Judas: "Tú eres como yo".

¿Era cierto? En cada callejón lateral por donde pasaba, Jesús veía montones de sucios harapos con personas que dormían debajo, como topos en sus madrigueras. Por las alcantarillas corrían abiertamente las aguas residuales. De pronto, una tos lo hizo darse la vuelta. Un chico con los pies envueltos en arpillera se le había acercado con sigilo en la oscuridad. El muchacho tenía demasiado miedo de los forasteros como para hablar, pero extendía una mano huesuda, tan pequeña como la pata de un perro callejero.

—Lo siento —dijo Jesús entre dientes.

—¿Alguna sobra, señor? —Los ojos saltones y la piel apergaminada de la cara del chico revelaban que estaba desnutrido. Había tardado un instante en entender el dialecto arameo que hablaba Jesús.

—Yo no soy tu señor —dijo Jesús con suavidad, pensando para sus adentros: "Podría estar en tu lugar. No sé por qué no me tocó".

En lugar de marcharse, el muchacho se enfadó.

—Estás mintiendo. Viniste aquí con comida. Todos traen comida.

Jesús estaba a punto de decir "me la comí toda", que era la pura verdad. En ese momento, le pareció un pecado. Se agachó para ponerse a la altura del chico.

—¿Dónde está tu familia? ¿Tienes nombre?

El muchacho se encogió de hombros y miró para otro lado.

De pronto, Jesús se sobresaltó. En la oscuridad, el perfil del chico mendigo era exactamente igual al de su hermano menor, José, uno de los dos que ya no vivían en el hogar. Jesús metió la mano en la túnica y sacó la moneda de cobre más pequeña que tenía en la bolsa escondida. No era dinero suyo, pero de todas maneras se lo entregó al muchacho.

Lo que recibió a cambio no fue gratitud. El chico lo empujó con fuerza, aprovechándose de que estaba agachado. Jesús perdió el equilibrio y, enseguida, el muchacho se lanzó sobre él, hurgando con las manos crispadas en busca del resto de las monedas tintineantes.

—¡Quítate de encima! —gritó Jesús. El chico era feroz y jadeaba y gruñía como un animal mientras arañaba la piel a Jesús.

El muchacho no podía ganarle a un hombre y tuvo que huir cuando Jesús se recobró de la sorpresa. Lo hizo rápido y en silencio, con los pies harapientos. Jesús no lo persiguió. Transcurrieron algunos minutos hasta que tuvo ganas de levantarse porque estaba abrumado por un pesar que lo invadía: haberse traicionado a sí mismo.

Jesús había hecho un pacto secreto consigo mismo cuando tenía apenas la edad del mendigo. Nada lo fascinaba sino Dios y, aun así, se prometió a sí mismo que viviría y trabajaría como todos los demás, porque ésa era una obligación impuesta por Dios. Un día, como prescribía la ley, se casaría y tendría hijos. Pero estar en el mundo no quería decir que él tuviera que ser del mundo. Como Isaac el ciego, Jesús podía mirar adonde nadie más podía, hacia el lugar divino. No tenía ni idea de dónde estaba ese lugar, lo que implicaba otra promesa: no aceptaría historias del reino de Dios, un reino mágico sobre las nubes, provisto de un trono de mármol blanco resplandeciente, más blanco que el que pudiera comprar el más rico de los romanos para adornar sus baños.

Jesús no tenía ningún derecho de cuestionar las escrituras. Ni siquiera leía ni escribía correctamente; sólo podía poner su nombre en caracteres hebreos y latinos, reconocer el alfabeto y formar palabras sílaba por sílaba. Pero el plan de las escrituras era demasiado claro: había que sufrir privaciones en este mundo para que, después de la muerte, Dios lo hiciera entrar a uno en un palacio. En ese sentido, Jesús se sentía igual a Judas. Se daba cuenta del motivo por el que sufrían las personas incluso cuando ellas no lo sabían. Padecían fantasías imposibles acerca del amor de Dios cuando lo único que él expresaba, visto con brutal honestidad, era indiferencia y desprecio.

Jesús se limpió una mancha de sangre del costado, donde el mocoso callejero lo había arañado y, cansado, se puso de pie. Estar en el mundo pero no formar parte de él no le estaba dando resultado. Las lágrimas que había derramado eran demasiadas para una persona que tendría que ser indiferente. Judas tenía un plan para llamar la atención de la gente y, si para conseguirlo hacía falta un falso milagro, eso era preferible a no tener ningún plan.

Capítulo
5

La santa

Por la mañana temprano, cuando los postigos de la ciudad todavía estaban cerrados, Judas y Jesús se acercaron al templo y compraron una jaula de tórtolas bajo la columnata. Judas regateó y consiguió que el mercader sirio le cobrara un precio aceptable, así que sobraron unas cuantas monedas, con las que compraron pan. Era un desayuno pobre, apenas suficiente para calmar el estómago de Jesús, que gruñía de hambre. Comieron en cuclillas, en la calle, fuera de las puertas del templo. Jesús se quedó en silencio y, al cabo de un rato, le entregó a Judas la mitad del pan. Él aceptó sin darle las gracias.

—No vas a seguir adelante con esto, ¿verdad? —Jesús negó con la cabeza—. ¿Por qué no? ¿Porque piensas que es ridículo? Los grandes acontecimientos empiezan así, llamando la atención. Se puede engañar a la gente. Es más, te digo que la gente quiere que la engañen.

Jesús no levantó la vista.

—No está bien hacerlo en el templo —murmuró.

Judas soltó una carcajada.

—¿En la casa de Dios, quieres decir? Mi truquito no le va a molestar. Mira todo lo que ya permite. Diez veces peor que cualquier cosa que yo pudiera imaginar.

—Aun así.

—Encontraste el momento perfecto para ser piadoso, ¿no? —Judas se dio la vuelta, burlándose y levantando las manos imitando a un rabino de aldea en sabbat—. Escúchame, Dios. Haré lo que sea necesario para salvar a tu pueblo, menos arriesgar el pellejo. ¿No sabes que hay límites? —Levantó el pedacito de pan que le había dado Jesús y lo tiró a la calle.

Jesús se puso de pie de un salto.

—Me voy.

—Nos vamos los dos —respondió Judas, con un tono frío y duro—. La ciudad sagrada aún no ha revelado todos sus encantos. —Agarró a Jesús por el cuello y empezó a arrastrarlo—. No te me resistas —dijo con gravedad mientras Jesús luchaba para soltarse—. Te voy a mostrar lo que realmente eres, un hipócrita. Igual que el resto.

Cuando sintió que Jesús cedía, Judas lo soltó. Caminaron juntos por una calle angosta que daba al patio del templo. Los dos estaban enfadados, pero Judas sabía que su joven compañero dudaba de sí mismo. Iba a tener que valerse de esa duda para vencer los miedos de Jesús.

—Mira hacia allá —dijo, deteniéndose en mitad de la calle y señalando con la cabeza un puesto donde un mercader de poca monta vendía tocados y reliquias baratas—. ¿Ves a las tres hijas que están detrás de él? No son sus hijas, son santas. Así les llaman.

Sin fijarse si Jesús lo seguía, Judas caminó hasta el puesto. Saludó al vendedor de reliquias, un hombre corpulento que tenía los brazos cruzados sobre el pecho. Le preguntó qué tenía en oferta.

—Lo que quieras. La mercancía está a la vista. Echa un vistazo.

El vendedor hizo un gesto cortante. Detrás de él, tres mujeres cubiertas con velos, que estaban agachadas en las sombras, se pusieron de pie. Parecían mujeres normales y corrientes, excepto por las tobilleras de oro que se veían debajo de las faldas unos centímetros más cortas de lo acostumbrado. Una tras otra, se corrieron el velo y dejaron que Judas les viera la cara por un instante. Tenían la piel pálida; se habían puesto mucho kohl alrededor de los ojos para que, en contraste con la palidez, tuvieran un negro seductor.

—¿Edad? —preguntó Judas.

—La más joven tiene doce; la del medio, quince; y la mayor, dieciséis. —El vendedor, sin disimular su verdadera profesión, esbozó una sonrisa empalagosa.

—Mentiroso. La mayor apenas se mostró dos segundos. Tiene veinte como mínimo —dijo Judas—. Una vieja. —Miró por encima del hombro. Jesús estaba varios metros más atrás y miraba para otro lado.

El proxeneta hizo un guiño.

—Tu amigo es tímido. Dile que no hay nada de qué preocuparse. Todas mis santas son puras. La de doce es virgen.

Judas había oído suficiente.

—Quizá después. Dile a tu virgen que vaya con los sacerdotes para que la veneren. Si es virgen, será de milagro.

El proxeneta no se ofendió: rio como se reiría un hombre de mundo con otro. Hizo un gesto con la mano y las tres mujeres, en silencio, se sumieron otra vez en las sombras.

Cuando volvió adonde estaba Jesús, Judas parecía satisfecho.

—Qué bien, estás escandalizado. Ahora, vamos a nuestro asunto.

Judas era lo suficientemente astuto como para dejar a su compañero con sus propios pensamientos. Jesús pronto se daría cuenta por sí mismo de que no podía arreglárselas sin Judas. Los zelotes buscarían venganza si él renegaba de ellos y, aun cuando se retirase a su habitual mundo de ensueño —porque Judas casi no dudaba de que hubiera algo de delirio religioso en juego—, no podía negar el peligro en que ponía a su familia.

A esas alturas, era necesario poner a prueba la confianza de Jesús. Cuando llegaron a las puertas del templo, Judas le entregó la jaula de las tórtolas.

—Entra. Haz el sacrificio que prometiste. Nos encontraremos en el recinto del tribunal dentro de una hora.

Sin decir más, Judas dio media vuelta, se alejó desapareciendo entre la muchedumbre que se multiplicaba a medida que avanzaba el día.

Jesús lo observó irse y quiso poder correr en la dirección opuesta. Pero las suposiciones de Judas eran correctas. Jesús había estado sumido en un mar de dudas toda la mañana. Se dio cuenta de que no tenía ningún poder; sin Judas no tenía quién lo protegiera. Con la jaula de tórtolas apretada contra el pecho, se unió al río de devotos que atravesaban el vasto patio blanqueado por el sol para presentar sus ofrendas en el santuario. El santuario era un edificio más pequeño situado en la parte de atrás del patio del templo y estaba hecho de piedras extraídas sin usar herramientas de hierro, como exigían las escrituras. La piedra solamente podía cortarse con piedra. Hubiera sido digno de perdón que, enfrentados a una tarea tan lenta y dolorosa, los antiguos constructores dejaran los bloques con los lados ásperos, pero estaban haciendo un trabajo sagrado y las paredes del santuario eran tan lisas que brillaban con la luz.

La cámara interior, por el contrario, era áspera y asfixiante como una cueva. Jesús se detuvo por un momento y dejó que el gentío se le adelantara a empujones. Nadie podía entrar en el recinto de los sacerdotes sin permiso, pero todos sabían lo que guardaba el lugar sagrado. El Arca de la Alianza estaba perdida, pero los descendientes de Abraham y Moisés habían hecho todo lo posible para recrear el Primer Templo. El altar mayor, la menorah titilante, el pan de la proposición, todo dispuesto ante Dios.

Una vez, cuando tenía doce años, Jesús se había quedado tan extasiado con esa visión que no pudo soportar la idea de irse. Su familia se alojaba en una posada por la Pascua. Era hora de partir, pero Jesús se había escapado con la excusa de que quería pedir que lo llevaran en uno de los carros que estaban al final de la larga caravana y que habían venido de Nazaret. Cuando nadie lo veía, volvió corriendo al templo, que a esa hora estaba desierto. Tuvo todo el lugar para él solo, hasta que dos ancianos sacerdotes trataron de ahuyentarlo. Para quedarse más tiempo, se puso a hacer preguntas. Si Dios le dio las tablas a Moisés para que duraran eternamente, ¿cómo permitió que los gentiles las robaran? ¿Por qué el rey persa cedió mil trabajadores para reconstruir el templo? ¿Se le apareció Dios en una visión?

Las primeras preguntas eran infantiles pero, al cabo de un rato, Jesús empezó a confiar en los viejos sacerdotes, que se sentían halagados de que se pusiera a prueba su conocimiento. Confesó los dilemas que lo tenían preocupado desde hacía mucho tiempo: si robaban o abandonaban a un bebé judío como a Moisés, que se fue flotando por el Nilo en una cesta, ¿sabría Dios, de todos modos, que era judío, sin importar de dónde lo hubieran robado? Si un hombre era tan pobre que no podía permitirse viajar al templo para hacer su sacrificio, ¿podría expiar culpas en su corazón y ganarse el perdón de Dios?

Los sacerdotes estaban sorprendidos y le preguntaron al chico cómo se le habían ocurrido esas preguntas tan complejas. Porque conocía gente a la que le habían robado a los hijos, dijo Jesús. Y a otros que, de tan pobres, no podían costear ni un puñado de harina de cebada para el altar. Los sacerdotes se emocionaron y se pusieron a hablar. Una discusión llevó a la otra; al muchacho, de extraña sabiduría, se le permitió comer con ellos y dormir en un camastro a su lado. Cuando José volvió sobre sus pasos y regresó al templo, aterrado y furioso, Jesús casi no se había dado cuenta de que habían pasado tres días.

Jesús metió la mano dentro de la jaula y sacó una tórtola, la más blanca de las cuatro. El ave se quedó totalmente quieta en sus manos, temblando de miedo. Jesús se puso en la fila de los fieles que esperaban para acercarse al santuario. Mientras avanzaban despacio, vio salir a un sacerdote, un hombre enorme que tenía un grueso delantal de cuero sobre las vestiduras. Del cinto sobresalía un cuchillo ensangrentado.

El sacerdote le gritó a un hombre que estaba frente a la puerta y que tiraba de un becerro; el animal estaba tan aterrorizado que mugía y luchaba por librarse de la soga que tenía alrededor del cuello.

—¡Lo haces entrar o te vas! —gritó el sacerdote. Despedía un olor a sangre que asustó al becerro aún más. Con impaciencia, el sacerdote sacó el cuchillo y lo pasó de un lado a otro por el cuello del animal. El corte era bastante profundo como para rasgar una arteria sin atravesarla. Empezó a correr la sangre por el pecho del becerro, que se tambaleó, casi sin poder mantenerse de pie—. Ya está —dijo, con una mano extendida.

El dueño del becerro buscó algunas monedas para darle; con la otra mano, el sacerdote sostenía el becerro, listo para arrastrarlo al interior. El animal había dejado de chillar y no fue difícil dominarlo. Los fieles que estaban más lejos en la fila dejaron de protestar por el retraso. El olor de la sangre llegaba casi al final de la fila, hasta donde estaba Jesús. Era un olor antiguo, recordado. Jesús ya había visto el altar, con las tripas de animales que se que-

maban entre humo acre y pedacitos de carne selecciona-
da, rebanados del animal muerto, que estaban reservados
para los sacerdotes. Los sacrificios nunca antes le habían
revuelto el estómago. Ahora salió de la fila y levantó la
tórtola por encima de la cabeza.

Soltó el pájaro que, en vez de volar hacia arriba,
aleteó hacia el suelo. El miedo había debilitado tanto a
la criatura que no podía levantar vuelo. La escena hizo
reír a varios hombres: habían engañado a un campesino
y le habían vendido un ave enferma que no servía para el
sacrificio. Jesús se arrodilló y levantó otra vez a la tórtola,
pero no la arrojó al aire. El ave había dejado de moverse,
de temblar, muriendo entre sus manos.

Pero nadie se percató de ello. Otra cosa había atraí-
do ya la atención de todos: una anciana que estaba tratando de meterse a empujones en la fila. Era pequeña y
arrugada. Manoseaba unas flores que había recogido en
el camino y el manto se le había caído a los hombros.
Aparentemente, no se había dado cuenta de que tenía la
cabeza descubierta. Unos hombres empezaron a empu-
jarla para sacarla de en medio; otros la trataron de "vieja
puta", una forma de expresar lo escandalizados que estaban ante semejante profanación del templo.

—Déjame ayudarte, madre. ¿Son estas flores tu
ofrenda?

La vieja miró a Jesús con los ojos entrecerrados. Por
un instante, él tuvo miedo de que la mujer no estuviera en
sus cabales y le gritara. No se permitían mujeres en la fila
y las flores no eran ofrendas aceptables. Pero la agitación
de ella, que había ido en aumento, se calmó de pronto. La

mujer parpadeó como una lechuza atrapada en plena luz del día y dijo entre dientes:

—Llévame contigo: ¡corramos! El rey me introdujo en sus habitaciones.

—¿Qué? —dijo Jesús, desconcertado.

—¿No te han enseñado nada? —La vieja hizo un gesto altanero con la cabeza. Cerró los ojos, como si sacara las palabras de un pozo profundo de la memoria—. ¡Gocemos y alegrémonos contigo, celebremos tus amores más que el vino! —Sonrió para sí misma—. ¿Hay algo más hermoso que eso?

La fila avanzaba otra vez y trataba de empujarlos a un lado.

—Si sacaste a esa vieja bruja de su cueva, tienes que llevarla de vuelta —se burló uno.

—Vamos, madre, ven conmigo. —Jesús tiró con suavidad de la manga de la mujer, mientras le cubría la cabeza con el manto. Ella no prestaba atención al alboroto que había a su alrededor. Con una mano huesuda, agarró fuertemente las flores y aun así no se tambaleó. Cuando estiró la otra mano para agarrar a Jesús, lo hizo con firmeza. Llegaron a un banco de piedra junto a las cisternas adonde iban todas las mujeres a purificarse antes de rendir culto.

—El Cantar de los Cantares —dijo la vieja, inclinando la cabeza con un gesto burlón—. Eso era lo que estaba citando. ¿No lo has reconocido? —Jesús negó con la cabeza y ella suspiró—. Destruyeron el templo de Salomón, pero no pueden matar sus palabras. —Se dio un toquecito de complicidad en la frente—. Ahora conoces mi secreto. No se lo cuentes a nadie.

Jesús sonrió. Aunque estuviera medio chiflada, la mujer le había hecho olvidar el problema en que lo habían metido.

—¿Y cuál es ese secreto? —preguntó.

—Soy una pecadora. Sé leer. Me despedazarían si lo supieran —murmuró, inclinándose hacia él.

Jesús no pudo ocultar la sorpresa.

—¿Quién te enseñó?

—Mi padre. Era rico pero no tuvo hijos varones. Eso le sentó tan mal que igualmente traía maestros a casa de noche. Aprendí a leer a la luz de las velas, como un conspirador en una cueva. —La última parte vino acompañada por una mirada aguda, mucho más aguda de lo que se podía esperar de una vieja loca. Antes de que Jesús pudiera reaccionar, ella dijo—: Dios no necesita ayuda para reconocer a los malvados.

—¿Porque son muchos? —preguntó Jesús.

Ella negó con la cabeza.

—Porque la alianza no está ahí adentro. —Señaló con la cabeza las enormes puertas de cedro del santuario—. Dios reconoce al justo leyendo su corazón. De entre todos, el eligió a Noé, ¿no es cierto? En la desenfrenada Sodoma, eligió a Lot. Los justos brillan con luz propia. Pronto va a elegir a alguien más.

Jesús bajó la mirada hacia las manos de la vieja, que estaban ocupadas entretejiendo las flores, en su mayoría pequeñas rosas de color rosáceo como las silvestres que crecían en las zanjas alrededor de la ciudad.

—¿Basta con ser justo? —preguntó con calma.

—Tiene que bastar. Los malvados siempre van a ser más, ¿no es cierto? Por muchos corderos que nazcan en primavera, siempre habrá más lobos que se los coman. —La vieja, pensando para sus adentros, recordó otro versículo de las Escrituras—. Yo soy la rosa de Sarón, el lirio de los valles. Como el lirio entre los espinos, así es mi amada entre las doncellas.

Había terminado el aro de rosas y, sin avisar, se lo puso a Jesús en la cabeza. Era demasiado pequeño y le quedaba torcido. Soltó una risita y, como suele pasar con los viejos, la risita hizo que la anciana sonara como si fuera niña de nuevo.

—Qué bonita te queda. Como una corona.

CUANDO LOS VEINTITRÉS jueces entraron en fila en el recinto, Judas se inclinó junto con el resto de los peticionarios. Los miembros del Sanedrín eran hombres de gran estatura, más aún por los tocados altos y negros y los broches de oro que les cerraban las vestiduras. A Judas no le enfurecía tanto la autoridad como a los zelotes. ¿Qué convertía a un hombre en juez de otros? Seguro que Dios no, Judas no tenía dudas de eso.

De niño, en Jerusalén, conoció a Simeón, un amigo de su padre que no tenía astucia para ganar dinero. Todos sentían lástima por él y su esposa, que había perdido a dos bebés porque tenía poca leche para amamantarlos. La gente hablaba a sus espaldas de una maldición, pero el padre de Judas lo llevó aparte y le explicó la verdad.

—Está medio muerta de hambre y, posiblemente, envenenada. Simeón se escapa cuando nadie lo ve y compra harina rancia con gorgojos y sólo Dios sabe qué más. Huesos molidos, polvo de mármol. No pueden permitirse otra cosa.

A medida que aumentaban las penurias de Simeón, él más amaba la Torá. Estaba cada vez más obsesionado con tratar de descubrir qué quería Dios, porque tenía que haber sido la voluntad de Dios la que había separado a un pobre diablo como él de un vecino rico como el padre de Judas. En el tercer libro de la Torá, el Levítico, había más de seiscientas leyes como guía de vida para los justos. Simeón se quedó medio ciego de estudiarlo a todas horas; Judas notaba el olor del sebo de las velas que ardían en la casa de al lado después de medianoche.

Aunque Simeón era un hombre y Judas un niño, él lo compadecía. Las leyes de Dios eran complicadas; solamente un tonto podía ser tan iluso como para intentar desentrañarlas. Después, por algún milagro, el mismo Simeón que, "por casualidad", siempre les caía en la casa cuando la sopa estaba servida, se hizo famoso por sabio. Los pobres que no podían permitirse el lujo de ir a consultar a un sacerdote iban a su casa. Él les explicaba las leyes en detalle y les solucionaba los problemas más desconcertantes. Si un judío compra un caballo sin saber que antes fue propiedad de un romano, ¿está profanado el caballo? Si un judío come carne de cerdo porque se la pusieron con mala intención en la comida sin que él lo supiera, ¿hasta qué punto es grave el pecado?

Transcurrido algún tiempo, las escasas ofrendas permitieron que la esposa de Simeón alimentara bien a su nuevo bebé. Un día, ella apareció con un nuevo tocado sin agujeros. Los vecinos no podían creer ese cambio de suerte, pero los judíos sienten más adoración por aprender que por Dios (eso le dijo su padre), más aún si no tienen educación alguna.

Y ahora allí estaba, Simeón el juez, entrando en el recinto con el resto del Sanedrín. Se había convertido en alguien ante quien Judas debía inclinarse. Mientras Simeón tomaba asiento, Judas imaginó que las miradas de los dos se cruzaban un instante por encima de la multitud. ¿Habría presentido la verdad, que era él a quien había elegido Judas para envenenar con el espino?

—Aquí estoy.

Judas estaba tan absorto que no vio a Jesús, que estaba a su lado y tenía la jaula de las tórtolas en la mano.

—¿Estás listo para hacer tu papel? —preguntó Judas.

—Si Dios quiere —respondió Jesús.

No era la respuesta correcta, pero tendría que bastar. Los primeros demandantes se estaban acercando a la larga mesa de los jueces y hacían gestos en el aire mientras gemían sus quejas. Judas tiró a Jesús del brazo y lo empujó entre la multitud mientras gritaba pidiendo justicia y agitaba la jaula de pájaros por encima de la cabeza.

—Ayúdenme, señores. ¡Me han engañado! ¡Mi ofrenda ha sido profanada!

Judas aullaba como un campesino mientras se inclinaba, servil, ante los jueces, que todavía estaban a varios metros. La multitud compacta no quería dejarlo pasar, pero Judas gritaba más fuerte y era más insistente que ningún otro. Ponía los ojos en blanco de una manera que alarmaba; se le juntaba espuma en las comisuras de la boca—. ¿Lo ven? ¿Lo ven? —gritó—. Me vendieron pájaros inmundos, llenos de enfermedades. ¡Mi hijo está todo llagado de sólo tocarlos!

La gente retrocedió, horrorizada. Los guardias del templo estaban demasiado lejos para alcanzar a Judas a tiempo. Él se acercó a los jueces, hasta donde podían oírlo, pero ellos no le prestaron atención. Con cara de aburridos, picoteaban higos secos y aceitunas mientras descartaban con la mano casos menores que resolvían todos los días a cientos.

Jesús se quedó atrás y vio que la predicción de Judas de cómo iban a desarrollarse los acontecimientos había sido astuta: logró abrirse camino y llegar tan cerca de los jueces que no les quedó más remedio que prestarle atención. Con un movimiento furtivo, Judas sacó el espino envenenado de la túnica y le pinchó el cuello a Simeón. El juez, que estaba susurrando a un colega y haciendo lo posible por no notar el olor rancio de la multitud, casi no sintió el pinchazo. Pero el guardia apostado detrás de él vio la rápida jugada de Judas.

—¡Eh! —gritó, acometiendo por encima del hombro de Simeón para agarrar a Judas por el cuello. A la señal, otros guardias se abalanzaron hacia la mesa. Judas se dejó atrapar y empujó a Jesús hacia atrás para que no lo advirtieran. Maldecía en voz alta mientras se lo llevaban a rastras.

—¡Hipócritas! ¡Dios nunca le haría esto a un hombre inocente!

Simeón se encogió de hombros y tiró un tazón con aceitunas al suelo: estaban pasadas. La gente arremolinada se empujaba; algunos se reían, la mayoría empujó aún más para llenar el hueco que había quedado cuando Judas perdió su puesto.

Judas esperó hasta ver que a Simeón se le hinchara el cuello y la piel se le volviera de un lívido rojo purpúreo.

—¡Ah, Israel, me voy a vengar! —gritó.

La sincronización de Judas fue perfecta: Simeón tenía la lengua afuera. Hizo un sonido estrangulado, como alguien que grita mientras un garrote le aprieta la garganta, y cayó al suelo con violentas convulsiones. La multitud estaba anonadada.

Y después vino el desastre. Otro hombre, con la cara cubierta por una capucha negra, avanzó a empujones. Antes de que alguien pudiera detenerlo, se inclinó sobre el juez caído. Por un instante, se lo podía haber confundido con un sanador misterioso, surgido de la nada, hasta que alguien gritó:

—¡Tiene un puñal!

La figura encapuchada sostuvo la hoja en el aire para que surtiera más efecto; después se la clavó a Simeón en el pecho. Un chorro de sangre manó con violencia hacia arriba y empapó la túnica del asesino, que resbaló por la sangre al ponerse de pie y casi pierde el equilibrio. Sin embargo, todo sucedió tan rápido que nadie lo atrapó. El asesino gritó unas pocas palabras incomprensibles (más tarde, un escriba afirmó que se trataba de una profecía de Isaías: "Herirá la Tierra con la vara de su boca, y con el soplo de sus labios matará al impío").

Finalmente, uno de los presentes pudo sacarle la capucha al asesino y lo que se reveló hizo que Judas se pusiera pálido.

—Son ellos —gritó—. ¡Corre!

Judas no miró a Jesús, pero, si lo hubiera hecho, habría visto una cara tan pálida como la suya. Los dos reconocieron a uno de los jóvenes zelotes de la cueva. Los rebeldes no confiaban en Judas después de todo y habían enviado a un espía para vigilarlo y completar la misión si el otro fallaba.

Como el falso milagro se había producido tan poco antes de que acuchillaran al juez, la muchedumbre se lanzó contra Judas. Se oyeron gritos de "traidor" y "blasfemo". Pero Judas se había dado cuenta del peligro tan rápido que él y Jesús estaban casi a las puertas antes de que los atraparan. Judas se sacó de encima a los dos viejos que saltaron sobre él.

—¡Corre, corre! —gritó.

Otro hombre, mucho más fuerte que los dos ancianos, había capturado a Jesús, que sólo pudo escapar sacándose la capa.

Tuvieron la suerte de salir corriendo por las puertas que daban a la calle en vez de salir por las que daban al patio interno. Dentro del edificio del templo los hubiera atrapado una multitud de judíos. Judas se detuvo un momento para arrancarse las marcas —amuletos, cinta en la cabeza, aros, kipá— que pudieran delatarlo. Jesús dudaba si hacer lo mismo o no.

—¿Qué pasa? ¡No seas tonto! —gritó Judas. Tiró de la fina cadena que llevaba Jesús al cuello. La cadena se rompió y cayó al suelo una mezuzá de plata. Jesús se inclinó para recogerla, pero Judas gritó que no había tiempo y se lo llevó a empujones.

Habían perdido segundos preciosos. Un grupo de guardias del templo había salido corriendo a la calle. Localizaron a los fugitivos y empezaron a gritar a la multitud que los detuviera. Pero nadie obedeció; algunos soldados romanos que estaban sin hacer nada empezaron a reírse y aullar como perros que persiguen a un ciervo.

Judas arrastró a Jesús a un callejón angosto lleno de carros de vendedores, que retrasarían a sus perseguidores, pero no había tenido en cuenta que el portón que estaba al final del callejón podría estar cerrado con llave. Luchó desesperadamente con el cerrojo de hierro oxidado.

Le ordenó a Jesús que lo ayudara. Sin embargo, en vez de golpear el portón o pedir ayuda, Jesús se quedó a un lado sin decir palabra.

—¿Qué estás pensando? ¿Que Dios quiere que nos maten? —lo acusó Judas, enfadado.

En ese momento, se abrió una puerta cercana y apareció una mujer. Parecía imposible que fuera a hacer otra cosa que gritar y volver corriendo al interior. Los soldados del templo estaban en la boca del callejón, señalando a los fugitivos y gritando obscenidades a los vendedores de fruta que no querían salir del paso.

La mujer entendió lo que pasaba. En vez de retroceder, señaló el interior de su casa. ¿Qué otra opción les quedaba? Judas y Jesús aceptaron el refugio; ella cerró la puerta de un golpe una vez que los dos entraron y pasó el cerrojo.

—Van a tardar un par de minutos en entrar —dijo ella. La voz era de una serenidad sorprendente—. Creo que vamos a librarnos de ésta.

"¿Vamos?" No había tiempo para interrogarla. Judas asintió y la mujer los guió con rapidez por una serie de habitaciones que daban a un corredor exterior, oscuro y casi demasiado estrecho para que pasara un adulto. Después de unos pocos metros, el corredor hacía una curva, y los tres se vieron sumidos en la oscuridad total. Una ruta de contrabandistas, supuso Judas.

Fuese eso u otra cosa, la cuestión es que el pasadizo era tortuoso. Justo antes de llegar a la calle —casi podían ver la luz del sol en el extremo más lejano—, se abría una puerta escondida a la izquierda, camuflada para que pareciera que formaba parte de la pared revocada. La mujer la empujó y la puerta se abrió haciendo chirriar los goznes.

Lograron pasar justo a tiempo y se apretujaron en un estrecho y sofocante armario. Judas se estremecía nervioso; oyó las fuertes pisadas de las botas de los guardias que pasaban de largo y corrían hacia el final del corredor; los clavos de hierro de las botas resonaron contra el suelo de piedra antes de desaparecer a lo lejos; después, no oyó nada más.

—Unos segundos más —susurró la mujer—. Suelen ser astutos.

Como era de esperar, pasó corriendo por la puerta un segundo grupo de soldados: los perseguidores se habían dividido por si les jugaban alguna pasada. Un minuto más tarde, ese ruido también se fue apagando y se hizo el silencio otra vez. Con cautela, la mujer abrió la puerta y atisbó a ambos lados.

Jesús le tomó las manos para darle las gracias entre susurros, pero ella se echó hacia atrás.

—No necesito agradecimientos, necesito ir con ustedes.

—¿Por qué? —preguntó él.

Sin embargo, Judas ya sabía porque él no había mirado a otro lado cuando las "santas" se habían sacado el velo esa mañana. Aquélla era la mayor de las prostitutas, la que el proxeneta decía que tenía dieciséis años, pero que tenía, evidentemente, mucha más edad.

—Muy bien. Puedes venir —aceptó Judas. Cuando estuvieran a salvo, podría averiguar por qué la mujer había decidido confiar en ellos. Era lógico que una prostituta quisiera escapar de su proxeneta. De cualquier modo, ella conocía el vertiginoso laberinto de barrios bajos de Jerusalén mejor que cualquier guardia del templo.

La "santa" sin nombre no se movió de inmediato. Miró fijamente a Jesús.

—¿Y tú? —preguntó—. ¿Puedes soportar viajar con una puta?

Él asintió, y eso fue suficiente. Ella los condujo de vuelta por donde habían venido y después hacia el exterior, por el callejón sin salida. Sacó una llave para abrir el portón cerrado, y dos minutos más tarde, estaban muy lejos del templo.

Judas dejó de sentir el temblor nervioso y en sus oídos se extinguió el zumbido de la excitación. Los tres caminaban lentamente, en fila, por un sendero oscuro repleto de corrales. Cabras y ovejas, indiferentes, ni siquiera les prestaron atención cuando pasaban. Judas se dio la vuelta para mirar a Jesús, que era el último de la fila. Él no había dicho nada en todo el camino y había tratado a la puta con indiferencia cuando se dio cuenta de quién era. Judas estaba un poco desconcertado y se preguntaba si eso era la pasividad del perfecto seguidor o el hermetismo de un posible traidor.

Jesús no estaba tratando de ser enigmático. Seguía desconcertado por la cajita plateada de la mezuzá que Judas le había arrancado del cuello. Estaba desolado por la pérdida. El Libro exigía como mitzvah, o mandamiento, que en cada hogar donde vivieran personas justas hubiera una mezuzá clavada en la jamba del portón. Pero había surgido una nueva costumbre entre los trabajadores que recorrían los caminos: querían llevar la protección de Yahvé consigo a dondequiera que fuesen. Y ahora Jesús la había perdido.

Judas se hubiera burlado de esa superstición, así que Jesús nunca la volvió a mencionar. ¿Quién merecía la protección de Dios? Había un juez tendido en un charco de su propia sangre. Los zelotes sabían que tenían a dos renegados entre sus filas, y les iban a dar caza. Por alguna razón, nada de esto hacía que Jesús se sintiera amenazado. Era como si pudiera ver dentro de la mezuzá, donde había una diminuta plegaria inscrita en un pedacito de pergamino. Mientras caminaba detrás de la "santa" por el camino de tierra, se repetía las palabras iniciales: "Escucha, oh, Israel, el Señor es nuestro Dios, el Señor uno es".

No había ningún otro consuelo.

Desierto y adoración

Los tres fugitivos decidieron huir hacia el mar Muerto. Al principio, Judas se negó a ir hacia el sur. Pintó un cuadro desolador, de costas áridas y aldeas resecas por el sol.

—¿De qué piensas vivir? ¿De la sal? Los campesinos rezan todos los años para no morirse de hambre. —Además, afirmó que los romanos controlaban la región con mano dura. Reclutaban espías entre los pobres más desesperados—. Ahí no hay movimiento clandestino de rebeldes. Nadie nos va a ocultar. Si vamos hacia el norte, de donde vinimos, encontraremos simpatizantes.

—Y zelotes que quieren matarnos —le recordó Jesús.

—Ellos todavía no saben nada —dijo Judas—. Tal vez el asesino que mandaron no pudo volver. Por lo que sabemos, podría estar pudriéndose en los calabozos de Pilatos.

Los tres fugitivos estaban sentados alrededor de una fogata en un barranco lleno de maleza que no se veía desde el camino principal. Jerusalén quedaba ahora a un día de camino, y Dios había sido amable. Ninguna patrulla romana había mirado dos veces a los tres viajeros anónimos.

La santa había revelado que se llamaba María, igual que la madre de Jesús. Hasta el momento, no había participado de la discusión. Una mujer no habría pretendido opinar tampoco. En cambio, había recogido ramitas para el fuego, preparado un té amargo con hierbas silvestres en una olla que había encontrado tirada a un lado del camino, y escuchado en silencio.

—Galilea es demasiado peligrosa —dijo ella de pronto—. Los espías serán mucho más numerosos en donde tiene lugar la rebelión. Cuantos menos habitantes, mejor. —Los dos hombres la miraron fijamente pero, en vez de echarse atrás, María alzó la cabeza—. No soy invisible y tengo cerebro —afirmó—. Recuerden quién los sacó de la ciudad.

—Dices que tienes cerebro —explotó Judas—. ¿Cuánto cerebro hizo falta para hacerte puta?

—El suficiente para ganar esto. —María se tanteó la túnica y tintinearon unas monedas.

Judas se puso de pie de un salto.

—¿Tienes dinero? ¿Y por qué estamos aquí muriéndonos de hambre como si fuéramos animales? Podemos buscar una posada. Dámelas.

María se negó.

—Las estoy guardando para un momento de desesperación, para cuando tengamos que pagar por nuestras vidas. ¿Qué prefieres, una noche en una cama decente o poder salir de la cárcel?

Judas se sumergió en un silencio resentido. Los tres sabían que ella tenía razón. Un día, muy pronto tal vez, podría hacer falta sobornar a un carcelero corrupto. La cuestión era posponer ese momento lo más posible.

Esa noche durmieron en el barranco, con la pequeña fogata oculta entre la maleza. Como María había encontrado un lugar alejado de los dos hombres, Judas volvió a discutir con Jesús la idea de ir hacia el norte, a Galilea. Jesús no quiso escucharlo. Como María tenía dinero, los había atendido y había hecho la mayor parte del trabajo, el grupo no debía dividirse, por muy descontento que estuviera Judas.

—Bueno, como tú quieras —dijo Judas—. Vigila el campamento, yo voy a dormir.

Era más fácil aceptar que seguir discutiendo. Resultaba demasiado peligroso prescindir de un vigía. El terreno que rodeaba el mar Muerto era un desierto en gran parte, así que era el refugio ideal para cualquiera que necesitara esconderse: ladrones, fugitivos de las cárceles romanas, los que evadían impuestos y otros de semejante calaña.

Siguieron rumbo al sudeste durante varios días.

Cada noche traía consigo la necesidad de buscar un lugar para dormir. Dos hombres y una mujer soltera que entraban en una aldea levantaban sospechas inmediatamente. María iba al mercado a comprar comida. Sabía ser moderada. Por un siclo se podía alimentar a tres personas con sobras de pescado y pan del día anterior. Los vendedores, con el ceño fruncido, le tiraban la mercancía de mala gana y después la ahuyentaban para que no les contaminara el puesto. No conocían el oficio de María, pero la delataba el regateo descarado, el rastro seductor del kohl negro alrededor de los ojos y la mirada directa.

—Que me miren —dijo—. Hasta la semana pasada, me dedicaba a atraer miradas.

María había ansiado con todas sus fuerzas escapar de Jerusalén y de la degradación. Pero no era la misma muchacha campesina que cuando había llegado. Tenía las manos suaves gracias a los ungüentos y la crema de áloe. Usaba anillos en los pies y un minúsculo aro de oro en una oreja. Había sido necesario hacerse publicidad. Nunca se sabía cuándo una mirada casual de un hombre en la calle podía llevar a la seducción. Por ser alta y de piel clara, casi lechosa, las miradas al pasar eran habituales y María tenía que armarse de valor ante el desprecio de otras mujeres y las miradas lascivas de los hombres.

—El resto de los comerciantes vende su mercancía —dijo—. En mi negocio, la mercancía soy yo.

Antes de que Jesús aceptara viajar con ella fuera de los muros de Jerusalén, hizo que María le prometiera que no iba a venderse más. Judas dijo, rezongando, que el mero hecho de caminar a su lado era pecado. Si vivían conforme al Libro, los dos hombres no deberían ni siquiera comer la misma comida que ella ni dejar que cocinara sus alimentos.

María se rio.

—¿Preferirían pasar hambre que faltar a la ley? Miren a su alrededor. No hay muchos fariseos errantes por los caminos para atraparlos.

Mostraba una fachada de valentía, pero le preocupaba que los dos hombres la abandonaran.

—Judas no sabe si tratarme como mujer o como leprosa —le confió una noche a Jesús cuando estaban solos—. Si fuera una leprosa, al menos no estaría tan tentado de tocarme. —Al ver la mirada escandalizada de Jesús, dijo con suavidad—: Eres el único en quien puedo depositar alguna esperanza. Tú ves la diferencia entre el pecador y el pecado.

—Yo me uní a Judas. Somos fuertes sólo si estamos juntos —protestó Jesús.

La sonrisa de María decía que entendía cómo eran las cosas en realidad.

—No te hagas el duro. No te sale bien. —Sin ninguna advertencia, le tomó la mano y la sostuvo con fuerza para que Jesús no la retirase—. ¿Qué hace que mi mano sea diferente de la de tu madre o tu hermana? Tocar es tocar, hasta que alguien te asusta diciendo que es pecado. —Jesús se sintió completamente avergonzado, y María le soltó la mano—. ¿Ves? No me atacaste. Eso quiere decir que estás dudando.

—¿Y eso qué tiene de bueno?

Ella se puso de pie.

—Hay cosas más importantes en la vida que el Libro. Eres joven. Muy pronto lo averiguarás. —Era un comentario condescendiente y ella se alejó sin explicarlo para lavarse la cara en un arroyo cercano.

Pero esa noche Jesús se despertó sobresaltado bajo las estrellas: María estaba en cuclillas a su lado y le tocaba el brazo.

—Aquí tienes —susurró, tirándole la bolsa con dinero en las manos—. Cuídala y devuélvemela cuando te la pida. No le digas nada a él.

—¿Por qué confías en mí? —preguntó Jesús.

—No estoy segura. A lo mejor estoy atrapada con dos ladrones. —Dejó que Jesús resolviera las cosas por su cuenta.

Unos días más tarde, Jesús habló con ella.

—Te obligaron a estar con hombres. No eres realmente una…

María negó con la cabeza.

—No. Pasaron cosas.

Su historia era corta y violenta. Cuando había alcanzado la mayoría de edad, la comprometieron con un joven aprendiz de orfebre. Él estaba absorto en su trabajo, inclinado sobre una mesa durante horas fabricando intrincados collares trenzados y ornamentos religiosos. Un día, justo antes de la boda, los romanos entraron en el taller y acusaron a los orfebres de falsificar monedas imperiales. Los dueños del taller tenían dos opciones: entregar al grupo de culpables o dejar que se llevaran a todos a la cárcel. Sacrificaron a Jonás, el prometido de María, que era el más joven de los aprendices.

—No se fue con valentía —dijo María—. Se fue con lágrimas en los ojos. Como te hubieras ido tú.

Lo dijo casi como si fuera algo digno de admiración.

Con Jonás condenado por traidor, María se volvió demasiado peligrosa como compañía y nadie quería estar cerca de ella. Una noche huyó a Jerusalén sin llevarse la dote, para que la hermana menor tuviera posibilidades de casarse.

—Estaba sola, pero no pasó mucho tiempo hasta que un rufián me descubrió y me secuestró en la calle. Me golpeó durante un tiempo, después me puso a trabajar. No hay putas que no sean esclavas. Eso fue hace seis meses. Estuve observando y esperando para poder escapar. —María miró a Jesús con curiosidad—. ¿Cómo te diste cuenta?

—Vi más allá de lo que tú querías que viera.

María no supo qué contestar.

—¿De qué están parloteando ustedes dos? —preguntó, irritado, Judas, que volvía de inspeccionar el terreno. Pasados unos días, los restos de pescado y el pan mohoso le habían revuelto el estómago. Pero había conseguido encontrar un panal que goteaba, por el cual había pagado el precio de tener picaduras en toda la cara, que ya empezaban a hincharse. Había envuelto en la manga unas manzanas silvestres medio arrugadas. Se puso en cuclillas en el suelo y repartió lo que había encontrado.

—Estábamos hablando de ti —dijo María, devolviendo a Judas la mirada de irritación—. Tienes ganas de abandonarme, pero todavía no has encontrado el momento adecuado para contárselo al chico. —Antes de que Jesús pudiera protestar, ella continuó dirigiéndose a él—: ¿No sabes que eso es lo que él piensa de ti? ¿Que eres su chico?

—¡Ya basta! —gritó Judas. Tenía los brazos largos, musculosos y, sin moverse del lugar donde estaba acuclillado, los estiró y le dio unas bofetadas tan fuertes a

María que la tiró al suelo. Ella gritó y se quedó quieta, inmóvil.

Jesús se inclinó y levantó el trozo de panal que le tocaba a ella y que se había caído en la tierra. Trató de limpiar la superficie pegajosa con los dedos.

—Toma —dijo en voz baja, devolviéndoselo—. No valgo tanto como para que se mueran de hambre por mí. —Se dirigió a Judas, todavía con voz tranquila—: A ver si me refrescas la memoria, ¿por qué te crees más respetable que ella? Tú conspiras en cuevas con criminales. Hiciste que asesinaran a un hombre inocente en un lugar sagrado. Tal vez seas tú quien debería avergonzarse ante Dios.

Judas se puso rígido.

—No tienes ningún derecho. Todo lo hago por Dios.

—¿Así que tienes derecho de decir cuál es tu pecado y cuál no? —Jesús no esperó la respuesta—. Si tú tienes ese derecho, ella también.

Judas resopló con desprecio.

—¿Una puta sin pecado? Gracias por la lección, rabí.

Comieron en silencio y pronto se hizo hora de seguir avanzando. Tomar un atajo entre la vegetación parecía más seguro que arriesgarse a los caminos y bandidos. Empezaron a abrirse paso a hachazos entre la maleza espinosa y siguieron el curso del lecho pedregoso de un arroyo, muertos de sed.

—A partir de ahora no te va a molestar más —dijo Jesús cuando Judas estaba lejos y no lo oía.

—¿Por qué? No te creyó antes —afirmó María—. Se nota cómo le funciona la mente: que yo sea culpable atenúa su pecado.

—Ahora me tiene miedo —dijo Jesús.

María parecía escéptica.

—Nunca vi que un cordero ahuyentara a un lobo. Escondo piedras bajo las enaguas por si tengo que defenderte.

Jesús sonrió con confianza.

—Ahora lo conozco. Es el tipo de hombre al que le resulta intolerable que no lo sigan. Mi amenaza consiste en que puedo irme.

Faltaba mucho camino por recorrer antes de que hubiera la menor posibilidad de tener un techo amistoso sobre sus cabezas. Los tres le escondían la cara a Dios. Por el momento, no había nada que los diferenciara de los asesinos, samaritanos y desesperados de la Tierra.

PRONTO DEJARON DE esconderse entre la vegetación para ir por caminos secundarios y angostos. En el campamento, Judas seguía dando órdenes como si dirigiera un grupo de cincuenta rebeldes en vez de a dos exhaustos nómadas. Al caer la noche, entregaba su cuchillo a Jesús para que cortara ramas de pino e improvisara unas camas. Cuando Jesús volvía con los brazos cargados, Judas examinaba con ojos críticos cada rama y descartaba la mitad con expresión de disgusto. Del mismo modo, escupía el agua que le alcanzaba María y se quejaba de que era demasiado asquerosa para beber. La mayor parte del tiempo, Judas estaba demasiado distraído para prestar atención a ninguno de los dos. Comía mirando al suelo, y a las preguntas directas solamente respondía "hummm"; después de eso, se ponía de pie y se iba.

María se reía a sus espaldas.

—Sabes lo que está haciendo, ¿no? Está trazando grandes planes. En su cabeza, tú y yo somos peldaños en su camino a la grandeza. —Ella creía que Judas deliraba.

Jesús ya no buscaba más presagios y, sin embargo, se le cruzó uno en el camino. Fue al cuarto día de haber salido de Jerusalén. Mientras viajaban por un profundo barranco, levantó la mirada. Arriba se veía una piedra enorme que parecía un anciano visto de perfil. Jesús sacudió la cabeza, pero no porque la piedra representara la nariz y barba del viejo con un realismo tan sorprendente. Dos días antes había visto el mismo afloramiento: estaban vagando en círculos.

—Mira —dijo—. La piedra de Moisés.

María siguió con los ojos adonde le señalaba Jesús.

—¿Así es como la llamas? —Frunció el ceño y elevó el tono—. Yo he visto antes esa piedra.

Judas, que siempre había llevado la delantera en el sendero, miró por encima del hombro. Se había acostumbrado a que Jesús y María hablaran entre ellos en voz baja. María le lanzó una mirada acusadora, pero Jesús le apretó el brazo y ella guardó silencio: había perdido toda confianza en Judas y estaba impaciente; se limitaba a esperar el momento oportuno.

—Nos iremos cuando tú decidas —dijo en un susurro feroz—. Pero no esperes tanto o vas a terminar dándote cuenta de que yo ya me he ido.

Como buen judío, Jesús sabía que los planes de Dios eran secretos (como los de Judas, pensó con una sonrisa) y mientras su pueblo erraba en el desierto durante cuarenta años, ¿qué fue lo que lo salvó? En las Escrituras se decía que recibieron maná para alimentarse, pero Jesús se dio cuenta de que los perdidos no vivían del pan, ni siquiera del pan divino. Vivían de la visión de Moisés. Algo que, considerado desde fuera, parecía no tener propósito, él lo reconocía como parte de un designio oculto. El pueblo elegido no estaba perdido en un desierto: estaba perdido en un enigma. Solamente a los dignos revelaba Dios la clave del enigma. Lo que significaba que Judas no estaba delirando en lo más mínimo. Estaba tratando de descubrir el propósito oculto de Dios. ¿Lo lograría? Jesús no tenía forma de saberlo, pero cuando vio la curiosa piedra por segunda vez, se dio cuenta. Dios iba a permitir que estuvieran perdidos hasta que dejaran de estar ciegos. Ésa era su prueba.

Nadie discutió que la verdad era que estaban caminando en círculos. Los tres avanzaron en silencio durante toda la jornada. El día siguiente era viernes y su primer sabbat del viaje. Las aguas quietas del mar Muerto parecían plomo bajo el cielo sombrío. Cuando se atenuó la luz del día, se sentaron al borde del camino. La ley les prohibía viajar después de la puesta del sol. De pronto, se levantó un viento del norte, un viento huracanado y vengativo que los obligó a buscar refugio.

—¡Vengan! —gritó Judas. El aguacero los había empapado completamente en menos de un minuto. Judas señaló la silueta borrosa de una pequeña estructura que se veía en la lejanía. Cuando oscureció, terminaron acurrucados en el cobertizo de un campesino.

María sacó la comida que quedaba, además de una vela.

—Decide tú qué hacer con esto —dijo, dirigiéndose a Jesús. El sabbat siempre empezaba cuando la mujer de la casa, madre o hija, encendía dos velas, o una si la familia era muy pobre. Jesús dudó un instante, después asintió. María puso la vela en el suelo en posición vertical. No esperó la respuesta de Judas—. Apártate si lo consideras necesario. Es nuestra obligación hacer esto —afirmó.

María frotó el pedernal que había traído de su casa. Pero el viento se filtraba por las grietas del cobertizo y era difícil encender la llama. Durante varios minutos, Judas observó sus esfuerzos sin disimular su desdén.

—Déjame a mí —gruñó, pero cuando estiró la mano hacia el pedernal, Jesús se la quitó.

—Primero dime, ¿por qué hacemos esto? —preguntó.

Judas estaba irritado.

—Hagámoslo y ya, rabí. No tendremos nada, pero al menos podemos rezar.

Jesús negó con la cabeza.

—¿Por qué?

—¿Por qué, qué? ¿Por qué la vela? ¿Por qué el sabbat? No seas ridículo. Es lo que hace nuestro pueblo.

—La idea del sabbat era recordar a nuestro pueblo que somos santos.

Judas estaba a punto de sacudirle a Jesús la santidad a golpes cuando, de repente, una fuerte ráfaga abrió la puerta destartalada del cobertizo de par en par; golpeó a Judas en la espalda y salpicó de lluvia fría su túnica, ya empapada. Eso no hizo sino enfurecer más a Judas.

—¡Deja de sermonearme! —gritó. De un puntapié, tiró la vela que tenía María en las manos y volvió a cerrar la puerta de un golpe—. Ya no estamos dentro de la ley. Tú y esta —no se atrevió a decir "puta" otra vez—… están viviendo en un sueño. Despierten, y que sea rápido, porque si no vamos a terminar todos muertos.

—No nos está dado saber la hora de nuestra muerte —dijo Jesús—. El sabbat es nuestra vida verdadera. Detenemos todo para acordarnos de que nunca estaremos fuera de la alianza. —Las últimas palabras las pronunció vacilante. Le preocupaba tener que recordarle las cosas más básicas a Judas.

La voz de Judas sonó al borde de la histeria.

—Con un solo golpe de una espada romana, tu cabeza se sale de la alianza. ¿Cuántas velas te van a salvar, rabí?

—Dios nos va a salvar —replicó Jesús, firme.

—¿Por qué? ¿Porque a nadie más le importamos un cuerno? Te lo digo yo, no les importamos.

—Porque le voy a dar un motivo para que nos salve, a partir de este mismísimo momento.

Sin echarse atrás, Judas abandonó la discusión. Observó con tristeza a Jesús, que gateaba en la oscuridad en busca de la vela perdida. Cuando la encontró, María limpió la mecha sucia y volvió a frotar el pedernal. Se encendió una chispa y, un momento más tarde, ella se puso a rezar. "Bendito seas, Señor, nuestro Dios, que gobiernas el universo, nos has santificado con tus mandamientos y ordenado que encendiéramos las luces del sabbat. Amén."

Por precaución, pronunció esas palabras entre dientes, para sí misma. Jesús estaba arrodillado junto a ella. Esperaba oír que Judas se marchara violentamente pero, cuando abrió los ojos, Judas se había dejado caer en el rincón, con la cabeza entre las manos.

—Ruach Adonai —murmuró Jesús, invocando el aliento de Dios que sostiene al judío devoto día a día. Si Judas oyó la bendición, no alzó la cabeza para recibirla. Era más probable que el viento que trataba de entrar a la fuerza hubiera ahogado las palabras.

La mañana comenzó con gritos femeninos. Los fuertes lamentos hicieron que Jesús y Judas se despertaran sobresaltados. Doloridos por el suelo húmedo e irritados por las túnicas empapadas, miraron a su alrededor, confundidos. María no estaba. Era evidente que los gritos provenían de más de una mujer.

María entró retrocediendo en el cobertizo y les hizo señas con la mano para que salieran.

—Hay problemas. Será mejor que vengan a ver.

Al seguirla, los hombres vieron el gran carro de un granjero que se había salido del camino a unos cien metros. Era de una familia que viajaba; habían soportado la tormenta acurrucados bajo el carro. Probablemente, el burro que tiraba de él había huido aterrorizado tras haberse soltado de las riendas.

—¿Qué podemos hacer? —preguntó María.

Las mujeres gritaban para que volviera el animal, pero apenas se lo veía a lo lejos, buscando pastos magros mientras trotaba a buen paso.

—Nada —dijo Judas—. Es problema de ellos.

Sus palabras estaban de acuerdo con la ley. Si por casualidad encontraban a un gentil, éste podía volver a enganchar el burro sin pecar. Pero como para ellos estaba prohibido hacer ningún tipo de trabajo durante el sabbat, lo único que podían hacer los dos hombres de la familia, que parecían padre e hijo, era quedarse mirando.

—Iré yo —anunció Jesús—. María trató de retenerlo, pero él ya se alejaba corriendo a través del campo. El burro era viejo y tranquilo. Dejó que el desconocido se acercara y lo tomara de la brida suelta. Un instante más tarde, Jesús lo trajo de vuelta.

—No pasa nada —le dijo a María, y luego se dirigió a Judas—: Escucho tus consejos. ¿No dijiste que estábamos fuera de la ley?

Pero la familia del campesino aceptó el animal de mala gana, y se notaba que el padre estaba casi enojado.

Jesús señaló a un cabritillo atado a la parte de atrás del carro.

—Dámela. La sacrificaré en el próximo pueblo. —El campesino dudó e intercambió miradas con la esposa—. Y después recibirán la carne para comer. Se lo prometo.

En vez de disipar las sospechas del campesino, eso pareció agravarlas.

—La cabeza —la esposa del granjero rompió el tenso silencio, y señaló a Jesús.

Jesús se tocó la frente con los dedos. Tenía una enorme hinchazón cerca del nacimiento del pelo. Le dolía si lo tocaba, pero no recordaba haberse lastimado.

—No es nada —dijo.

—Yo te curaré. Mi bendición va a expiar tu pecado —insistió la mujer. María y Judas sabían que ellos no podían armar jaleo así que, finalmente, Jesús se acostó en la parte de atrás del carro y la familia del granjero volvió a emprender viaje. La esposa le frotó una cataplasma en la frente. Tenía un olor asqueroso y cuando ella le vendó la cabeza con un pedazo de tela, Jesús hizo una mueca de dolor.

—Perdón —susurró ella, y aflojó el vendaje.

Sin pedir permiso para unirse al grupo, Judas y María caminaron detrás del carro. Mantenían una distancia respetuosa, lo que no impidió que padre e hijo les lanzaran, de vez en cuando, una mirada hostil de advertencia.

Jesús se incorporó y se sorprendió de ver que el mundo le empezaba a dar vueltas. Le cayó sobre los ojos un velo de puntitos negros, como un enjambre de mosquitos en verano. Se dio cuenta de que estaba a punto de desmayarse cuando ya era demasiado tarde para evitarlo. El enjambre de puntitos se hizo más compacto y, de pronto, Jesús recordó cómo se había lastimado: la amable mujer del templo y la corona de rosas con espinas que le había puesto. Le había producido un rasguño diminuto; era la cosa que menos daño podía haberle causado. Por un instante fugaz, vio las flores color rosa brillante y oyó la risita de la mujer… el resto fue oscuridad.

HACEDOR DE MILAGROS

Segunda parte

Cuando Jesús se despertó, notó un par de manos que se estiraban hacia él. Le estrujaban las vestiduras y lo sacudían para que se enderezara, como quien levanta un saco de mijo. La lluvia le golpeaba la cara y se oían voces enfadadas que discutían. ¿Estaban incluidas en su delirio febril o eran de verdad? Jesús trató de no prestar atención al dolor punzante que sentía en la cabeza.

—No puedes echarlo. Mira cómo está.

—No me importa. No tiene ninguna relación con nosotros. ¡Vamos, muchacho, dale un empujón!

El granjero y su hijo ya casi habían sacado el cuerpo del carro. El peso muerto de Jesús entorpecía la tarea. Sus sandalias resbalaban en el suelo húmedo del carro.

Jesús estaba demasiado débil para protestar. La cabeza le colgaba a un lado como la de una muñeca de trapo. Judas estaba de pie en el camino, junto al carro del granjero, con la cara lívida.

—El pecado recaerá sobre sus cabezas. ¿Es eso lo que quieren? —gritó.

—Ya no lo llevaremos más. Ahora es todo tuyo. —La voz del padre era dura y terca. Jesús gimió cuando las tablas astilladas del carro le rozaron la espalda. Había estado atontado de dolor durante tanto tiempo que ya no le importaba. Lo que Jesús temía era perder el conocimiento otra vez y descender a un vacío peor que cualquier tormento físico. En esa enorme oscuridad, vio demonios de colmillos afilados que le roían el corazón y lo arrastraban aún más hacia la oscuridad.

La herida de la frente desprendía un olor espantoso; la carne le supuraba. Recordaba vagamente que María le despegaba el vendaje. Un pus verdoso le rodaba por la frente y María se alejó para que Jesús no la viera llorar. La lluvia estaba fría y él no temblaba a pesar de estar expuesto a las inclemencias del tiempo. Era casi placentero que lo hubieran abandonado. Terminaría el dolor. No tendría que pensar cómo le había fallado a su Dios.

—Esperen. ¡Maldición, les dije que esperen! Podemos pagarles.

Jesús estaba apenas consciente para oír esas palabras. Esta vez era la voz de una mujer: María. Jesús sintió que unos dedos le tanteaban la cintura. Hubo un tintineo de monedas y después las manos ásperas lo pusieron en el suelo.

—Esto no es gran cosa.

—Es lo que hay. ¿Quiénes son los gentiles para robarnos si los judíos pueden hacer ese trabajo? —María estaba regateando, pero esta vez por Jesús y no por una cabeza de pescado.

En medio de los gritos, Jesús vio un destello de luz dorada. Era tenue y estaba muy lejos, pero se acercaba. A pesar de la desesperación, la visión lo alegró. Jesús tenía miedo de despertarse en la Gehena, el infierno reservado para los que morían fuera de la ley de Dios, un lugar donde la eternidad se medía por el paso lento de la agonía. La luz dorada tituló y Jesús oyó una voz al oído.

—Quédate quieto. No te muevas. —Era Judas y el brillo no era más que la luz trémula de la lámpara de aceite que tenía en la mano. Jesús gimió—. ¿Me oíste? No hagas ni un ruido.

¿Qué estaba pasando? Jesús trató de mover la cabeza. Estaba acostado en una habitación que tenía el aire viciado. Había camastros de paja dispersos por el suelo de madera y Jesús se dio cuenta de que estaba en una antigua posada que usaban como refugio los obreros más pobres cuando estaban de viaje. Un hombre que estaba cerca dormía bajo una manta mugrienta. Los demás estaban despiertos, en cuclillas, guardando silencio, mirando fijamente hacia la puerta.

Cuando se dio cuenta de que María no estaba allí, Jesús volvió a gemir. Tenía que encontrarla. Jaló a Judas del brazo, lo que este interpretó, por error, como un intento de hablar. Judas le mantuvo la boca cerrada con la mano y susurró, feroz:

—Los romanos. Están afuera. Si quieres seguir vivo, finge que estás dormido.

Pero no hubo tiempo para fingir. La puerta se abrió de un golpe y entraron dos legionarios golpeando las botas contra el suelo y soltando barro. Los seguía un hombrecito nervioso con un tocado judío alto y negro. Uno de los soldados señaló hacia donde estaba Jesús.

—¿Es ése?

El hombrecito nervioso asintió y después salió corriendo.

—Muy bien. Ustedes, de pie. ¡De inmediato! —El legionario que estaba al mando ladraba las órdenes.

Débil, Jesús se levantó con la ayuda de Judas, que sostenía la mayor parte de su peso. Cuando se acercaron los romanos, mantuvo la vista fija en el suelo, pero ellos pasaron de largo. El soldado de menor rango pateó al hombre que dormía debajo de la manta, y el hombre no se movió. El soldado lo insultó; aun así, el cuerpo siguió sin moverse.

—Quedó tirado ahí como un perro —dijo el soldado entre dientes. Se arrodilló y volvió a poner la manta con cuidado. La cara del hombre estaba salpicada de manchas rojas e inflamadas; estaba muerto hacía rato. El soldado se puso de pie de un salto—. Mírelo, sargento. No nos dijeron que hubiera una peste.

—¿Acaso parezco un jodido médico? Tenga lo que tenga, ahora estamos todos en problemas. —El sargento recorrió la habitación con la espada en alto—. Salgan todos. Están en cuarentena. Y nada de quejarse. Estoy seguro de que ya conocen los calabozos.

Una procesión rezongona salió despacio al callejón. Judas arrastró a Jesús lo más lejos que pudo de los captores.

—¿Y ella dónde está? —Jesús no podía pasar más tiempo sin preguntar.

—Se ha ido.

A Jesús se le cayó el alma a los pies. Judas no tenía nada más que decir y, unos segundos más tarde, los obligaron a marchar al ritmo de los soldados. Entonces, el pequeño grupo desaliñado se unió a un pelotón romano más numeroso en la calle principal del pueblo, que consistía en una hilera de casas de barro ruinosas y unos puestos que bordeaban el camino. Las monedas de María les habían comprado el pasaje hasta ese lugar antes de que el granjero los abandonara finalmente.

Era la vergüenza lo que había llevado a Jesús a aquel sitio. La vergüenza de un pueblo cautivo se había cerrado sobre él como el nudo de un ahorcado y lo había hecho igual a todos. Él había tratado de luchar por los judíos, que era lo mismo que luchar por Dios. A cambio, obtuvo cenizas, las mismas que se habían frotado sus antepasados en la cara mientras se mecían hacia atrás y hacia delante, lamentándose de su infortunio. Sintió una punzada de dolor. Miró hacia abajo y vio que tenía los dos tobillos en carne viva, con heridas que los rodeaban.

Una segunda punzada, esta vez mucho más fuerte, lo hizo gemir. Y entonces vio la imagen de un zorro del desierto atrapado en una trampa que había colocado su hermano Santiago. La trampa era para cazar conejos, pero el zorro era tan pequeño que había quedado atrapado en ella. Cuando Jesús y Santiago se acercaron para liberarlo, el zorro del desierto gruñó y cerró con fuerza las mandíbulas. Se había pasado la noche royendo la pata atrapada y se había destrozado el pelaje y la piel. Ahora, presa del pánico, el animal trataba de correr y el hueso de la pata se había partido con un crujido. Un segundo más tarde, el zorro se había ido y había dejado tras de sí un reguero de sangre y media pata atada a la soga. A los dos muchachos se les revolvió el estómago.

—Por lo menos puede irse corriendo a su guarida —dijo Santiago, esperanzado. Pero Jesús sabía que el zorro iba a morir desangrado en el camino.

Ese recuerdo no le dio ninguna esperanza. El pecado era la soga; el zorro del desierto era él. ¿Qué había hecho él de bueno salvo roer su propia herida? Tarde o temprano, a él y a Judas los iban a matar y María sería la siguiente. Tenía que haber otra salida.

Jesús bajó la cabeza y esperó su turno para que lo llevaran a un calabozo improvisado en las afueras del pueblo. Sin ninguna formalidad, lanzaban a los presos en una celda abarrotada.

—Eh, nos vamos a asfixiar aquí adentro —gritó alguien.

El sargento, que ya se estaba marchando, se encogió de hombros.

—No estará tan abarrotada cuando alguno de ustedes caigan muertos. —Los soldados estaban aburridos y listos para su ración diaria de cordero seco y vino tinto, enriquecido con licor para evitar que se echara a perder.

Judas miró fijamente el ventanuco de la celda, que estaba alta y fuera del alcance de la mano. Después se envolvió en sus vestiduras, se apoyó contra los otros cuerpos acurrucados y cerró los ojos.

—Perdóname, muchacho —dijo entre dientes.

En un primer momento, el frío tonificante había revivido a Jesús, pero el alivio no duró mucho. Jesús volvió a sentirse afiebrado y pudo mantenerse poco tiempo de pie antes de caer al suelo. En cuclillas, combatió el delirio. La existencia no parecía más que una cáscara vacía. Habían vuelto los demonios y le roían el último resto de corazón. La lucha por seguir consciente sólo era un reflejo.

Y, sin embargo, el abismo no lo reclamó. Enseguida se dio cuenta de que había alguien que se movía con destreza por la celda abarrotada. Apenas veía la silueta de un hombre que estaba acurrucada junto a un preso dormido, antes de pasar al siguiente. Un ladronzuelo no encontraría gran cosa en ese lugar.

El hombre se acercó. Jesús vio de que le estaba alcanzando algo, una piel de cabra.

—¿Agua, hijo mío?

Agradecido, Jesús aceptó el odre que le ofrecían y bebió.

—¿Cuándo nos van a dejar salir? —preguntó al devolverla.

—Tú puedes irte cuando quieras. El Señor está contigo. Selah.

—¿Qué?

El hombre se acercó más.

—Te estuvimos observando.

—¿Estuvimos?

—Sí.

El hombre siguió en cuclillas frente a Jesús, con los ojos ocultos en la oscuridad, pero fijos en él.

—No saben ni entienden; caminan en tinieblas; son sacudidos todos los cimientos de la tierra. —El hombre ladeó la cabeza—. Pero tú entiendes, ¿no es cierto? —Jesús estaba perplejo. Como la vieja del templo, el desconocido estaba citando las Escrituras. El hombre continuó—: Dije que ustedes son dioses, son hijos del Altísimo. —Se acercó otra vez y repitió sus palabras—: Ustedes son dioses. Es hora de demostrarlo.

Antes de que Jesús pudiera reaccionar, el desconocido ya estaba de espaldas y avanzaba hacia el siguiente preso para ofrecerle agua. Jesús estiró el brazo para hacerlo volver y lo cegó un destello de luz brillante. No era como los destellos de dolor que había sentido antes. De hecho, el dolor se había ido y Jesús sintió una fuerza y una lucidez extraordinarias.

Se puso de pie sin que le temblaran las piernas. O, mejor dicho, se vio ponerse de pie, porque no estaba deseando que su cuerpo se moviera. Las palabras que había pronunciado el extraño parecían tener poder propio. Jesús se movió sin esfuerzo, pasó por encima de Judas, que estaba acurrucado en el suelo de tierra, y se dirigió a la puerta. El hombre tenía razón: era hora de demostrar algo.

"Soy el hijo del Altísimo."

La orden acudió a su mente con una certeza absoluta. Aunque parecía que le habían echado llave, la puerta estaba cerrada, pero no trabada. Tal vez el hombre extraño la había forzado. Jesús empujó y la puerta se abrió de par en par. A la salida, había antorchas colgadas en la pared y dos soldados de vigías. Habían estado jugando a los dados en el suelo, pero se quedaron dormidos en esa posición, dando cabezadas.

Jesús se detuvo y esperó recibir más orientación. No pasó nada, y el corazón le dio un vuelco. ¿Tendría que correr? ¿Tendría que gritar para despertar a los otros y dirigir una huida? En silencio, pasó junto a los guardias y percibió el fuerte olor a licor de su aliento. Lo separaba de la calle una segunda puerta. No estaba cerrada con llave y, un momento más tarde, Jesús ya estaba afuera, de pie bajo las estrellas.

Se dirigió con paso firme a la salida del pueblo. No sintió ganas de correr ni de pensar adónde iba. La región era demasiado pobre para tener calles empedradas, así que sus pasos no hacían ruido en el polvo.

Después de haber recorrido cierta distancia —Jesús no podía saber cuánta—, un hombre, con el rostro oculto bajo la capucha de la capa, salió de entre las sombras.

—Sígueme, señor. —El hombre no hablaba con un susurro conspirador sino con autoridad. Vio que Jesús dudaba—. Te han sacado del cautiverio. Yo puedo esconderte.

—¿Quién eres? No voy a ningún lado hasta que te vea la cara —dijo Jesús.

El desconocido se sacó la capucha y mostró un semblante delgado, cetrino, rodeado de una barba recortada más parecida a la de un romano que a la de un judío.

—Llámame Querulus. Yo soy tu amigo. —Al ver a Jesús retroceder al oír un nombre romano, el hombre dijo—: Es peligroso que te diga mi verdadero nombre, por lo menos de momento. Hay que tener cuidado. Ven.

Los dos intercambiaron miradas cautelosas, y el hombre se volvió a cubrir la cabeza y enfiló por un callejón angosto. Jesús lo seguía. Había algo persuasivo en la actitud del desconocido.

—¿Por qué me llamaste "señor"? —preguntó Jesús mientras atravesaban callejones tan estrechos que parecían hechos para que pasara un muchachito.

—Soy optimista. Prefiero ver lo que puede ser más que lo que es.

Jesús negó con la cabeza.

—Entonces te has equivocado. Yo nunca voy a tener esclavos ni dar órdenes a ningún sirviente.

—No me refería a eso, señor —dijo Querulus, riéndose entre dientes—. Pero dejo de llamarte así si eso hace que camines más rápido.

Evidentemente, el hombre conocía la zona. Emprendió el camino veloz en la oscuridad, sin necesidad de brújula ni luz de luna. Jesús empezaba a perder la sensación extraña de estar distante y le volvía una y otra vez la imagen perturbadora de Judas dormido en el suelo de la cárcel entre harapos mugrientos.

—Tengo que volver —dijo.

—Vas a volver a ver a tus amigos, a los dos. Ya han cumplido su propósito por el momento.

El desconocido de la capa agarró a Jesús del brazo. Parecía que ya casi habían llegado a su destino. Transcurridos unos minutos, abrió de un tirón la puerta que llevaba a una casita idéntica a las de los alrededores, excepto que el interior de ésta despedía una esencia cálida, picante, de sándalo. Jesús dudó en el umbral y el desconocido esperó.

—Conozco este olor —dijo Jesús.

—Sí, lo usan los sacerdotes en el templo. Imagina lo que costará quemar algo tan valioso todos los días. Con suficiente oro se puede convertir en humo a Dios.

Querulus sonrió y esperó. Tuvo la suficiente paciencia de dejar que Jesús decidiera si entrar o no. El aire nocturno estaba más fresco en ese momento, la hora antes del amanecer. En el viaje a través del laberinto de calles, Jesús no había notado frío. Ahora temblaba casi de la misma forma que cuando tenía fiebre.

—Ofreces refugio y yo acepto —dijo—, pero no puedo olvidar a los que dejé atrás. ¿Prometes llevarme de vuelta con ellos?

Querulus asintió. Jesús dio un suspiro preocupado y atravesó el umbral con rapidez, siguiendo el aroma cálido y el fuego prometedor que ardía despacio en el hogar, a unos pocos metros.

JESÚS SE DESPERTÓ después de un sueño largo, profundo, y se encontró con que el sol estaba muy alto en el este. Una mujer joven entró en su habitación y le puso una fuente con agua junto a la cama, al igual que hacía su madre todas las mañanas. Jesús se lavó la cara. En el reflejo vio que la herida de la frente había desaparecido; cuando la tocó, no notó ni cicatriz ni molestias, como si nunca hubiese existido.

La casa era grande, tenía varias habitaciones y el suelo no era de tierra, sino de madera. En vez de antorchas de paja, las habitaciones estaban iluminadas por lámparas de aceite con adornos dorados que colgaban de las paredes, y el techo estaba abierto en el centro, como el de un atrio romano. Allí vivía gente de buena posición. Jesús entró en la habitación principal, donde había cuatro personas comiendo en una mesa. Uno de ellos, Querulus, el patricio de nariz aguileña cuyo perfil bien podría haberse grabado en una moneda, se dio la vuelta. El grupo había estado conversando normalmente, más como una familia que como rebeldes. Querulus interrumpió las preguntas de Jesús levantando un dedo en el aire.

—Todavía no. Come con nosotros. Acostúmbrate a tu nueva vida. —Querulus hablaba con el mismo tono de autoridad que había usado la noche anterior. Jesús se sentó a su lado y aceptó un plato de tortas de trigo, aceitunas, higos y cordero seco. No había tenido un desayuno semejante en toda su vida. Querulus se rio cuando vio lo poco que se había servido—. Sírvete tranquilo. No todo el mundo se muere de hambre por ser de Nazaret.

Jesús parecía asustado. La mención de su aldea cambió el ambiente de la habitación y, rápidos, los otros tres que estaban a la mesa, dos mujeres y un hombre, se levantaron y salieron de la estancia.

—¿Tienen miedo de que los vean conmigo? —preguntó Jesús.

Querulus negó con la cabeza.

—No exactamente. Pero tenerte bajo nuestro techo es una cuestión seria. No me mires así, no quise decir "cuestión peligrosa". Este lugar es seguro.

Por la forma en que Querulus hacía de anfitrión, Jesús supuso que sería el dueño de casa. El otro hombre —a lo mejor un hermano— quizás estuviera casado con una de las mujeres, y la otra sería la esposa de Querulus. Jesús comió en silencio estudiando esas posibilidades. Terminó el último sorbo de su bebida, vino endulzado con miel y mezclado con agua.

—¿Por qué me abrieron la cárcel? —preguntó.

—Una prueba, un signo, un presagio, o por ningún motivo en especial. Tú sabes cómo piensan los judíos. ¿No les has dado vuelta a esas cosas hasta la saciedad con tu amigo ciego, Isaac? —Jesús enarcó las cejas; Querulus le hizo una seña para que borrara el gesto de asombro—. No estoy aquí para sorprenderte. Nosotros conocemos a Isaac y, a través de él, te conocimos a ti. Luego, lo único que necesitamos fue encontrarte.

Jesús esbozó una sonrisa irónica.

—¿Qué es lo que me hace tan valioso?

—Ya veremos, ¿no te parece? —Querulus se levantó de la mesa—. Si estás dispuesto, tengo algo que mostrarte.

Jesús asintió. Sentía una fuerza sorprendente. No tenía rastro de fiebre ni sentía debilidad en las extremidades. Como su curación era parte del mismo milagro que lo había liberado de la cárcel, no era necesario llamar la atención al respecto. Parecía que Querulus y su gente estaban acostumbrados a los prodigios.

Los dos hombres salieron de la casa. Era casi mediodía y la calle rebosaba de actividad. Querulus caminó rápido, serpenteando entre carros tirados por burros y vendedores ambulantes.

—Falta bastante todavía —comentó, y señaló a la lejanía—. Hazme tus preguntas, pero no todas a la vez. Vamos a estar juntos mucho tiempo.

En ese momento Jesús no tenía ninguna pregunta. Su salvador actuaba tan seguro de sí mismo como Judas. Eso indicaba que quería que Jesús fuese su seguidor. Y sin embargo, lo había llamado "señor".

—Quiero ver otra vez a mi familia —dijo Jesús—. Tú sabes cómo llegar a Nazaret. ¿Puedes encargarte de eso?

Querulus negó con la cabeza.

—Es demasiado peligroso. Se le ha dado aviso a Isaac esta mañana. Él le dirá a tu madre que estás a salvo. ¿Es todo? Tiene que haber más.

Habían pasado la última casa de la pequeña aldea y estaban atravesando un campo cubierto de maleza y cebada rala. A Jesús le pareció oír en la distancia el débil tintineo de unas campanas.

—Estamos cerca —dijo.

—Sí. —Querulus parecía algo exasperado—. Si tú no preguntas, voy a tener que informarte yo. No somos rebeldes ni fanáticos. Somos una especie de observadores, pero especiales. Observamos a través de los ojos de Dios. ¿Crees que eso es posible? —Mientras Jesús pensaba una respuesta, Querulus se rio—. No te engañes. Tú has estado tratando de hacer lo mismo.

El tintineo de campanitas fue haciéndose cada vez más fuerte y, cuando llegaron a una pequeña cuesta, Jesús vio de dónde venía. Una pequeña procesión nupcial atravesaba un campo que estaba delante de ellos. Los novios caminaban bajo un dosel blanco que sostenían cuatro familiares varones. Las campanillas del tobillo de la novia sonaban despacio mientras ella avanzaba. Querulus los señaló con la cabeza.

—Vamos hacia donde van ellos. Pero es mejor si nos mantenemos alejados por ahora. Discreción.

No explicó por qué tenían que ser discretos. Al echar un segundo vistazo, Jesús se dio cuenta de que en la procesión nupcial no había invitados: sólo estaban la pareja de prometidos y los que llevaban el dosel. ¿Por qué no había invitados ni festejo? Tendría que esperar para ver.

Caminaron otro kilómetro bajo el sol de mediodía. Los campos ralos se convirtieron en bosques; el cortejo nupcial se dirigió hacia allí. Sin embargo, no se abrieron paso entre la maleza a machetazos. Como pudo distinguir Jesús una vez que se le acostumbraron los ojos a la penumbra del bosque, había un sendero abierto que era fácil de seguir. Otros cuatrocientos metros más adelante, Querulus lo tomó del brazo para que no siguiera avanzando.

—No hay ningún ruido —dijo en voz baja—. Arrástrate hacia adelante y observa.

El sendero había terminado sin llegar a ningún lado y el cortejo nupcial había desaparecido. Pero no era difícil seguir las campanillas tintineantes. Al cabo de un rato, dejaron de sonar.

—Mira.

Querulus corrió unas ramas gruesas hacia atrás y Jesús vio un claro entre los árboles. Los de la boda estaban arrodillados sobre una blanda capa de hojas de pino, pero no estaban solos. Frente a ellos había un muchacho de unos doce o trece años, de extraño aspecto con túnica escarlata y media docena de mezuzot alrededor del cuello. El pelo le llegaba casi a la cintura y estaba trenzado en rodetes bien apretados.

Antes de que Jesús tuviera tiempo de asimilar lo que veía, el chico dio un chillido y empezó a farfullar cosas sin sentido en un tono rápido y febril. Pero no eran cosas sin sentido, sino una plegaria confusa dicha con tanta rapidez que las palabras salían pegadas unas a otras. Los novios también empezaron a farfullar; sus palabras eran igual de confusas pero más suaves.

El muchacho empezó a girar y agitar los brazos, despacio al principio, después cada vez más rápido. Siguió con el torrente de palabras. Mientras su cuerpo daba vueltas, metió la mano entre la ropa y sacó lo que parecía una soga negra. Pero la soga se retorció y trató de subir reptando por el brazo del chico. Los novios dejaron de rezar; abriendo los ojos desmesuradamente.

—Una víbora —susurró Querulus.

El muchacho no parecía asustado de la víbora venenosa. Levantó el brazo en el aire mientras el animal se le enroscaba alrededor. La novia se puso pálida porque previó lo que iba a pasar. El chico dejó de dar vueltas y se le acercó, con un brillo en los ojos.

—Señor, coloca tu semilla en ésta, tu hija, para que sea bendecida. —Con un movimiento rápido apretó la cabeza de la víbora directamente sobre el vientre de la joven. Presionó con fuerza y la víbora la mordió. Con un gemido ahogado, la mujer se desmayó. El chico miró al novio y a los cuatro portadores del dosel, que trataban de ocultar su inquietud—. No se asusten. Dios ha convertido en miel el veneno.

La dramática escena se congeló por un instante. Después, la novia se llevó una mano temblorosa a la cara y reaccionó con un grito ahogado. Los hombres sintieron un alivio inmenso. Rodearon al chico, cuya actitud ahora era normal, incluso tímida. El novio le dio una palmada en la espalda.

—¿Un varón? Cuando ella dé a luz, ¿será un varón?

El muchacho asintió con una sonrisa confiada. La novia ya había vuelto en sí. El novio la abrazó; alguien trajo vino para celebrarlo.

—Ya es suficiente. Vámonos —ordenó Querulus, empujando a Jesús para marcharse. Cuando el cortejo nupcial ya no los podía oír, dijo—: Esto pasa todas las semanas. Son gente simple. No se les ocurre que a las serpientes se les puede arrancar los colmillos.

—¿Qué pasa si tiene un bebé y no es varón? —preguntó Jesús.

Querulus se encogió de hombros.

—Le echan la culpa a ella. Si tiene mala suerte, la acusarán de adulterio y, después, le irá muy mal.

El extraño ritual resultó inquietante. Mientras salían del bosque, Jesús preguntó:

—¿Por qué querías que viera eso?

—El muchacho. Es como tú. Falso, pero, de todas formas, como tú.

—Eso es un disparate.

—¿Ah, sí? —Querulus se detuvo al borde de un campo y miró hacia arriba, al sol—. Si Judas pudiera usarte de esa forma, lo haría. Está a mitad de camino, al paso al que va. Cuando se dé cuenta de que huiste de la cárcel y después vea que estás entero otra vez, quién sabe qué ideas se le puedan ocurrir. La salvación no siempre es una cuestión del alma. Puede ser una causa, y eso es lo que él necesita con desesperación.

Cada frase había ahondado la perplejidad de Jesús.

—Yo nunca engañaría a la gente como ha hecho ese chico. Parece que sabes lo que quiere Judas de mí. ¿Y tú qué quieres?

—Te lo diré. En los límites de cada sociedad, hay un salvador esperando. Es lo que la gente ansía. Un ser sobrenatural que haga desaparecer todo lo malo: tristeza, enfermedad, pobreza. ¿Crees que tu propia madre no reza por eso?

Ante la mención de su madre, Jesús se mordió el labio.

—Sigue —dijo, cortante.

—Para ser un salvador, sólo tienes que conocer dos cosas: la naturaleza humana y los tiempos en los que vives —afirmó Querulus.

Jesús frunció el ceño.

—Ahora suenas como Judas. No voy a permitir que ninguno de ustedes me utilice.

—Quieres decir que no lo vas a permitir después de la primera vez, ¿verdad? ¿Y qué habría pasado si su pequeño fraude hubiera funcionado?

Jesús desvió la mirada. La forma en que Querulus había llegado a enterarse del milagro falso del templo era otra pieza más del enigma mayor. ¿Por qué estaba interesado en Jesús? ¿Qué lo había impulsado a buscar a un analfabeto solitario de una remota aldea del norte? Querulus podía leer las dudas en la mente de Jesús.

—Era necesario que vieras al muchacho del bosque —dijo—. Será un farsante, pero las ansias que satisface son reales. Las personas pobres que no tienen ni siquiera para comer consiguen dinero para darle. Él se lo entrega a su padre, que caza las víboras y dirige el patético espectáculo. Andan traqueteando en un carro de pueblo en pueblo. Es un negocio en alza.

—Lo cual no tiene nada que ver conmigo —protestó Jesús.

—Tiene algo que ver con todos —contestó Querulus. Apenas había descansado un minuto, pero fue suficiente para alguien tan inquieto como él—. Ven. —Un instante más tarde estaban atravesando los campos a paso vivo para volver al pueblo.

Jesús no tenía ganas de discutir. La mitad de lo que había dicho Querulus era cierto. Los salvadores acechaban en las sombras en cualquier parte. No todos eran tan insolentes como para asumir el título de mesías. Se hacían pasar por magos o rabinos milagrosos o sanadores a través de la fe. Jesús se había sentido fascinado por ellos cuando era un niño, hasta que María y José le advirtieron que Dios conocía la diferencia entre los farsantes y los que actuaban en su nombre. Nunca le explicaron cómo sabía Dios eso y Jesús se olvidó de preguntar. Los rabinos prodigiosos y los milagreros fueron haciéndose cada vez menos numerosos cuando los romanos empezaron a tomar medidas más enérgicas contra ellos y las hacían cumplir. Consideraban que los falsos milagros formaban parte del plan de los rebeldes para ganarse a los ignorantes campesinos judíos.

Cuando el comienzo del pueblo estuvo a la vista, Jesús dijo:

—Querulus parece un nombre raro. ¿Qué significa?
—Significa "quejoso".

—¿Eres así? —Quejarse parecía un rasgo de perso-
nalidad que uno preferiría ocultar, no proclamar.

Querulus se encogió de hombros.

—Nos ponemos un nombre que describa el estado del
alma. Es una especie de código. Mi alma se queja por estar
atrapada en este mundo de sufrimiento. ¿La tuya no?

—Sí. —Jesús no dudó en dar una respuesta simple y
rápida—. Si me quedo, ¿me pondrán un nombre?

—Ya tienes uno: "señor". El único problema es que
no te gusta.

Jesús no contestó. Se acordaba de lo que había dicho
Querulus esa mañana sobre una vida nueva, como si él
fuera un miembro natural del grupo. ¿Sería así? Persistía
el estado mental extraño y distante que le había invadido.
Jesús no tenía ningún deseo de huir. En un mundo donde
no había paz, a su alma le importaba muy poco adónde
iba él.

Capítulo
8

El cuarto hombre

Los días que siguieron fueron como una iniciación silenciosa. El grupo de Querulus quería inspeccionar al recién llegado. Fueron a la casa, uno por uno, como animales tímidos que salen con sigilo de sus madrigueras. Eran desconfiados, y Jesús se preguntaba si no habría caído en otra conspiración fantasma.

Acababa de salir de la casa un par de hermanos nerviosos, viejos fabricantes de sandalias, cuyas manos estaban manchadas de tanino y eran tan nudosas como el cuero que trabajaban. Durante su visita, se habían pasado la mitad del tiempo mirando fijamente a Jesús, como si fuera un mono sobre una cuerda, y la otra mitad echando miradas a la ventana.

Jesús nunca había conocido a un romano que conviviera tan estrechamente con los judíos. Querulus todavía no había revelado lo que quería ni lo que estaba buscando. Mientras tanto, era distante con los que iban a la casa e, incluso, mostraba un desprecio indiferente por ellos.

—El espíritu está dispuesto. Qué lástima que todo lo demás sea débil —le gustaba decir.

No era muy probable que hubiera muchos patricios como él, con una esposa judía, que se llamaba Rebeca; Querulus se apuró a señalar que el mismo Herodes no era judío, sino que se había casado con una judía.

—Le sirvió para su propósito y esto sirve para el mío —dijo, negándose a dar más explicaciones. Si Rebeca tenía dudas con respecto a ser la esposa de un romano, no las manifestaba. Se dedicaba a la casa en silencio y evitaba las miradas inquisidoras de Jesús. Como él había sospechado, ella compartía la casa con su hermana menor, Noemí, y su esposo, Jacobo que, según parecía, no trabajaba. Se pasaba todo el día encerrado en una habitación del fondo, leyendo la Torá.

Dentro de la casa silenciosa no había ansiedad. Es decir, a excepción de la de Jesús, que se iba todas las noches a la cama pensando en Judas y María. Sabía que por su cuenta no iba a poder encontrar a ninguno de los dos. Y esta familia nunca salía, prefería vivir tras postigos cerrados y abrir la puerta solamente para dejar entrar al flujo constante de invitados nerviosos que venían de inspección.

—¿Quiénes son esos observadores? —volvió a preguntar Jesús, a la espera de una respuesta más concreta. No sabía cómo llamar al misterioso grupo, pero Querulus le había dicho que observaban y esperaban.

—Esas personas son como arañitas que mandan mensajes a través de la telaraña —contestó Querulus—. Nadie sospecha de ellos. Pero los verdaderos observadores están entre bastidores. Los vas a conocer cuando estén listos. Nunca aparecen a menos que estén listos.

—¿Y qué hacen cuando no se les ve? —preguntó Jesús.

—Sirven a Dios.

—¿Cómo?

—Rezando día y noche para que llegue un salvador.

No se dijo nada más, pero a Jesús no le gustó estar en el centro de una telaraña, aunque fuera por estar al servicio de Dios. El grupo sin nombre no era una secta que él conociera, como los zelotes o fariseos. Nadie organizaba rituales especiales ni plegarias. Cuando él cumplía con sus propios rituales, nadie ponía ninguna objeción. La única cosa fuera de lo común era que Rebeca, a la que llamaban Rivka, y Noemí hacían baños rituales tres veces al día, y que, después del desayuno copioso que le sirvieron el día que llegó, las comidas eran escasas y sencillas.

Entonces, tan súbitamente como había empezado, el flujo de visitantes se detuvo. Rivka entró en la habitación de Jesús llevando en los brazos una túnica doblada. Se la extendió en silencio.

—¿Por qué me das esto? —preguntó Jesús.

La túnica era de un tejido delicado y un blanco impecable. Rivka dio media vuelta y se fue tan pronto él la tuvo en sus manos. El mensaje tácito era que había pasado la prueba. Cuando Jesús apareció en la siguiente comida con el regalo puesto, fue evidente que Querulus estaba satisfecho: se sirvió una copa de agua —ninguno de ellos tomaba vino— y, sin necesidad de que se lo pidieran, empezó a contar su historia.

Su verdadero nombre era Quintus Tullius, hijo único de un ciudadano romano que había arriesgado su suerte cuando puso el primer pie fuera de las puertas de Roma, en compañía de su familia. El padre no dio explicación alguna de la partida repentina. Pero su esposa, Lucilla, lloraba cuando, en medio de la noche, tuvo que despertar a Quintus, que entonces tenía siete años. El chico estaba confundido y asustado. Atravesaron las calles a toda velocidad con la cara cubierta por los mantos. Antes del amanecer llegaron al puerto de Ostia, donde esperaba una galera con la pasarela bajada. No subió ningún otro pasajero, y una hora más tarde, la familia Tullius estaba apretujada en la bodega, rumbo al este.

—¿Qué ley infringió tu padre? —preguntó Jesús.

—Hizo algo peor que infringir la ley. Perdió todo el dinero de unos inversores importantes —contestó Querulus.

La familia llegó huyendo hasta Siria, fuera del alcance de los acreedores furiosos y sus esclavos, que no tenían más remedio que asesinar si sus amos lo ordenaban. Cuando Quintus creció, descubrió que su padre había especulado con la importación de trigo de Egipto, que el cargamento se había infestado de gorgojos y se había arruinado por completo. El padre, que tenía enemigos, sospechaba que el grano estaba estropeado antes de que lo cargaran para la exportación. Cuando se instalaron en Antioquía, los enemigos verdaderos se convirtieron en imaginarios; poco a poco, el padre se volvió un ermitaño.

—Y ahora el ermitaño eres tú —señaló Jesús.

—No, no estamos escondidos en esta casa. Estamos esperando, pero es posible que la espera haya terminado. —Querulus era tan enigmático como siempre, pero en vez de quedarse callado, siguió con la historia. Al padre le fue imposible librarse de la influencia nefasta de sus enemigos imaginarios. Lo aquejaban dolores misteriosos y terribles; se le inflamaban las extremidades sin razón alguna; una vez lo encontraron en el suelo, retorciéndose a causa de un ataque. Esos males lo obligaron a recurrir a sanadores locales. Había médicos romanos en Siria, aunque la mayoría pertenecía al ejército, y el padre de Quintus sospechaba que lo fueran a entregar al procónsul y lo llevaran de vuelta a Roma.

Quintus tenía nueve años cuando empezaron a aparecer personajes sospechosos a la puerta: una mujer encorvada, con un solo ojo, que clavaba amuletos en los dinteles; una familia de herboristas errantes vestidos con pieles de animales y toda suerte de adivinos que cargaban pollos enjaulados cuyas entrañas leerían para descubrir el fatídico secreto que ocultaban los males del padre.

Quintus se sentaba a sus pies mientras él se aferraba a cada sanador, tomaba cualquier poción repugnante y se daba largos baños con barro traído de las riberas del Jordán o agua de manantiales curativos de Éfeso.

—No soportaba la luz del sol, que le daba terribles jaquecas, así que me acuerdo que vivía en una cueva con olor a azufre, no en una casa —explicó Querulus. Hasta que llegó un día en que se había despertado con la deslumbrante luz matinal que entraba a raudales por la ventana de su dormitorio. El muchacho saltó de la cama y corrió al comedor, el triclinio revestido de mármol donde comía la familia, mes tras mes, sin que el padre apareciera a la mesa; ahora estaba sentado recibiendo los rayos de sol y devorando un tazón con jamón y lentejas.

Los judíos habían sido los que lo habían curado, al parecer, de la noche a la mañana. No fue con hierbas, ni con amuletos ni con barro, sino con plegarias para que Dios sacara al demonio que le había poseído el cuerpo. Esta recuperación milagrosa llegó justo a tiempo: la fortuna de la familia Tullius se había agotado. A partir de entonces, el padre se volvió el doble de ambicioso que antes. Trabajó hasta conseguir el aprovisionamiento militar, haciéndose con el contrato para alimentos básicos como cebollas, ajos y aceite de oliva.

—Ahora conocía a los judíos y podía trabajar con ellos, que tampoco desconfiaban de él, así que no era su deber sagrado estafarlo, como hacían con los romanos —contó Querulus—. Lo apodaron "el gentil ungido".

Pronto compraron una villa junto al mar y mandaron a Quintus con los mejores maestros particulares. Después, ese verano, llegó un barco de Macedonia. Lo llevaban a puerto cinco marinos enfermos, cuyos huesos se notaban a través de la carne. El capitán y el resto de la tripulación estaban muertos sobre la cubierta, sus cuerpos abandonados al sol y las moscas. La peste se convirtió en un azote, un flagelo que dejó las calles de Antioquía cubiertas de miles de cadáveres en el plazo de un mes. Fue la perdición de la familia Tullius. Ante los ojos de Quinto fallecieron primero la madre y después el padre. Al muchacho lo envolvieron en capas de trapos empapados en alcanfor y lo escondieron en el sótano. De algún modo, sobrevivió.

—Mi padre no derrochó su segunda fortuna. Yo tenía dinero y se dio por sentado que iba a embarcar de vuelta a Roma para vivir con mis abuelos. Pero, de pie en los muelles de Antioquía, supe que no podía volver. Esa noche tuve un sueño, y todo lo que siguió fue consecuencia de eso, hasta el día de hoy —dijo Querulus.

Pasó los dedos con suavidad por la nueva túnica blanca de Jesús. Los ojos tenían una mirada distante y, bajo el barniz de calma patricia, palpitaba una extraña emoción que ansiaba encontrar expresión. Querulus nunca se quedaba corto con las palabras, pero tartamudeó ligeramente.

—No… no tengo nada más que contar. El resto depende de ti.

Esa forma de hablar desconcertante agotó la paciencia de Jesús.

—Sé por qué no quieres contarme lo que estás ocultando —dijo. Querulus enarcó las cejas—. Eres como los otros, los que entran en esta casa a escondidas como ladrones. Esperas algo de mí, pero eres muy desconfiado; tienes miedo de que, si hablas demasiado, yo vaya a usar tus palabras para tenderte una trampa.

—Las falsas esperanzas son la trampa —murmuró Querulus, con el semblante oscurecido por la frustración.

—Entonces, por lo menos cuéntame tu sueño —dijo Jesús.

—Puedo hacer algo mejor que eso. Puedo mostrártelo —contestó Querulus.

Llevó a Jesús al fondo de la casa, que era una sucesión de pequeñas estancias añadidas con el paso del tiempo, como las cámaras de una colonia de hormigas, y cada habitación era más oscura y fría que la anterior. Antes, alguien había ido construyendo a medida que nacían más niños o se mudaba algún pariente pobre. En las últimas habitaciones, no había ninguna ventana. Querulus había encendido una lámpara de aceite por el camino, para iluminar esos recovecos negros.

—Esto se construyó, en un principio, para que se escondieran las mujeres cuando estaban impuras —explicó Querulus, cortante—. Cosa de bárbaros.

Se detuvo ante una puerta cerrada y buscó a tientas una llave. Jesús esperaba que la última habitación de la conejera fuera la más pequeña pero, cuando entraron, se encontró con que era enorme y aireada, con una ventana de tamaño considerable, a través de la cual descubrió un jardín secreto con palmeras verdes, un jazmín trepador y una fuente burbujeante.

Querulus se divirtió al verlo tan sorprendido.

—Un paraíso en miniatura. Pero éste no es mi sueño. —Esperó a que los ojos se acostumbraran a la luz y, después, señaló una silla apoyada en una de las paredes. Estaba cubierta con una tela de brocado—. Adelante, levántala y mira lo que hay debajo.

Jesús jaló de un extremo de la tela, que cayó al suelo. La silla que cubría estaba hecha de madera de sándalo tallada y su fragancia se sumaba en el aire a la espesa dulzura del jazmín. Sobre el asiento de terciopelo de la silla, había algo asombroso: una corona de oro.

144

—¿La robaste? —susurró Jesús. La corona era idéntica a la que había visto en las monedas que tenían grabada la efigie de Herodes Antipas. El aro de oro era grueso y pesado, con una hilera de joyas incrustadas. Sin embargo, si se miraba de cerca, había un hueco en el lugar donde tendría que haber estado la joya central.

Querulus parecía desconcertado.

—No he cometido ningún acto de traición. Es una copia. La hice alisar a martillazos en Antioquía. Puedes tocarla si quieres.

Aunque Jesús nunca, ni remotamente, había visto algo tan espléndido, mantuvo por instinto las manos lejos de la corona; la de rosas que lo había infectado era un recuerdo aleccionador y, sin embargo, había algo más poderoso que le decía que no la tocara.

A Querulus no pareció importarle. Levantó la corona y frotó las incrustaciones, como si eso hiciera más vívida la oleada de recuerdos.

—El día que me escapé del tutor encargado de llevarme de vuelta a Roma, me deslicé entre la multitud y volví a la casa de mis padres. En el umbral estaba sentada una vieja criada que se retorcía las manos ante la desgracia que le había sobrevenido, ya que ahora no tenía adónde ir. Le prometí que se podría quedar conmigo si conseguíamos vender alguno de los tesoros que estaban dentro y encontrar un sitio en donde yo pudiera ocultarme.

"Esa noche dormí en un almacén sofocante de los barrios bajos de Antioquía. Aunque mis padres habían muerto hacía menos de un mes, yo temblaba de emoción. Sentí algo que no se le atribuye a un romano: veneración religiosa. No sé de dónde procedía. Lo único que recuerdo es que estaba acostado allí con la sensación de que me iba a explotar el cuerpo por una especie de ansiosa expectativa. *Él* iba a venir a buscarme. Eso es lo que me decía esa sensación interior.

"Pero no pasó nada. Después de medianoche, me quedé dormido —durante horas o apenas minutos, no sé— hasta que una luz me abrió los ojos. Yo estaba confundido, pero eufórico. Salté de la cama y abrí con fuerza la ventana. Pero lo que entró a raudales no fue la luz de Dios. En cambio, ¡se estaba incendiando todo el barrio! La ventana abierta atrajo las llamas y yo salté hacia atrás para que no me quemaran. Estaba frenético y corrí hacia la puerta.

"En la oscuridad, no había notado que había un hombre entre las sombras y que ahora me bloqueaba la vía de escape. Antes de que pudiera gritar, dijo: "Mira otra vez". Tenía la voz tranquila y mi pánico se disipó. Volteé hacia la ventana y la vista se había expandido mágicamente. Veía que ardía la ciudad entera y, más allá de eso, las llamas lamían el horizonte. "El mundo está ardiendo", dije, sobrecogido.

"Entonces, comprendí todo de golpe. Me di la vuelta rápidamente hacia el desconocido, que iba vestido de blanco y llevaba una corona de oro. "¡Haz algo!", grité. Sabía con certeza absoluta que sólo él podía salvar al mundo.

"Él negó con la cabeza. "No me ha llegado la hora. Pero unos pocos ya saben de mí. Observa y espera. Prepara el camino."

"Emitió tal oleada de amor que corrí a abrazarlo con el corazón más pleno de sentimiento de lo que lo había sentido en toda mi vida hacia mis propios padres. Mis brazos nunca le tocaron el cuerpo, sino que abrazaron el aire vacío. En ese momento, me desperté en la cama. Bajo la influencia del sueño, corrí a la ventana y abrí con fuerza los postigos. Fuera estaba el callejón oscuro. Sobresalté a dos gatos callejeros que se peleaban por una rata a medio comer."

El silencio descendió sobre los dos cuando Querulus terminó su historia. Después de unos minutos en silencio, Querulus notó algo.

—Estás temblando.

Jesús no lo negó. Se le sacudían las manos; su rostro había perdido el color.

Con un silencio tranquilo, Querulus empujó la corona hacia él.

—Tócala. No puedo morir sin que mi sueño se haga realidad.

Jesús supo entonces que el regalo de la túnica blanca era el primer paso, y ése era el segundo.

—¿Y qué pasa si tu sueño me destruye? —preguntó débilmente.

—Eso no va a pasar. No puede pasar. —Querulus ahora imploraba. Al ver que Jesús seguía retrocediendo, dijo—: Sabes que el mundo está ardiendo, ¿verdad? No puedo estar totalmente equivocado respecto a ti.

Jesús asintió en contra de su voluntad.

Al ver que su joven invitado estaba bañado en sudor, Querulus cedió. Volvió a poner la corona sobre su almohadón y colocó de nuevo la tela de brocado sobre la silla. Le entregó a Jesús la lámpara de aceite para que pudiera ver el camino de vuelta y salió de la habitación. Una hora más tarde, cuando Jesús reapareció, no se habló del incidente.

Si la familia se dio cuenta de que todavía llevaba la túnica blanca y lo consideró una señal, nadie hizo ningún comentario al respecto. Al día siguiente, Jesús desapareció.

Lo ÚNICO QUE hizo Jesús fue salir de una casa normal y corriente a una calle sucia y de mucho movimiento. Pero, por primera vez en su vida, estaba completamente solo. Cada cara era la de un extraño; cada pared, una barrera secreta. No sabía el nombre del lugar ni adónde tenía que ir. Volver a Nazaret era la elección más peligrosa.

Pero no se podía quedar más tiempo con Querulus. Eso resultaba indudable. El anciano y arrogante romano se había contagiado de la enfermedad de los judíos: señales y presagios. Como no podía soportar los horrores de la vida, buscaba mensajes divinos, un guiño de Dios que dijera "comprendo, ya voy". De pie en el umbral, Jesús no sabía si decir "perdón" o "te compadezco". Media calle más adelante, se dio cuenta de lo que tendría que haberle dicho a Querulus: "No vendrá nadie".

Jesús iba del lado de la calle donde no daba el sol, vagabundeando entre las ruinosas casas de barro. En las sombras, su túnica blanca y brillante no causaba tanta impresión, pero aun así atraía las miradas de todos los que pasaban.

Él no creía en el sueño de Querulus, pero de todos modos le había afectado. Después de su relato, se había quedado en la habitación y había mirado durante largo rato la silla cubierta con el brocado, que, en realidad, era una especie de altar: allí Querulus rendía culto a sus fantasías.

Pasó el mediodía. Jesús se detuvo junto a un manantial burbujeante y poco profundo, alrededor del cual habían construido una cisterna.

—Si me están siguiendo, descansemos todos —habló al aire.

Bebió un trago de agua y se sentó con la espalda apoyada contra la cisterna. Esperaba que, si le estaban siguiendo la pista, los observadores vieran que tenía hambre. Un viejo vacilante que tiraba de un burro se acercó a darle de beber al animal. Asintió con la cabeza, quizá con cierta intención. Jesús no podía estar seguro; el gesto fue demasiado breve. El hombre podía haber sido uno de los tímidos visitantes de la casa. Jesús estuvo a punto de hablarle.

Entre el sol y el hambre, se quedó dormido. Transcurrieron varias horas hasta que lo despertó el ruido de las ruedas de un carro. El sol había descendido y los trabajadores de los campos volvían a la protección de las paredes del pueblo. Unos hombres recios, desnudos hasta la cintura, se bañaban en la cisterna lanzándole miradas desconfiadas.

—Hermano, ¿necesitas que te indiquen cómo volver al camino? —le preguntó uno de ellos. Era una sugerencia y una amenaza. Los músculos del hombre parecían nudos correosos bajo la piel quemada por el sol.

—Necesito comida y un techo para pasar la noche —contestó Jesús, amable. Al ponerse de pie, le dolieron las articulaciones por haberse acostado contra la piedra.

—Aquí no hay nada de eso —gruñó otro hombre.

En silencio Jesús se alejó.

La hostilidad no lo sorprendía. Tan pronto había abierto la boca, le notaron el acento, así que podía haber sido peor. Podrían haberlo atrapado y robado la inmaculada túnica nueva o haberlo golpeado para dejarlo inconsciente y llamado a gritos a los guardias romanos.

Bajó la cabeza para pasar inadvertido y, al cabo de un rato, las nubes de polvo se espesaron alrededor de sus sandalias. Estaba llegando al camino principal. Cuando pasaba por encima de su cabeza la sombra de un pájaro, el sol poniente hacía que pareciera inmensa. Jesús miró hacia arriba y vio un cuervo famélico que se acomodaba en un techo bajo. El ave miró fijamente, con arrogancia, encorvó los hombros y preparó sus plumas metálicas, pero no se echó a volar. Por algún motivo, Jesús se acordó de Judas. En los últimos días, Jesús no había pensado mucho en Judas ni en María. Ahora, por alguna razón que no podía precisar, se dio cuenta de que no podía continuar en su compañía y debía seguir adelante solo. Tal vez fuera la misma enfermedad —señales y presagios— que los hacía tener demasiadas esperanzas, más de las que él podría cumplir jamás. Tenía que encontrar un lugar que no estuviera infectado y la única forma de encontrarlo era estar solo.

El olvido podía haberse tragado el resto de la historia, si no hubiese sido por un pequeñísimo giro del destino. Con la aldea a sus espaldas, una ráfaga de calor hizo que Jesús levantara la cabeza. Era como si el mediodía hubiera vuelto al atardecer. Más adelante, vio una pequeña y agitada multitud. Había hombres que gritaban y sacudían los brazos cuando pasaban corriendo a su lado. Una casa de la periferia de la aldea separaba a Jesús del sol poniente. Titilaba y bailaba en el aire y, de pronto, Jesús se dio cuenta del motivo: la casa se estaba incendiando. La luz del sol, más fuerte, había hecho invisibles las llamas.

Pasaron más hombres corriendo y agitando baldes de agua. Las mujeres gemían. No había ningún pozo cerca. La casa estaba demasiado lejos del pueblo. Alguien gritó un nombre, después otro. Estaban tratando de localizar a la familia que vivía en la casa; la terrible sospecha de que todavía estaban dentro, silenciados por el calor y el humo, se hizo cada vez mayor.

Los hombres que corrían tropezaban con Jesús y, al pasar, lo insultaban. Él había caído de rodillas en el medio del camino, paralizado por el incendio. Por la mente le pasaban imágenes de la casa de Nazaret a la que los romanos habían prendido fuego y de los parientes de Isaac que habían muerto dentro. El sueño de Querulus estaba cobrando vida.

Pero esos pensamientos poderosos no fueron los que lo hipnotizaron. Jesús oyó que la familia atrapada en la casa lo llamaba.

Tan claramente como si pudiera ver a través de las paredes de barro, ahora veteadas de hollín, divisó a una mujer con sus dos hijas jóvenes. Estaban acurrucadas en un rincón, demasiado lejos de la ventana para correr hacia ella, encerradas por el fuego que subía lamiendo las paredes hacia el polvorín que era el techo de madera. Jesús oyó que gritaban otra vez, pero no llamaban al padre, que seguramente fuera el hombre que había tratado de correr para entrar en aquella hoguera, pero que fue detenido por tres amigos más fuertes. El hombre luchó por liberarse, una silueta torturada contra el sol y el fuego.

"¡Jesús! ¡Jesús!"

Las mujeres atrapadas gritaban su nombre. Por un momento, se quedó arrodillado y escuchó. Tendría que haberlo atravesado una oleada de miedo. Pero no. Jesús sabía que el lugar que tenía que encontrar, el único que no estaba infectado, el centro de pureza, estaba ante él.

Era el fuego.

Se puso de pie y se dirigió justo allí.

—¡Eh, deténganlo! ¿Estás loco?

Los gritos llegaron a sus oídos desde muy lejos. El fuego ya había cobrado demasiada intensidad para que alguien pudiera acercarse a él. Nadie pensó en detener al desconocido como habían hecho, por su propio bien, con el padre desesperado. Jesús sonrió, no por la inminencia de la muerte ni porque el calor le hiciera contraer los músculos faciales, sino porque a su mente había acudido una imagen.

Vio a tres hombres en una caldera que cantaban alabanzas a Dios. No sabía en qué libro estaban ni recordaba mucho de aquella historia. Un rey malvado había arrojado a los tres amigos jóvenes e inseparables a una caldera ardiente pero, en vez de achicharrarse, estaban allí de pie, riendo y cantando. De niño, Jesús musitaba sus nombres en voz baja como un cántico sagrado: "Sadrac, Mesac, Abed Nego". No era un cántico fácil para alguien de cinco años y él estaba orgulloso de haberlo aprendido bien.

Ahora lo repetía entre dientes y se preguntaba si el sonido guiaría su alma a Nazaret por última vez antes de volar al paraíso.

"Sadrac, Mesac, Abed Nego."

Las mujeres gritaron cuando el desconocido de la túnica blanca y luminosa entró resuelto en el fuego que ardía con furia. Logró atravesar la puerta principal justo antes de que se desplomara la viga del dintel, debilitada por las paredes que se venían abajo. Se derrumbó otra parte del tejado y, por el agujero, las llamas crecieron aún más, hacia el cielo, como demonios liberados de su jaula.

A juzgar por lo que pasó a continuación, el joven que salió caminando con la mujer y las hijas a salvo debajo de su capa, como una paloma que cobija bajo las alas a los pichones recién nacidos, no era el único que conocía la historia de la caldera ardiente. Esa noche, la gente habló de ella en toda la aldea, en medio de los festejos por el rescate de la familia que, gracias a Dios, estaba aturdida pero ilesa.

En la mesa del rabino la historia se narró con asombrosa precisión. Bajo el reinado de Nabucodonosor, capturaron a los hijos más nobles de Israel y los llevaron a Babilonia. Daniel y tres amigos estaban entre ellos; su destino era que los trataran como cautivos privilegiados. Les enseñarían costumbres extranjeras —quizá hasta los introdujeran en los misterios de los magos— y aprenderían a adorar a un dios extranjero.

Pero cuando Nabucodonosor erigió un ídolo y decretó que todos los habitantes de la ciudad tenían que adorarlo cada vez que oyeran el sonido de la flauta, la cítara y la lira, los tres amigos se negaron. El rey se puso furioso y ordenó que se construyera especialmente una caldera para quemarlos vivos. El día señalado, se encendió la caldera a una temperatura siete veces más alta de lo normal, tan alta que quemó vivos a los propios soldados que tiraron dentro a los condenados.

Al cabo de un rato, Nabucodonosor ordenó que se abriera la puerta de la caldera pero, cuando miró en el interior, Sadrac, Mesac y Abed Nego estaban vivos y caminaban entre las llamas. El rey, sobrecogido, los liberó de inmediato. Todos los de la aldea conocían esa parte, pero el rabino recordó un detalle olvidado.

—Cuando abrieron la caldera, había un cuarto hombre dentro, pero habían metido sólo a tres. ¿Entienden?
—El rabino tomó otro largo sorbo de vino e hizo gestos para que la esposa hiciera circular una vez más la bandeja con la pata de cabra asada. Había sido un día de milagros y a Dios le agradaría que lo celebraran así—. Las Escrituras cuentan que él no era un hombre común y corriente, sino que parecía *un hijo de Dios*.

Más tarde, y un poco ebrio, el rabino pidió que desplegaran sus pergaminos y señaló el pasaje del libro de Daniel. Se le humedecieron los ojos.

—No tengo que decirles por qué recuerdo ese detalle. ¿Les queda alguna duda de quién fue el que salió hoy del incendio? Tres, y un cuarto. —Se sumió en un silencio elocuente para que sus palabras quedaran flotando en el aire. Tres, y un cuarto.

Así es como se recordó el milagro, y cuando él murió, la historia pasó a sus hijos, y después, a los hijos de sus hijos.

Capítulo
9

Segundo nacimiento

Entrar en el fuego caminando había sido fácil. Su cuerpo se mantuvo tranquilo y sólo tembló ligeramente cuando el calor fue muy intenso. Al mirar las llamas, oyó una voz que decía "hijo mío".

La voz parecía provenir del fuego mismo, un susurro que lo llamaba, como el silbido de las hojas secas cuando se queman. Siguió el susurro y, con cada paso, el calor cedía, incluso mientras el viento revolvía su pelo en todas direcciones.

"Hijo mío." Esas dos palabras lo protegieron. Cuando entró en el corazón del fuego, no había nada que pudiera hacerle daño.

La mujer y sus dos hijas, acurrucadas de miedo en el rincón, se habían puesto sobre la cara los pañuelos negros de lana para no asfixiarse. Sólo se les veían los ojos, bien abiertos y aterrados. Jesús nunca había visto a nadie tan atemorizado ante la proximidad de la muerte. Entonces se dio cuenta de que le tenían miedo a él, no al fuego. La menor de las niñas se encogió del susto cuando él la tomó en brazos.

Ella se aferró a la madre.

—No dejes que me mate —suplicó.

La madre, vencida por el humo y el miedo, dejó que Jesús rodeara a las tres con sus brazos. Él las hizo atravesar las llamas y, un instante después, salieron. La pequeña multitud retrocedió; los baldes con agua cayeron al suelo. El esposo gritó el nombre de su mujer. Ella corrió a sus brazos y arrastró con ella a las hijas. Sin embargo, nadie hizo el más mínimo movimiento hacia Jesús. Estaban paralizados a causa del miedo y la sorpresa. No se oían más que los sollozos del esposo y su aturdida familia. Curiosamente, Jesús pretendía continuar su camino, como había querido hacer antes de divisar la casa en llamas.

Tuvo que atravesar la multitud para volver al camino. Mantuvo la vista al frente, sin mirar a los lados. Después, el hechizo extraño e hipnótico se rompió de golpe. La gente gritó. Alargaron las manos para tocarlo y no había forma de detenerlos. Él se rodeó a sí mismo con los brazos para que no le arrebataran la capa blanca de la espalda. Aquellas manos querían capturar el milagro, arrancar un pedazo que se pudiera guardar y atesorar.

Jesús notó que había un par de manos más rugosas que el resto. Pertenecían a una anciana doblada y arrugada.

—¿Tienes granero? —preguntó Jesús. No tenía ni idea de por qué la había elegido a ella. La mujer asintió—. Llévame —dijo. Tocó con suavidad las manos de la anciana, que tenía una asombrada expresión. Ella gritó en el dialecto local e hizo señas a los otros para que se apartaran. Cualquiera que fuese el significado del grito, todos retrocedieron, y ella condujo a Jesús hacia un lugar alejado del camino. La vieja hablaba entre dientes con incredulidad y no podía dejar de mirarse las manos. Cruzaron un pequeño campo por un sendero angosto y, detrás de una hilera de cipreses, se toparon con un granero pequeño.

—¿No quieres entrar en la casa? —La vieja lo estudió con curiosidad y señaló una casa de adobe que estaba un poco más allá del granero.

Él negó con la cabeza, entró en el granero y se desvaneció en la sombra fresca. Ella sabía que no debía seguirlo. Un ángel de misericordia puede convertirse de repente en el ángel de la muerte si Dios así lo desea.

En el interior flotaba un olor acre a estiércol de oveja. Al entrar algunas ovejas balaron. Transcurridos unos segundos, sus ojos se acostumbraron a la oscuridad y pudo ver a dos ovejas encerradas con sus crías recién nacidas. La dueña, prudente, quiso proteger a los corderitos unos días antes de exponerlos a la naturaleza. Jesús descubrió una escalera que conducía a un pajar donde se almacenaba el heno que había quedado del año anterior. Trepó hasta arriba y se acostó.

"Yo soy el hijo."

Aquellas palabras acudieron a él con claridad, sin esfuerzo, y él las creyó, mientras sentía que los últimos rayos dorados de la luz del día se deslizaban sobre su rostro. El sol se ponía a través de las rendijas del combado tejado de madera. El aire del granero estaba frío y olía a moho. Jesús se preguntaba por qué no estaba aturdido por la sorpresa. No había hecho nada para ser el hijo, no más de lo que hace un bebé para provocar su nacimiento.

Pero, como un bebé, había emergido de una especie de oscuridad invisible, y el mundo volvió a nacer con él.

Si Dios tenía alguna otra explicación, se la había guardado para sí. Las ovejas se acercaron a un pequeño pesebre lleno de heno fresco y empezaron a comer. Los corderitos andaban a saltos, demasiado juguetones para dormir. Sin embargo, Jesús se adormeció un poco porque lo siguiente que sintió fue un golpe sordo contra la pared de abajo. Era demasiado apagado para despertarlo, pero lo siguió otro golpe y después, un tercero. Se dio la vuelta para ponerse de costado y espió por una rendija de la pared. En la penumbra azul grisáceo que precede al amanecer, lo habían encontrado unos aldeanos, que ahora apedreaban el granero. Hubo varias piedras más que pegaron con el mismo ruido apagado. Las ovejas balaron, nerviosas. Jesús se despertó del todo.

Mientras bajaba por la escalera, no se preguntó con qué ánimo lo iban a recibir. La gente sentiría júbilo y reverencia. El milagro del día anterior les había revelado quién era él.

¿Por qué, entonces, tenían los aldeanos el ceño fruncido cuando él alcanzó la puerta del granero? Algunos de los hombres habían vuelto a recoger piedras y, en vez de soltarlas, las tenían preparadas.

—¿Quién eres? —gritó uno.

Jesús reconoció al trabajador enfadado que se bañaba en la cisterna. Una de las piedras salió volando pero no dio en el pecho de Jesús. El hombre había tirado al azar; no veía bien en la penumbra que precede al amanecer.

—¿Quién eres? —repitió la voz, esta vez más cortante y fuerte.

Jesús se dio la vuelta para irse. Su primer impulso había sido correcto: tendría que ponerse en camino, no quedarse allí. El camino era su punto de fuga, su salvación. Sin mirar atrás, notó que los aldeanos lo seguían. Iban callados, con adusta expresión. Era evidente que se conformaban con que desapareciera el intruso, enviado por Dios o el diablo. Jesús encontró el estrecho sendero que atravesaba el campo. Caminó sin apresurarse, y el pequeño grupo lo siguió en fila india. Resultaba extraño. Parecía una gallina con sus pollitos, todos en hilera.

Cuando alcanzó el camino principal. Jesús no oyó a nadie detrás de él. Los aldeanos se detuvieron y esperaron a que se perdiera de vista. Cada paso le traía una sensación nueva, que no era de alivio sino de una furia que invadía su pecho.

Jesús giró abruptamente. El grupo de gente se encontraba a diez pasos de distancia.

—¿Quién soy yo? —dijo con ira contenida—. ¡Yo soy la luz!

Dios, que había sido misericordioso el día anterior, hoy se había convertido en travieso y caprichoso. Como el administrador de un teatro barato, Dios hizo a un lado un delgado velo de nubes. Si hubiera tenido unos platillos a mano, habrían causado un efecto sensacional. El sol cayó sobre la capa blanca de Jesús en el preciso instante en que pronunció la palabra "luz". ¿Qué podían hacer aquellos espectadores? Sus sospechas y mezquina irritación se convirtieron en insignificantes minucias arrasadas por una oleada de sobrecogimiento.

Cometieron la blasfemia al pronunciar el nombre de Yahvé y cayeron de rodillas en la tierra. Se quedaron boquiabiertos y Jesús no pudo evitar ver otra vez la imagen de la gallina y los pollitos.

"Tú los alimentarás."

Al igual que en el incendio, estas palabras vinieron de la luz del sol que convertía en deslumbrantes las vestiduras de Jesús. Él escuchó y asintió. Era tan fácil. A él le había llegado la luz y él se la daría a ellos. Recorrió la corta distancia que lo separaba de los aldeanos. Uno de los hombres estaba tan aturdido que seguía empuñando una piedra. Jesús se la sacó y la tiró por el aire. Todos los ojos siguieron con la mirada la curva que trazaba la piedra hasta que cayó al suelo, un poco más adelante.

—Yo soy la luz. —Esta vez, Jesús lo dijo con suavidad, sin ningún rastro de enfado. El hombre que había sostenido la piedra empezó a llorar. Jesús tocó su hombro. Las lágrimas le dibujaban surcos de suciedad mientras resbalaban por las mejillas, y se le hinchaba el pecho de agitación.

Aunque le había resultado fácil entrar en el incendio, ser el hijo y otorgar la luz, Jesús estaba confundido ahora con respecto a la magnitud y los límites de su don. Ya no sentía la llamada del camino. Necesitaba descubrir el significado de todo eso y, para lograrlo, tenía que volver a la aldea.

EL PRIMER LUGAR público al que se dirigió fue la cisterna. Era evidente que se había corrido la voz. Las mujeres que llenaban de agua sus cántaros huyeron tan pronto lo vieron aparecer. Los que salían a trabajar más temprano ya habían pasado y se habían ido, pero todavía quedaba una decena de hombres. Sin mirarlos, Jesús se quitó el manto, lo dobló cuidadosamente y lo puso sobre el estante que había en la pared de la cisterna (diciendo una breve plegaria para que nadie se lo robara). Desnudo hasta la cintura, entró en el agua y se lavó. La suciedad de dos días y el hollín del incendio se le habían pegado a la piel.

—¿Qué es lo que ven? —preguntó, sin fijar la vista en nadie en particular—. ¿En qué soy distinto a ustedes? —La multitud no contestó.

Uno de los mocosos callejeros que jugaban a la pelota cerca de allí gritó:

—¡No tienes nada que hacer en este lugar!

—¿Por eso han mandado a estos hombres a apedrearme? —Jesús señaló con la cabeza al grupo de atacantes que lo habían seguido desde las afueras del pueblo—. ¿No por un pecado ni por blasfemia, sino porque creen que soy diferente? —El agua fresca que corría por sus brazos desnudos le provocó un estremecimiento—. Moisés era extranjero en una tierra extranjera. Si ustedes son sus hijos, yo también. ¿Quieren convertirme ahora en extranjero?

Todos seguían callados, pero Jesús sintió que su audiencia cedía ligeramente, como la cuerda de cuero de un arco que tiene que aflojarse o soltarse cuando se la ha tensado durante mucho tiempo.

—¿Cómo hiciste para atravesar el fuego? —preguntó uno.

—Ningún hombre puede atravesar el fuego, pero el espíritu sí. No tengo otra explicación —dijo Jesús.

—Mentira. Eres un mago, y la mitad de los magos está poseída por demonios. ¿Por qué deberíamos confiar en ti? —La muchedumbre se agitó, deseosa de expresar sus sospechas.

Jesús miró al que había hablado, un hombre bajo, musculoso y moreno, con delantal de cuero. Un herrero. Jesús vio que estaba enfadado y que había estado así toda la vida. ¿Qué podía decir para penetrar en su armadura? Todos los hombres del lugar vivían detrás de una pared tan gruesa como las antiguas murallas de la aldea. Jesús hizo una pausa y después levantó una jarrita de arcilla; había por allí media docena para uso público.

—¿Ven? —dijo. Recogió agua con la jarra y la levantó—. Esta agua es como el espíritu santo. —Inclinó lentamente la jarra y dejó que el contenido le cayera sobre la cabeza—. Si dejo que el espíritu llueva sobre mí, quedaré puro y limpio, pero dentro de media hora estará seco y evaporado. El sudor y la suciedad me mancharán de nuevo. —Cogió la jarra, la llenó otra vez y la sostuvo contra el pecho—. Pero si tapo esta misma agua y la pongo en un lugar fresco, durará muchos días. Todos ustedes saben eso. —Jesús esperó a ver qué efecto tenían sus palabras.

—Explica qué quieres decir —gritó alguien, impaciente.

—El corazón es como esta jarra: llénenlo del espíritu santo y guárdenlo en su interior. Entonces no se secará ni evaporará. Un día se sorprenderán porque Dios conoce sus lugares secretos. Cuando menos lo esperen, rebasará la jarra y, entonces, atravesarán el fuego o harán lo que quieran. Nada es imposible cuando el espíritu está lleno en nuestro interior.

Hubo algunos susurros de asombro mezclados con algún gruñido. Jesús no les prestó atención. Salió de un salto y se envolvió con su manto el cuerpo semidesnudo.

—Tienen derecho a saber quién soy. Soy Jesús, de Nazaret. Uno o dos de ustedes se llamarán igual que yo. Si no ustedes, algún hermano o primo. Pero el nombre no significa nada. Yo voy a reaccionar al escucharlo, pero mi alma no, porque únicamente reconoce a Dios y sólo responde a su llamada.

Entre la multitud se difundió un suave murmullo de aprobación que ahogó los gruñidos. Jesús sonrió para sus adentros. Desde su nuevo nacimiento, le resultaba fácil decir la verdad. Ni siquiera podía encontrar la parte suya que solía tenerle miedo. Uno de los hombres más ancianos, con el cabello más canoso que el resto y probablemente más pobre a juzgar por los remiendos de su túnica marrón, se aproximó a él.

—Ven a mi casa. Permíteme que te dé de comer —dijo.

—¿Por qué? —preguntó Jesús.

—Porque tienes hambre —dijo el hombre—. ¿Preferirías morir de inanición?

Jesús sonrió y le dio unos golpecitos en el hombro, que era puro hueso.

—Iré contigo. Has venido a mí en son de paz. Démonos un festín.

—Ah, no, no esperes un festín —dijo el hombre entre dientes y con labios temblorosos.

—Es mi deber esperar un festín, y el tuyo también. ¿De qué otro modo querría nuestro Padre que viviéramos si de verdad nos ama?

Los espectadores se apiñaban a su alrededor y todos ellos oyeron lo que había dicho Jesús. Él rodeó con un brazo al anciano y ambos caminaron por el callejón más próximo. Nadie los siguió, salvo los mocosos callejeros, y ellos no se enteraron de lo que pasó cuando los dos hombres desaparecieron tras la puerta de la casucha del viejo. Sin embargo, los rumores alimentan los milagros y muy pronto todo el pueblo estaba convencido. El anciano había abierto la alacena, que esa mañana sólo contenía una agrietada jarra de agua y medio pan duro envuelto en un trapo sucio. Pero en ese momento, apareció un auténtico banquete. Toda la gente de la aldea lo vio como si hubiera estado allí. Comieron a través de ellos los deliciosos dulces que caían y vaciaron el barril de vino que había llenado el forastero.

Lo que sí es cierto es que, en vez de dormir una siesta, esa larga tarde todos se quedaron despiertos por la excitación, menos el propio anciano, que durmió todo el día y toda la noche. Cuando el sol matinal rozó sus finos párpados, descubrió que el visitante se había ido.

ANTES DEL AMANECER, Jesús fue a las montañas a esperar. Dios lo había elevado y llevado muy lejos, pero él conocía sus caminos. Cada vez que Él exaltaba a un hijo de Adán, lo que venía después era siempre lo mismo. La catástrofe, una caída, un golpe terrible. Había elevado a Moisés al puesto más alto (sin contar el de Lucifer), ¿con qué objeto? Su pueblo se salvó. Llegaron al paraíso terrenal. Entre la multitud errante, hambrienta, despreciada y exhausta, sólo a Moisés se le negó la recompensa final.

Jesús estaba de pie en una elevación desde la que se veía la aldea. Desde abajo subían volutas de humo de los hogares; unos pocos faroles titilaban en las ventanas somnolientas. Moisés había muerto en la cima de una montaña después de mirar por última vez la tierra prometida. Aun sabiendo que estaba condenado, alcanzó a bendecir a los hijos de Israel, sus hijos, que lo sobrevivirían con lágrimas y tristeza. Después, el viejo Moisés trepó a la cumbre del Pisga para morir solo.

—Que se haga tu voluntad, Padre —dijo Jesús en voz alta—. Pero si me amas, entiérrame tú mismo cuando se haya hecho. —El viento lo azotó con fuerza y le silbó en el oído—. ¿Moriré tan lleno de pecado que renunciarás por completo a mí?

Jesús no creía que el aire vacío lo hubiera oído. Pero las Escrituras decían que Dios enterró a Moisés con sus propias manos en una tumba sin nombre. Jesús miró largamente la maleza del desierto, que era más rala y marrón que los fragantes pinos que él conocía en su tierra.

Notó un pequeño temblor en el ojo. Una piedra cercana se había sacudido. No. Era una liebre. Durante todo el tiempo en que Jesús había estado discutiendo con Dios, la pobre criatura —tan patética, gris y escuálida que no merecía que la llamaran liebre— se había quedado inmóvil, tratando de no respirar. Finalmente, sin poder evitarlo, dejó escapar un estremecimiento de miedo.

—Vete en paz —murmuró Jesús.

La liebre salió disparada, como impulsada por un resorte. Le daba igual irse en paz, lo único que quería era escapar con el pescuezo intacto.

Jesús observó las nubes de polvo que habían levantado las patas de la liebre al golpear la tierra. A su mente acudió el recuerdo de un día que se había sentado en una piedra a tomar sol con Isaac. Tendría unos diez años.

—Estás callado. ¿Qué estás mirando? —preguntó el ciego.

—Una coneja. No puede decidir si escaparse o no.

La coneja, gordita, los miraba con ansiedad, tentada por una mata de hierba dulce y primaveral.

—¿Quién la persigue, un zorro o una comadreja? —preguntó Isaac.

Hasta ese momento, el niño Jesús no había visto ningún depredador en los alrededores. El aguzado oído de Isaac captó algo, el chasquido de una diminuta rama tal vez. Jesús entrecerró los ojos y miró el brillo lejano.

—Un zorro —dijo. Levantó una piedra y se la tiró a la conejita, que salió corriendo presa del pánico. El zorro, que no había llegado tan cerca como para lanzarse en su persecución, emitió un aullido agudo de disgusto. Les agitó la cola peluda en la cara y se fue al trote.

—Siempre de parte del inocente —señaló Isaac, con cierto énfasis. Jesús se sorprendió.

—Estaba desprotegida —dijo.

—¿Y? —Isaac levantó las cejas—. Quieres proteger al inocente. Te diré algo: Dios no está solamente en los conejos. También está en los zorros. Así que tu pequeño acto de bondad ha dejado a Dios sin comida. —Jesús se rio y le dio la razón. Pero de todas formas se sintió herido. Isaac se daba cuenta—. No estoy bromeando, muchacho. Me preocupo por esas cosas todos los días. El inocente, el culpable. El cazador, el cazado. Si Dios es justo, ¿por qué los humildes derraman su sangre mientras que los despiadados engordan?

Isaac no dijo nada más. Era un día caluroso para ser primavera. Levantó la mano para hacer sombra en sus párpados ya ajados, que estaban rodeados de bolsas rojas de piel arrugada.

—Tendríamos que ir volviendo —dijo Jesús. Trató de tomar a Isaac del brazo, pero el ciego se resistió y mantuvo sus ojos apagados fijos en el sol.

—La luz de Dios a veces me quema —afirmó—. Ésa no es razón para escaparse de ella.

Ahora Jesús quisiera poder volver a aquel instante, porque sabía exactamente qué decir.

—No te preocupes más. El inocente y el culpable, el cazador y el cazado. No hay necesidad de juzgarlos. Dios quiere salvar a todos.

Jesús se dirigió de vuelta a la aldea. A la primera persona que vio fue a un joven que clavaba una azada rota en un campo reseco. Cuando posó la mirada en Jesús, se puso tenso.

—¿En qué te puedo ayudar, rabí? —preguntó. Mantenía la cabeza gacha y la voz baja. Se había corrido la voz por todos lados.

—Necesito un guía —pidió Jesús—. Pero tienes que llevarme por las calles más desiertas que conozcas. ¿Hay lugares apartados para enfermos y moribundos? —El joven asintió—. Vamos por ese lado, entonces. Y no te asustes, pero tengo que ir adonde están las santas. —El joven parecía confundido: no conocía esa jerga—. Las mujeres que caminan con los hombres cuando Dios no mira —explicó Jesús.

Él sonrió, pero el joven se puso colorado y no pudo ni siquiera balbucear una respuesta. Sin decir palabra, señaló el camino hacia una pequeña abertura en el muro del pueblo. Un rato después, avanzaban con sigilo por senderos que eran demasiado angostos para un callejón. Todas las casas tenían los postigos cerrados, pero Jesús oyó gemidos apagados y sintió el hedor del vómito y la carne moribunda. Con una bendición muda, prometió que volvería. Dejó que el joven lo guiase y vigilase a la vuelta de cada esquina para asegurarse de que no había nadie en la calle antes de hacerle un gesto a Jesús para que siguiera avanzando.

La zona de los burdeles estaba cerca. Tenía un olor más asqueroso que las calles de los moribundos, porque se mezclaba un perfume denso y dulzón con los restos de la carne putrefacta. El joven esperó a que Jesús lo alcanzara.

—No puedo seguir más allá —dijo. Lo había llevado a un lugar prohibido, pero valdría la pena cuando volviera corriendo y le contara la historia a todo el mundo.

Empezó a retroceder, pero Jesús lo agarró de la nuca por encima de sus toscas vestiduras.

—No he venido aquí a pecar —dijo.

—Claro que no, rabí. —El joven mantuvo la mirada, discreta, hacia abajo, pero no pudo ocultar una ligera sonrisa.

—Mírame —dijo Jesús—. Si el pueblo me echa por tu culpa, no habrá más milagros. ¿Entiendes?

Una mirada fija y tenaz apareció en los ojos del joven.

—¿Y dónde está mi milagro? —dijo, adulador.

¿Se había resumido todo en eso, en menos de un día? Jesús le hubiera apretado aún más la ropa alrededor del cuello, pero después comprendió: él no era dueño de hacer o deshacer los milagros. Cerró los ojos y esperó.

A través de él fluyeron unas palabras.

—Tu abuela no morirá por ahora. Se levantará de la cama dentro de una semana.

Tal vez el joven abriera los ojos como platos; es posible que le haya henchido el pecho un grito de agradecimiento. Pero Jesús ya se había apartado y se dirigía hacia la primera casa de la calle, que tenía la puerta pintada decorada con una serpiente azul que se enroscaba alrededor de un falo erecto. Un símbolo romano. Los principales clientes serían soldados y seguramente no leían hebreo.

—¡Señor!

El joven lo llamaba, pero Jesús no se dio la vuelta. Aunque Dios había hablado a través de él, le revolvía el estómago hacer trueques con los milagros. Se detuvo ante la puerta y golpeó. No abrió nadie, pero una voz femenina habló desde adentro.

—Es demasiado temprano. Las chicas duermen. Vuelve al mediodía.

Jesús volvió a golpear, con más fuerza y, después de una pausa, se abrió una rendija en la puerta. Apareció una mujer baja, con alheña en el pelo y la cara descubierta. Cuando vio que Jesús era judío, se apuró a taparse todo menos los ojos con la manga.

—¿No me has oído?

—He venido a ver a María. Dile que salga a la puerta.

La mujer, posiblemente la encargada del burdel, empezó a sospechar.

—Ella no está aquí; y no va a ver a nadie. No hasta el mediodía.

—Tráela.

Jesús había sido guiado hasta el pueblo, pero no necesitaba un mensaje divino para buscar a María en la zona de los burdeles. Era lógico pensar que necesitaba algún medio de subsistencia.

Pero ahora, por encima del perfume dulzón mezclado con el hedor a podrido, él olió algo más. Una mezcla de azafrán, comino y cilantro que le resultaba familiar porque María llevaba un paquete de esas especias cuando huyó de Jerusalén. A lo largo del camino, las había espolvoreado una decena de veces sobre las cabezas de pescado y entrañas de cordero que había comprado para la cena con sus monedas de cobre.

—Sé que está aquí. Huelo algo.

—Nosotros también vinimos a olerlo —dijo un hombre, enojado—. De cerca, así que, sal del camino, judío. —La voz sonó a sus espaldas, y era de un romano. Jesús se dio la vuelta para quedar frente a dos soldados de infantería. Estaban despeinados y borrachos. El que había hablado le lanzó una mirada lasciva.

La mujer les sonrió, empalagosa. Clientes habituales. Abrió la puerta e hizo una reverencia. Sin embargo, Jesús no se apartó.

El otro soldado se puso agresivo.

—¿No te hemos dicho que te fueras? —Llevó la mano hasta la empuñadura de la espada que le colgaba del costado, pero su compañero, que estaba de mejor humor, le palmeó la espalda a Jesús.

—No lo dice de verdad. Entra. Somos todos hermanos del otro lado de esta puerta azul, ¿no?

La mujer, deseosa de evitar una pelea, metió a Jesús de un tirón. Desprevenido, él se tambaleó en el umbral mientras los legionarios impacientes lo empujaban por atrás. Se oía que las chicas hablaban en voz baja en la habitación contigua, salpicando la conversación con risitas. Incluso a la luz tenue, la mujer veía que la cara de los soldados se ponía roja y ansiosa, así que gritó:

—Prepárense. Desnúdense, queridas. Caballeros que llegan temprano.

Corrió una cortina y dejó a la vista un diván bajo cubierto con alfombras de piel de oveja. Acomodadas allí, había dos chicas sorprendidas sin el espeso maquillaje. Soltaron chillidos tímidos y los soldados se echaron a reír. Uno corrió al sillón y empezó a subir la delgada túnica de una de las chicas para verle las piernas.

A Jesús le pareció un sueño, una aparición fugaz. No se sintió incómodo, ni siquiera cuando la escena se volvió chabacana y las chicas estiraron los brazos para aferrarse a él. Jesús se giró lentamente, con la sensación de ensueño de que él era un fantasma; y entonces vio quién era: María acababa de entrar a la habitación. Llevaba unas vestimentas toscas, con un delantal atado a la cintura y una cuchara de madera en las manos.

"Tú." Formó la sílaba con los labios, sin hablar.

Sin embargo, estar vestida de cocinera no le sirvió de protección. Uno de los soldados borrachos la vio.

—¡Ésa! —gritó, apartando a un lado a la chica desnuda que se le colgaba del cuello. Se levantó del diván tambaleándose hacia delante, semidesnudo salvo porque todavía llevaba puesta la ropa interior de lino, que no ocultaba su estado de excitación. María miró hacia otro lado. No quería cruzar la mirada con los ojos ávidos, codiciosos del soldado, y no podía mirar a Jesús a los ojos.

Jesús no había dicho nada, apenas si se había movido, pero su presencia irritaba al romano.

—Mejor que nos dejes en paz, judío. A menos que ella sea tu hermana, no tienes nada que hacer aquí. —De un brusco zarpazo, empujó a Jesús hacia la puerta.

La sensación de estar moviéndose en un sueño persistía mientras Jesús observaba que la mano se le transformaba en puño y atravesaba el aire. Golpeó al soldado en la mandíbula sin hacer ruido, pero en ese momento Jesús oyó el fuerte crujido del hueso que se rompía. Al soldado le salió sangre a chorros por la boca y los ojos se le iban agrandando como platos mientras caía al suelo.

El sonido que siguió fue la voz de María.

—¡Rápido!

El otro romano bramó como un toro y se tambaleó al ponerse de pie. Jesús alcanzó a ver el brillo del acero cuando la espada salía de la funda. Pero María ya lo había llevado a la calle de un tirón y corría descalza sobre piedras e inmundicias; aunque se seguían oyendo los bramidos a sus espaldas, era poco probable que los alcanzara un legionario desnudo que acababa de tropezar con su compañero caído.

María seguía corriendo cuando Jesús la detuvo.

—Podemos irnos caminando —le dijo—. Están velando por mí.

—Pero antes no. Terminaste en la cárcel —dijo ella, mirando hacia atrás, nerviosa, en dirección al burdel—. No podía quedarme en ese lugar. Un granjero me trajo hasta aquí en su carro. —Se quitó el manto de la cara. Hasta ahora no los había perseguido nadie.

—Oye y escucha lo que te digo. Están velando por mí —repitió Jesús.

Su calma la impresionó. Hacía unos instantes había arremetido con furia contra el romano, pero la tormenta pasó tan pronto como se había desatado. Dondequiera que hubiese estado escondiéndose, Jesús había encontrado ropas nuevas y ya no tenía ese aire de fugitivo. María trató de que el corazón dejara de latirle con tanto pánico. Bajó la vista para mirar la mano derecha de Jesús, cuyos nudillos rezumaban sangre después de haberle roto la mandíbula al romano.

—Estás sangrando —dijo.

—Un poco.

Jesús ignoró la herida. Tenía otras cosas en la cabeza, en especial las multitudes frenéticas que pronto revolotearían a su alrededor. Cuando llegaran a la parte principal del pueblo, él y María no podrían caminar juntos. Él tomó las manos de ella entre las suyas.

—No tienes nada que explicar. Sé que no volviste a hacer lo que hacías antes.

María lo miró a los ojos sin apartar la mirada; no le temblaron los labios.

—Pensé que no volvería a verte. Esperé en un escondite; tenía demasiado miedo para buscarte. Judas es un cobarde, así que sabía que huiría. Le di una moneda a un niño de la calle y él corrió a vigilar los alrededores de la prisión. Me dijo que habían levantado la cuarentena y soltado a todos.

—Judas no es cobarde —la corrigió Jesús—. Es astuto. Me imagino que corrió a ocultarse bajo tierra.

María tenía una expresión amarga.

—Nos abandonó a los dos. ¿Qué más da? Me alivia que no hayas huido con él. —Se hizo una pausa incómoda y luego María agregó—: Has venido a buscarme. ¿Qué vas a hacer conmigo ahora?

Jesús estaba perplejo.

—Ayudarte, ¿qué otra cosa iba a hacer?

—¿De verdad no lo sabes? —Como Jesús no contestaba, María continuó—: Ningún hombre me querrá ya. Soy como el corazón de la manzana roída. Por lo menos debes saber eso.

Jesús apartó la mirada.

—No pienso en eso.

—Bueno, pues deberías. Ya has pasado por demasiadas cosas para seguir siendo un muchacho. —María sonaba casi irritada—. Cuando tú y Judas me aceptaron como compañera de viaje, mancharon su reputación con una mujer perdida. No lo niegues.

Jesús inclinó la cabeza.

—Tú estás fuera de la ley. Ambos lo sabemos.

—¿Y tú dónde estás, dentro de la ley? —María no esperó la respuesta a su pregunta—. ¿Crees que soy Eva? Yo no desobedecí. Me obligaron a perder la bendición de Dios, y ahora cualquier hombre puede hacer conmigo lo que quiera. Por eso pregunté qué vas a hacer conmigo.

Jesús tenía que enfrentarse a la verdad. No tenía ni idea de por qué había tratado de encontrar a María. Jamás sería su esposo y, por lo tanto, según los mandamientos, tenía prohibido andar en su compañía. ¿Era su conciencia la que lo hacía negarse a dejarla ir? No, porque se había cruzado con decenas de mujeres perdidas en el camino —mendigas, prostitutas, enfermas y lisiadas— y no las había acogido como a María.

—Te dije que quería ayudarte, pero eso no es todo. Tengo la obligación de ayudarte. No sé por qué, pero no puedo dejar que te vayas hasta que lo averigüe. —Para entonces los había visto un grupo de chiquillos de la calle, que se alejaron corriendo y dando silbidos agudos para alertar al pueblo. Jesús continuó con tono serio—: Quiero que sepas la verdad. Ha faltado poco para que no volvieras a verme. Estaba a punto de marcharme cuando pasó eso.

María no preguntó qué quería decir "eso", así que seguramente hubiera oído hablar del milagro de la casa en llamas. ¿Se daba cuenta de que él había cambiado de la noche a la mañana? Era imposible que no lo viera.

Por primera vez, ella pareció reprimir una sensación de vergüenza.

—Deberías irte ahora —dijo, bajando la mirada.

—No.

—Te echarán si te ven conmigo.

Jesús le levantó la cabeza.

—Demasiado tarde. Dios ya me ve contigo. —María se quedó callada y dejó que Jesús la llevara por la calle de la mano, sin hacer caso a las miradas abiertas de los extraños que empezaban a salir de entre las sombras de los callejones y calles laterales—. Tú tienes que estar aquí fuera, a la luz del día —dijo Jesús—. Antes fui débil. Tuve dudas, pero ya no las tengo. Quédate conmigo.

Su tono de voz la desconcertó.

—Eres el primer hombre que me habla así desde...

—Desde que tu prometido fue traicionado por los romanos —la interrumpió Jesús—. Dios te vio llorar. Lo vio todo.

—¿Entonces por qué me dejó...? —La frase era demasiado dolorosa de terminar. De sus ojos comenzaron a brotar copiosas lágrimas.

—No sé qué intención tenía Dios. Toma, sécate las mejillas o creerán que tienes motivos para avergonzarte.

María sacudió la cabeza mientras se secaba los surcos de las lágrimas con la manga. Aunque hubiese querido hablar, pronto habrían ahogado su voz. Por todos lados se acercaba una muchedumbre, que se agolpaba alrededor de ambos más rápido de lo que ella podía imaginar. Las voces gritaban "¡aquí!, ¡maestro, maestro!".

Jesús apenas tuvo tiempo de acercarse a ella y susurrarle al oído:

—Dios te dio algo inocente que nada ni nadie puede tocar. Ama esa parte de ti tanto como la amo yo.

La multitud se estaba llevando a Jesús tirándole de la túnica y los brazos. Una campesina que lloraba se tiró entre Jesús y María soltando gritos incoherentes. Ya separados, la oleada de gente acabó de separarlos con violencia. Jesús quedó envuelto en un torbellino y, aunque trató de mantener la vista fija en María, ella se quedó fuera de la muchedumbre, que la empujó a medida que se sumaba cada vez más gente.

En su temor, María vio a la turba como una bestia voraz, dispuesta a despedazar a Jesús ante sus propios ojos. La imagen le dio un escalofrío. Pero él no dejó que la bestia se abalanzara sobre él. María no pudo ver cómo, pero apenas con una mirada Jesús hizo que las manos dejaran de tirar de su ropa. Dijo algo que no se oyó, con mucha suavidad, y una onda recorrió la multitud calmando el aire como una brisa fresca después de la tormenta.

Cuando se hizo el silencio y pudo hacerse oír, Jesús dijo:

—¿Adónde me llevan? Hablen. —Nadie respondió. El gentío sólo quería acercarse a él. Jesús dirigió la mirada al círculo apretado de gente que estaba más cerca de él—. Incluso en la sinagoga, cuando todos quieren estar cerca de Dios, hay sitio para ponerse de rodillas.

La gente retrocedió a empujones y se abrió un poco de espacio alrededor de Jesús. María estaba sorprendida de poder oírlo con tanta claridad; era asombroso, como si él todavía estuviese susurrándole al oído. ¿Les estaría pasando lo mismo a todos?

Jesús habló y las palabras fluyeron como si hubiera pronunciado ese sermón miles de veces.

—Vagué por las colinas cerca de mi aldea cuando era niño. No sabía adónde ir. Nadie esperaba nada de mí. Incluso creí que Dios se había olvidado de mí. ¿A quién no le han asaltado esas preocupaciones? —Había adoptado un nuevo tono, como si hubiese estado contando anécdotas a un amigo. Antes de continuar, paseó la mirada por la multitud, que se tranquilizó todavía más—. Un día estaba exhausto con tantas preocupaciones, y mis pies tenían heridas y moretones a causa de las piedras, así que me dejé caer en el suelo, bajo un árbol. Sólo pretendía quedarme allí unos instantes, cuando vi un gorrión. El pájaro revoloteó hasta posarse en la tierra y picoteó una mata de hierba. Un segundo después, se fue revoloteando a otra parte, y después a otra. Mis ojos no reconocían ninguna pauta concreta, apenas el zigzag tonto de un gorrión que no iba a ningún lado.

"De pronto, se me abrieron los ojos. ¿Cuántas generaciones de gorriones habían vivido así? Muchas más que las generaciones de hombres. No tenían planeado adónde ir, pero la mano de Dios los ha guiado durante estos miles de años. Si él puede hallar la hierba suficiente para los gorriones, ¿qué más querrá hacer por ustedes?

La multitud murmuró. Nadie les había hablado así antes. Jesús levantó la voz.

—Les vuelvo a preguntar, ¿adónde me llevan? Si no lo saben, entonces déjenme ir. No soy más que el gorrión de Dios. Él seguramente quiere que yo siga errando en zigzag un tiempo más antes de decirme qué hacer.

La gente se retiró balbuceando por lo bajo pero sin oponer resistencia; se había abierto un camino para que Jesús pudiera salir. Tan pronto como llegó al final de ese camino, éste se cerró a sus espaldas, y la multitud siguió los pasos de Jesús. María quedó atrás de todos, entre los rezagados. De pronto apareció una patrulla romana que venía en dirección a ellos. María estaba casi segura de que no conocía a ninguno de los soldados del burdel, pero apresuró el paso y se mezcló con el resto de la gente.

Creyó haber oído que uno de los soldados decía:

—¿Los dispersamos, sargento?

Hubo una respuesta brusca, pero nada más. María echó una mirada de reojo por encima del hombro. La patrulla estaba detrás, empujando a la multitud con las armas enfundadas. Se veían indecisos: hubiera sido inútil dispersar a una muchedumbre que era casi diez veces más numerosa.

Al frente, Jesús caminaba con toda tranquilidad, como si anduviese solo y sin rumbo. La multitud lo seguía, hasta que llegaron a la entrada del mercado y se toparon con una figura familiar. Cuando vio al hombre, la muchedumbre rugió, furiosa: era un romano rechoncho que, envuelto en una toga sucia, sentado en un banco, vigilaba desde su ubicación a todos los que salían y entraban. Entre las piernas tenía una bolsa de cuero; delante de él, una mesita a modo de escritorio.

—No te acerques a él, maestro —gritó una voz.

Jesús se dio la vuelta para ver de dónde venía.

—¿Por qué no?

—Te asaltará, ¡es un ladrón!

Jesús miró al rechoncho romano, que se parecía a los recaudadores de impuestos que él conocía de Nazaret. Sentados en la orilla, donde llegaban los barcos pesqueros o situados en la entrada del mercado, su presencia era tan predecible como la de los buitres.

—¿Ustedes desprecian a este hombre? —preguntó Jesús sin esperar a que le respondiera el coro de abucheos—. Sé tan bien como ustedes lo que nos han hecho los romanos. Es hora de pagarles. ¿Quién tiene una moneda?

La multitud estaba desconcertada. ¿Una moneda? Todos esperaban que Jesús les ordenara abalanzarse sobre el recaudador y atacarlo. Al parecer, el romano pensó lo mismo, porque tiró, nervioso, de los cordones de su bolsa de cuero y se metió las plumas en la manga. María miró hacia atrás; la patrulla armada estaba cada vez más cerca, y ahora los soldados habían desenfundado las armas.

Jesús no prestó atención al murmullo y dejó la mano extendida hasta que alguien le dio una moneda de cobre.

—Quédense aquí.

Tenía tanto control sobre la muchedumbre que ésta se quedó atrás mientras él se acercaba al recaudador de impuestos, que estaba más nervioso que antes. Con un ademán brusco, el hombre trató de apartar a Jesús.

—¿Traes mercadería para vender? Si no, no tienes que pagar.

Jesús le mostró la moneda y habló en voz baja.

—Al parecer, Dios quiere que ambos desempeñemos los papeles que nos corresponden.

—Lo que tu dios quiera no significa nada para mí —dijo el hombre entre dientes.

—¿Significa algo para ti seguir vivo? —Con un ademán elegante, Jesús dejó caer la moneda en la mesa del recaudador. El sonido metálico hizo que la multitud rompiera en abucheos y algo más ominoso: un bramido contenido, furioso, contra Jesús.

—¡Fraude! ¡Hipócrita!

Jesús se dio la vuelta.

—¿Quién es hipócrita? ¿El que obedece las leyes?

—No las leyes del césar —gritó alguien—. Dios es el único que hace leyes para nosotros.

—Ya veo. Entonces Dios seguramente los maldiga, porque todo el que desobedece la ley del césar va a prisión o muere, de eso no cabe duda. Déjame preguntarte, ¿quién es el hipócrita ahora? ¿Yo o tú? —gritó.

Se oyó un silbido agudo desde el fondo. Los soldados romanos estaban separándose y tomando posiciones, dando órdenes con las manos mientras pedían refuerzos. Desde su sitio, María veía que los soldados se acercaban. ¿Por qué de pronto quería suicidarse Jesús?

Las filas delanteras de la muchedumbre amenazaron con desbordarse y abalanzarse sobre él, pero la mirada de Jesús los hizo contenerse.

—¿Qué creían que haría su mesías? —gritó—. ¿Aniquilar a los romanos con un chasquido de los dedos? —Jesús jamás había pronunciado la palabra "mesías" antes, pero conocía los rumores que nacen de la desesperación. Sólo que ni al más burdo de los magos, esos que sacan pañuelos rojos y verdes de las orejas de los niños y los simplones, le llamaban salvador de los judíos.

—El mesías no les lamería el culo —le contestó un hombre gritando. Esta vez la voz no venía de entre la multitud. Un comerciante con un mandil para herramientas dio un paso adelante.

—Les diré la verdad —dijo Jesús con tono seguro, sosteniéndole la mirada hostil al hombre que había gritado—. No tienen ni idea de lo que haría el mesías. Yo tampoco. —Levantó los ojos hacia la muchedumbre—. Pero sepan otra verdad que ustedes han olvidado. Hay un abismo inmenso entre el reino del césar y el Reino de Dios. ¿Es que no se lo han dicho una y otra vez? Los romanos ignoran las leyes de Dios, así que no tienen más remedio que darse las suyas.

”¿Dios está ofendido? ¿Cómo puede ser? Los asuntos terrenales no le afectan. El romano más rico de todos morirá sin ser digno de tocar la orla de la túnica del más insignificante de todos ustedes en el cielo. Entonces sean como Dios. Antes de hablar de la ley, tienen que saber a qué reino pertenecen. De lo contrario, no son ni más ni menos que unos hipócritas.

Para entonces, ya había una decena de soldados acuartelados que venían a reforzar la patrulla; se habían colocado detrás de la multitud con escudo y espada preparados para embestir. Jesús había insultado al emperador y cuestionado su autoridad, razón suficiente para arremeter contra él y apresarlo. Pero también había hecho otra cosa: había aplacado a una muchedumbre sólo con palabras. El sargento al mando dudó; los otros esperaban sus órdenes. Tenían por principal objetivo rescatar al recaudador de impuestos, pero Jesús le tocó ahora el hombro y asintió con la cabeza. La multitud lo observaba, tensa, mientras el romano levantaba su mesa y salía corriendo por el medio del mercado, que estaba casi desierto. Desapareció en unos segundos y la chispa se apagó.

—¡Dispérsense! —ordenó el sargento, con un tono lo suficientemente alto como para que los judíos se dieran cuenta de que sus hombres estaban allí.

María contuvo la respiración. Todavía podía encenderse una segunda chispa. Incluso cosas menores habían provocado disturbios. Sin embargo, salvo algunos descontentos, nadie respondió a la amenaza implícita. Los hombres que estaban adelante de María eran altos, pero por un instante María pudo ver a Jesús entre los cuerpos. Tenía una expresión extraña en la cara. Estaba sonriendo, pero los ojos mostraban tristeza y reflexión. A medida que la multitud se dispersaba, una oleada visible de cansancio cayó sobre Jesús, que dejó caer los hombros de pronto. Apaciguar a la muchedumbre le había costado más que romperle la mandíbula a un romano.

El poder de las palabras de Jesús había hecho temblar a María. ¿Era pavor o esperanza? Si era lo segundo, se trataba de una esperanza que quizá muriera antes de nacer.

DE PRONTO LOS ROMANOS tenían que lidiar con otros problemas además del falso mesías o pobre iluso al que los
judíos seguían esa semana. Habían asesinado a un oficial
de menor rango cuando volvía a su casa caminando desde
los baños públicos: el mismo tipo de kanaim, u "hombres
de los puñales", que estaba causando problemas en el norte había salido de entre las sombras y lo había apuñalado.
Estas cosas no solían suceder en el sur, así que cuando se
produjo una segunda muerte —esta vez, el hijo pródigo
de un senador, que se había ido exiliado a Judea para que
no lo juzgaran por asesinato en Roma—, la situación se
volvió más tensa. Los mercados estuvieron cerrados durante una semana, al igual que los baños. En un arrebato,
el gobernador de la provincia ordenó que se apostara un
guardia en la sinagoga del lugar para que impidiera la entrada a los judíos. Entonces se levantó una muchedumbre
furiosa ante las puertas de la sinagoga. Los guardias fueron apedreados y salieron con vida por muy poco.

Todos los judíos que tenían propiedades se encerraban en ellas. Sólo los más pobres buscaban la ayuda de
Jesús. Pero él ya no estaba en el pueblo; había que ir a
buscarlo a las colinas, donde se retiraba a orar y dormir
por las noches. Jesús llevó a María consigo, cosa que, en
circunstancias normales, habría escandalizado a los nue-
vos seguidores, pero la crisis del momento hizo que no se
quejaran.

Durante varios días seguidos, contingentes de pobres asediaron a Jesús. A todos ellos les dijo:

—¿Qué quieren que haga?

Llovieron las respuestas de inmediato.

—Dirigir un ejército.

—Enviar un terremoto.

—Invocar al ángel de la muerte, como hizo Moisés. Nosotros podemos marcar nuestras puertas con sangre para que el ángel sepa que somos judíos y nos perdone la vida. ¿No era ésa la lección de la Pascua?

—Moisés no invocó nada —replicó Jesús—. Fue la voluntad de Dios. La lección de la Pascua es que Él decide.

Cuando la muchedumbre que le suplicaba se marchó refunfuñando, María le preguntó en privado:

—¿Podrías detener a los romanos?

Jesús, que se resguardaba del sol de mediodía a la sombra de un olivo retorcido, la miró, burlón.

—¿Acaso no has oído?

María sacudió la cabeza.

—Has dicho que fue decisión de Dios. ¿Pero no es que Dios actúa a través de ti? Entonces, es decisión tuya también.

Jesús se dio la vuelta sin responder, pero esa tarde la llevó al otro lado de los campos, hasta una parte más densa del bosque. Se abrieron paso a manotazos entre la maleza, que de pronto desembocó en un claro.

—Vi que un muchacho hacía aquí un milagro. Cumplió las expectativas de todos. No importaba si era un milagro verdadero o no.

Jesús parecía buscar algo a su alrededor, hasta que lo encontró. Al principio, María no sabía qué era. Jesús agarró algo muy similar a una rama rota y la levantó: enroscada en ella había una víbora negra, muerta, con la cabeza aplastada.

—Esto es lo que ha quedado del milagro —dijo—. Engañaron a la gente y después los embaucadores mataron a esta criatura para esconder el engaño.

¿Qué conclusión se suponía que debía sacar ella de todo eso?

—Tú no eres así —dijo María.

—A menos que sea la serpiente —dijo Jesús, fijando la vista en el reptil sin vida.

Cuando María siguió la mirada de él, cayó al suelo de rodillas. La serpiente, con la cabeza que parecía una pasta de huesos rotos y sangre seca, estaba trepando por la rama hacia la mano de Jesús. Temblaba y la cabeza destrozada volvía a tomar la forma que había tenido antes. Por la boca se asomaba una lengua sinuosa. La serpiente silbó y Jesús soltó la rama, con lo que el reptil se escapó por la hierba. María sintió que el corazón le latía con fuerza.

—El Adversario —susurró.

¿De verdad era obra del diablo? Jesús no respondió, pero no cabía duda de que su propia lección se había vuelto en su contra. Había algo que trataba de llegar a él desde más allá de la muerte.

Pasaron muchos días sin que ninguno fuese memorable. Jesús erraba por las montañas con aire reflexivo. María levantó un campamento y le dejó comida y agua. Jamás lo vio tomar ninguna de las dos cosas, pero cuando se despertaba por la mañana, el plato y la jarra estaban vacíos.

Por fin, Jesús reapareció, pateando las piedras que rodeaban el campamento y apagando las llamas. Quería que volvieran a encenderse con una sola palabra: "Judas".

Algunas veces antes de que empezaran los problemas, María creyó haberlo visto entre la multitud que seguía incesantemente a Jesús por las calles. Pero el hombre siempre tenía la capucha puesta y procuraba que no lo vieran cerca de ella. Sin embargo, cuando empezaban a preguntar por ahí, todos conocían el nombre de Judas en las calles.

—Judas quiere reclutas. Por eso no es tan precavido como los zelotes —sugirió Jesús. No le cabía duda alguna de quién lideraba a los kanaim y fomentaba los asesinatos locales.

En menos de un día, los mocosos callejeros, fuente de todo lo que se sabía sobre la clandestinidad, llevaron a Jesús y a María a las afueras de la ciudad, más allá del cuartel romano, y señalaron un conjunto de edificaciones anexas. Había algo muy parecido a un granero destartalado, con corrales de ovejas a su alrededor, que tenía una puerta trasera. Jesús golpeó y respondió el mismísimo Judas.

—Has venido —dijo, sin el menor rastro de sorpresa. Los dejó pasar, con los ojos fijos en María y sin mirar a Jesús. La parte de atrás del granero tenía suelo y todas las comodidades de una casa. Había un grupo de hombres jóvenes sentados en círculo. Alarmados, algunos estiraron los brazos para desenfundar las armas. Judas los detuvo—: No hay peligro. —Y todos se quedaron expectantes por ver qué sucedía después.

—¿Te tienen cautivo? —preguntó Jesús. Judas quedó desconcertado con la ironía de su voz.

—Están con nosotros —dijo con dureza—. Dispuestos a morir por Dios. ¿No es eso lo que te ha traído aquí también?

Jesús sonrió para sus adentros, como diciendo "no has respondido a mi pregunta". Se sentó en el suelo fuera del círculo. María se sentó junto a él.

—¿Acaso funcionó tan bien la violencia en casa que ahora la traes aquí? —preguntó Jesús.

Judas se encogió de hombros.

—¿Qué alternativa tengo?

—Claro, es cierto. Ya probaste con los milagros.

—Probamos —le recordó Judas—, pero parece que a uno de nosotros le está yendo mejor.

A los ojos de María, Judas no había cambiado. Desde que había salido de la cárcel, su pelo y barba estaban más desaliñados, tenía la túnica rasgada y remendada sin mucho cuidado. Mientras hablaba, Judas esquivaba los ojos de Jesús pero se guardaba una mirada codiciosa, rápida, para María.

—Únete a mí. Yo ya empecé, y sé que tú no has perdido la voluntad. Ahora tienes que demostrar que puedes luchar.

—¿Y si te hago caso? —preguntó Jesús, sacudiendo la cabeza—. Entonces los dos estaríamos cautivos.

Era la segunda vez que lo provocaba así y Judas dejó que una chispa de irritación le arrebatara la expresión confiada de la cara.

—Nuestro pueblo está pidiendo a gritos que lo liberen. No importa lo que digas, no puedes negar eso. Los cobardes y los ricos seguirán escondiéndose. ¿Es ése el lado al que quieres unirte? ¿O estás pensando en ser su líder?

—De hecho, vengo pensándolo hace varios días —dijo Jesús, tranquilo—. Y tienes razón. No puedo ser el líder de los cobardes y los ricos.

Judas ya había abierto la boca para interrumpir, pero este cambio repentino de tono lo sorprendió.

—¿Qué quieres decir?

—Te seguiré. Por eso he venido.

Los finos labios de Judas se arrugaron con la sonrisa, que al principio era de desconfianza. Miraba de forma alterna a Jesús y a María. Por la expresión que tenía ella, Judas podía ver que estaba aterrorizada.

—Lo dices en serio —dijo con cautela.

Jesús hizo una pequeña inclinación con la cabeza.

—No puedo resistirme a los deseos de mi Padre.

María ya no podía soportarlo.

—¡No! —gritó. Se habría puesto de pie de un salto, pero Jesús se volvió y le puso una mano en el hombro.

—Eres libre —anunció—. Decide por ti misma. Te dije que me cuidaban. ¿Crees que a ti también? —Por muy suave que sonara su voz, las palabras la dejaron anonadada porque le parecían una traición. Ella había supuesto que él la cuidaría, que estaba bajo su protección. Jesús le leyó el pensamiento—. No me puedo proteger a mí mismo, ¿cómo voy a protegerte a ti?

María estaba consternada: lo último que quería era que Judas oyera todo aquello. Él parecía disfrutar de la confusión.

—Yo te protegeré. Quédate. Si Jesús no te lo pide, lo haré yo. —Los hombres jóvenes del círculo no ocultaban sus sentimientos, entre los que se contaban la desconfianza por la presencia de Jesús y el placer que les producía que una mujer hubiera venido a servirlos. Judas sonrió de oreja a oreja—. No te preocupes, puedo controlarlos.

María sintió ganas de llorar. Miraba la puerta y pensaba en la posibilidad de salir corriendo. ¿Qué otra cosa había estado haciendo durante meses desde que los romanos la dejaron sin nada? Hizo un esfuerzo por acercarse lo suficiente a Jesús y susurrarle al oído, cosa que hizo reír a los hombres jóvenes.

—¿Qué pasará conmigo?

En los ojos de Jesús no había señal alguna de piedad.

—Sufrirás mucho más si finjo que mi camino es sencillo.

Se puso de pie y le tendió la mano a Judas. Después de dudar por última vez, Judas la estrechó. No entendía este pacto inesperado, pero sabía que era mejor tener a Jesús como amigo que como enemigo.

—Tú me secundarás —dijo Judas—. Nadie va a cuestionar tu autoridad una vez que yo la anuncie.

—Salvo uno —dijo Jesús con calma. La expresión de Judas volvió a delatar sospecha, pero antes de que pudiera decir algo, Jesús prosiguió—: Te dije que no puedo resistirme a la voluntad de Dios. Él me trajo aquí porque tú no estás a salvo. El traidor que atenta contra tu vida está entre ustedes. —Jesús no esperó la reacción de Judas—. Me uniré a ustedes mañana después de bañarme y purificarme. —Agarró a María de la mano para marcharse—. El problema no es que los romanos ya conozcan tus planes y hayan enviado a alguien para aniquilarte. El problema es que creas que soy yo.

Judas no pudo evitarlo.

—¿De verdad? —gruñó.

Jesús sacudió la cabeza.

—Lo único que tienes que temer de mí es que vengo en son de paz.

El primero y el último

Jesús y María se fueron caminando a paso lento del escondite de Judas. Si las palabras de despedida de Jesús habían causado conmoción, las gruesas paredes de barro de la edificación la sofocaban.

—¿Cómo puedes venir en son de paz cuando el otro no la quiere? —preguntó María.

—No lo sé. Mis pies caminan adonde los guían y digo palabras que ya no me pertenecen —contestó Jesús.

Fue extraño darse cuenta de cuán cierto era lo que había dicho. Una vez, cuando era niño, Jesús se había quedado atrás mientras acompañaba a su padre por un camino. Bajo la sombra de un árbol, miraba el cielo que asomaba, moteado, por entre las hojas. José no se preocupó porque apenas les quedaban unos quinientos metros para llegar hasta donde tenía que hacer su próximo trabajo. El chico cayó en una especie de sopor, pero lo despertaron unos gritos.

En el medio del camino había un pequeño grupo de gente. Los gritos procedían del centro de la multitud y, cuando Jesús se despertó del todo, pudo distinguir algunas palabras.

—¡Les ordeno que se arrodillen ante mí! Yo doy órdenes a los truenos. Derribo de un soplido las obras más grandes de cualquier rey. ¡Teman!

Para sorpresa de Jesús, algunos de los que estaban allí cayeron al suelo de rodillas. Por encima de las cabezas, el niño vio a un hombre harapiento, vestido con lo que parecían los restos de la túnica de un rabino. Llevaba la barba larga y oscura, y movía la cabeza hacia atrás y hacia adelante con violencia, tanto que Jesús se preguntaba cómo hacía para mantenerla sobre los hombros.

—Dinos tu nombre, rabí —dijo uno.

El balanceo de la cabeza se intensificó.

—¡Tonto! Oír mi nombre es consumirse en el fuego. ¿Acaso no le dije eso a Moisés?

Después de unas frases más como ésa, Jesús se dio cuenta de que el hombre hablaba como si fuese Dios. La curiosidad lo llevó a ponerse de pie y acercarse. Giró la cabeza tambaleante en dirección a él y Jesús sintió repugnancia: no había visto que las mejillas del hombre estaban llenas de rasguños y que en el pelo enmarañado tenía bosta fresca.

Por alguna razón, la presencia de Jesús provocó un cambio perturbador. El rabí harapiento se tiró al suelo y empezó a comer tierra. Ya no se entendía lo que decía. La multitud se dispersó, salvo por los pocos que se quedaron de rodillas esperando la siguiente sentencia gnómica de Dios.

Ahora, el recuerdo inquietaba a Jesús. ¿En qué se diferenciaba de aquel hombre? No podía probar que Dios hablaba a través de él ni que no lo hacía a través de ese desdichado vagabundo.

Sin embargo...

Quería acudir a María y revelarle el milagro de la casa en llamas. Ésa era la única prueba que tenía. Pero en ese momento la banda de rebeldes de Judas irrumpió en la calle como una caldera en plena ebullición. Jesús y María se escabulleron hasta perderse de vista para poder observar la escena.

Algunos habían sacado sus cuchillos curvos, otros llegaban a las manos con los puños cerrados. El clamor hizo que Judas saliera a la calle. Había perdido el control sobre sus seguidores y todos soltaban insultos y acusaciones sospechosas contra los demás.

Judas se metió en la disputa.

—¡Lacayos, estúpidos! —gritó—. Corran a su casa con su madre. No me importa. —Blandió un puñal frente al rebelde que tenía más cerca y éste retrocedió de inmediato—. No necesito a ninguno de ustedes.

Los curiosos se asomaban a las puertas de todas las casas de esa calle. Sin dejar de discutir, los rebeldes huyeron corriendo y sus voces se perdieron, hasta que pronto volvió a hacerse silencio.

—Ahora habrá paz —dijo Jesús—. Primero había que ahuyentar a los avispones con humo. —Salió a la luz de entre las sombras para que Judas pudiera verlo—. No te enfades. El Padre te ha bendecido sin que te dieras cuenta. —Para Judas, el tono afable de Jesús escondía una sonrisita triunfal. No podía verla en la oscuridad, pero la simple idea lo irritaba.

—¿A qué has venido? ¿A sabotearnos? —gritó Judas—. Cuando los romanos recojan sus redes, tú no te salvarás. ¿O te han pagado?

Jesús ignoró la provocación.

—¿Encontraste al traidor?

—¡Vete al infierno! Es todo un invento tuyo.

Jesús tampoco prestó atención a esas palabras.

—Supongo que todos sospechaban de todos.

—¿Y qué esperabas? —respondió Judas bruscamente.

—Entonces eras el líder de una conspiración de traidores. Era sólo cuestión de tiempo hasta que uno de ellos delatara a los otros. Eres tú el que no escapará de las redes de los romanos. —Al oír que Jesús le decía las mismas palabras que había usado él, Judas se acercó bufando, con los puños en alto. Jesús sonrió—. Los guerreros de verdad no son tan prudentes como tú. Ellos usarían un puñal, incluso ante la mirada de todas estas personas.

Cuando terminó la gresca, ya no había ningún vecino en la puerta, salvo los más curiosos, que levantaban los faroles para ver qué haría Judas.

Jesús no le tenía miedo.

—Es hora de elegir y apenas tienes unos pocos minutos —dijo, bajándole el puño.

De pronto, Judas se dio cuenta del peligro que corría. En ese mismo momento, estaban sobornando a alguien que había presenciado la escena en la calle. Los romanos se tomaban muy en serio las riñas callejeras, sobre todo porque cualquier choza de barro podía esconder a un grupo de rebeldes. Judas echó una mirada nerviosa por encima de su hombro.

—¿Por qué estás perdiendo el tiempo con él? —interrumpió María—. Tenemos que salvarnos nosotros.

Jesús sacudió la cabeza, con la mirada fija en Judas.

—¿Nos mantenemos juntos o no? Decídete.

Judas sacudió el cuerpo hacia delante con indecisión.

—Ella tiene razón. ¿De qué nos servimos uno al otro?

—Yo fui tu primer discípulo —dijo Jesús—. Adonde tú vas, voy yo.

Judas no podía creer lo que oía.

—Ya no hay nada que seguir. Has visto cómo se dispersaban. No queda nada que socavar, si es ése tu juego.

Jesús negó con la cabeza.

—Agradece que te hayan abandonado. Dejaron un espacio vacío que llenará Dios si tú lo dejas entrar.

Judas estaba demasiado confundido como para pensar si se trataba de una provocación encubierta. Salió corriendo, temerario: sin decir palabra, se dio la vuelta y corrió en dirección a los campos y a los bosques. Que Jesús y María decidieran si lo seguían.

Pero María no estaba dispuesta a hacerlo.

—No podemos ir con él. Es una locura —protestó. Sabía desde hacía mucho cómo era Judas, y la lealtad de Jesús hacia él la irritaba y confundía. Por mucho que quisiera, los motivos de Jesús eran imposibles de adivinar.

Sabiendo que sería inútil, María suplicó.

—Dame una buena razón por la que tú, que eres bendito, deberías seguir a un hombre como Judas.

—Tengo que hacerlo. Mi Padre quiere que lo haga. Si ésa es su voluntad, tú estás a salvo también.

María quería admitir que Jesús se guiaba por la voluntad de Dios, pero ése era el problema, no la solución. Un hombre movido por Dios solamente era como una hoja en el viento o un pájaro que salta de rama en rama. Era imposible que hubiese un plan o una dirección visibles.

A pesar de todas las dudas, el miedo de María a los romanos superaba cualquier otro sentimiento. Se echaron a correr. Las sandalias resbaladizas golpeaban con fuerza contra las piedras. Los ecos amplificaban el sonido, como si los perseguidores estuviesen acercándose cada vez más. No era seguro meterse en una casa a medio camino, porque Jesús todavía no se había afianzado del todo como hacedor de milagros.

Se unieron a Judas en las afueras del pueblo. La luna era la única luz que había, pero Jesús no había perdido su destreza para seguir rastros en la oscuridad. Después de un rato, los fugitivos encontraron el campamento que había levantado María la noche anterior. El fuego apenas encendido seguía brillando bajo la densa capa de cenizas. Los tres podrían calentarse un poco y comer algo antes de acostarse entre los olivos.

Partieron el pan en silencio. A simple vista, no había cambiado nada desde aquellos días en que erraban por los caminos, y las jornadas anteriores bien podrían haber sido un sueño: no había señal alguna de arrestos ni cárceles ni milagros. Eran tres trotamundos sentados bajo las estrellas eternas, cada uno perdido en sus propios pensamientos.

Cuando María se alejó para envolverse en una manta y dormir, Judas dijo:

—Te conozco. Tú no eres astuto ni malicioso. No eres del tipo que urde planes arteros. ¿Qué es lo que quieres?

—¿Acaso no haces la misma pregunta cada vez que nos vemos? —respondió Jesús—. Tal vez la respuesta no nos haya sido revelada a ninguno de los dos.

Judas encorvó los hombros para protegerse del frío. Pateó las brasas para arrancarles algunas llamas más.

—Necesito una respuesta más convincente que ésa.

Jesús estiró la mano y le tocó el hombro.

—Desde el momento en que nos conocimos, tú has sido el líder. Yo acepto eso. El Padre me habla a mí y me dice que te siga. No por mi bien, sino por el tuyo.

Judas se puso de pie de un salto, agitado.

—¿Ves? Eso es lo que haces todo el tiempo. Dices cosas con mansedumbre, pero de alguna manera estás detrás de mí. Preferiría condenarme a mí mismo que recibir la salvación de tu parte.

—¿Incluso aunque Dios nos haya escogido a ambos para obrar sus milagros?

—¿Ambos?

—Cuando él manda la lluvia, las gotas caen sobre todos por igual. Tal vez éste sea el gran momento para todo su pueblo. Pero no lo sabrás a menos que des un paso adelante para recibir con el corazón abierto. —Antes de que Judas pudiera contestar, Jesús puso la palma de la mano sobre el fuego, que revivió de inmediato, como si le hubieran tirado otro tronco. Judas se quedó mirando, paralizado—. Las palabras de Dios son inescrutables —continuó Jesús en voz baja—. Mira bien.

Judas no necesitaba que se lo pidieran: abrió los ojos desmesuradamente mientras las llamas parpadeaban y parecían inclinarse en su dirección. De pronto, cayó de rodillas, tan cerca de las llamas que la cara le empezó a sudar y se volvió de un rojo brillante. Se quedó así un largo rato, lo suficiente como para que, incluso días después, su cara se pareciera mucho a las manos escaldadas de una lavandera.

Cuando el fuego se extinguió, Judas no podía hablar. Parecía que el cuerpo se le hubiese disuelto por completo. Al cabo de un rato, logró articular palabra.

—El fuego ha hablado —dijo. Jesús asintió y esperó. Ambos sentían que lo que dijera Judas a continuación sería crítico, quizá fatal—. Ha dicho que Dios me haría grande si yo me arrepentía.

Jesús habló con amabilidad, como si estuviese tratando con un niño muerto de miedo.

—¿Te dijo cómo arrepentirte?

Judas negó con la cabeza.

—Algo que no pude entender. El primero y el último.

—Bien.

Judas lo miró, desconcertado.

—¿Sabes qué quiere decir eso?

—Quiere decir que ser el primero en este mundo es como ser el último en el de Dios. Tú y yo luchamos por ser el primero y yo soy tan culpable como tú. Ahora conoces la salida. Esfuérzate por convertirte en el último. Entrégate. ¿Cómo vamos a descubrir la voluntad de Dios si no renunciamos a la nuestra? —Jesús se puso de pie, procurando no tocar a Judas, que no podía parar de temblar—. Hace frío. Has perdido la túnica en tu huida.

Jesús se sacó la túnica blanca que había estado usando y le envolvió los hombros a Judas.

—¿Y tú qué harás para no tener frío? —preguntó Judas. Sonaba débil y avergonzado, pero sabía que necesitaba la túnica para no congelarse.

—No te preocupes, hay alguien que vela por mí —contestó Jesús—. Al parecer, yo no tengo control sobre eso. —Se alejó y pronto desapareció en la oscuridad.

Judas no preguntó qué había querido decir. Empezaba a ceder el temblor incontrolable que le hacía vibrar los huesos. El fuego había sido una señal de Dios, pero eso no era lo más extraño. Lo más extraño era que ahora Dios lo conocía, hasta lo más profundo de su ser. El fuego lo había purificado; a partir de ahora no podía escapar de los ojos de Dios.

Judas sintió una ola de repugnancia y humillación. Si Dios sabía todo de él, ¿también lo sabía Jesús? La posibilidad hizo que se le enfriaran los pensamientos. Se envolvió en la túnica, cerca del fuego, y trató de dormir. Perdió la conciencia casi al instante, pero se despertó sobresaltado una hora después, con los ojos somnolientos fijos en la tajada creciente de la luna. Sin embargo, no era la luz lo que lo había despertado, sino un ruido.

Por allí cerca merodeaba un extraño. Judas estaba a punto de gritar "¿quién anda ahí?" cuando vio algo: una silueta vaga, recortada contra la débil fogata. Y después otra cosa: los ojos de la silueta, que brillaban, rojos, en la negrura.

Judas estaba paralizado de miedo, pero la silueta no se acercó, sino que se sentó en el suelo, con los ojos brillantes fijos en él. El demonio —¿qué otra cosa podía ser?— dijo:

—Jesús te conoce. No hay nada que se le escape.

Judas tenía la mandíbula paralizada, aunque unos instantes después el terror cedió un poco.

—¿Quién eres tú? —preguntó con voz áspera y ronca—. ¿Qué quieres?

—Quiero glorificarte. Jesús quiere que te entregues a Dios. No seas tonto. Entregarse es darse por vencido.

El demonio se estaba haciendo eco de las dudas que Judas se planteaba solamente para sus adentros.

—El fuego me dijo que me salvaría —dijo.

—El fuego no tiene poder para decidir —contestó el demonio—. Tú tienes el instinto de luchar. ¿Quién tiene derecho a hacer que cambies? Tú eliges. Tú decides.

Judas quería gritar que elegía la salvación, pero tenía el corazón estrujado. Dentro de él se había desatado una guerra. Judas gimió mientras se hacía una bola compacta con todo el cuerpo.

"Vete —suplicó en silencio—, vete."

No pasó nada. En la oscuridad y el silencio, las criaturas nocturnas corrían a buscar de nuevo su comida en los gusanos e insectos. La luna creciente despedía una luz de lo más tenue, suficiente para mostrarle a Judas que estaba solo. Había oído dos voces en una misma noche: una de esperanza, otra de terror. Al parecer, era una maldición que no pudiese distinguir cuál era cuál.

Cuando amaneció, empezó a ocurrir algo desconcertante. Jesús estaba más animado y Judas más contrariado. Que ya no hubiera rivalidad entre ambos no apaciguaba el alma de Judas. Él había decidido por su cuenta que caminarían por los alrededores del mar Muerto hasta encontrar una aldea segura. Era demasiado peligroso volver al lugar donde había estado su banda de rebeldes, y quedarse en el desierto sólo llevaría al cansancio y el hambre.

—Si eres un verdadero discípulo, me mostrarás cómo haces tus milagros —dijo Judas—. Dios no dejará que crezca el servidor y no el maestro.

—Si es la voluntad de Dios —replicó Jesús, mirando al suelo como un servidor.

Judas dio un resoplido.

—Levanta la cabeza. Si no me muestras tus milagros, eres un fraude o mientes cuando dices que quieres seguirme. El tiempo lo dirá.

Mientras deambulaban, Judas obligó a Jesús a hacer todo el trabajo, cargándole la espalda con sus ropas y víveres, ordenándole a gritos que buscara leña todas las noches y trajera agua de manantiales escondidos en el desierto, que le llevaba horas localizar. Cuando volvía con los cántaros de agua sobre los hombros, Judas lo ponía a cocinar la cena. "Lo ha convertido en mujer", pensaba María. La mayor parte de esas tareas habían sido responsabilidad de ella antes, pero ahora Judas la obligaba a no hacer nada mientras Jesús cumplía todas y cada una de las órdenes sin protestar, por muy insignificantes que fuesen. En cierto modo, semejante despliegue de mansedumbre irritaba interiormente a Judas.

Una mañana, María encontró a Jesús solo porque Judas había abandonado el campamento para sondear la siguiente aldea. El saludo de partida consistía en patear las cenizas de la fogata en la cara de Jesús, acusándolo de haber dejado que se apagara durante la noche.

—¿De qué te ríes? —le preguntó María—. Te está convirtiendo en su esclava.

—¿Tendría que ponerme a llorar entonces? —respondió Jesús—. Si hacer tareas de mujeres fuera motivo de desesperación, la mitad del mundo estaría desesperada. —Estaba arrodillado en el suelo ordenando las pocas mantas que tenían y haciendo un bulto con los cacharros y vasijas que llevaban consigo de campamento en campamento.

Frustrada, María tiró los cacharros al suelo de un golpe.

—Explícame de qué se trata todo esto o me voy. Prefiero volver a ser una prostituta que quedarme a ver que te tratan así —gritó.

Jesús recogió en silencio los cacharros de arcilla, uno de los cuales se había roto al caer contra una piedra. Se quedó mirando los pedazos destrozados.

—Los romperás con un cetro de hierro, los destrozarás como a un vaso de arcilla.

—Deja de balbucear —rezongó María. Sintiendo que la rabia cedía dentro de ella, se dejó caer al suelo junto a él.

—No estaba balbuceando, te estaba dando la explicación que me pediste. ¿Reconoces lo que he dicho?

María levantó la barbilla.

—Sé algunas cosas. No tanto como un hombre.
—Citó un fragmento del mismo salmo—. Servid al Señor
con temor; temblando, rendidle homenaje. —Sacudió la
cabeza—. ¿Es eso lo que estás haciendo? ¿Servir a Judas
por temor? ¿Acaso los judíos no han servido al Señor
de esa manera, generación tras generación, y en qué ha
terminado? Sólo ha traído más sufrimiento, más castigo.
Somos hijos del temor, salvo cuando se produce una catástrofe y entonces el temor se convierte en terror. Pero
a ti te han otorgado el poder de cambiar eso. Lo único
que tienes que hacer es tocar a alguien. Yo lo he visto con
mis propios ojos. —María quería coger las manos de Jesús para subrayar sus palabras, pero no se atrevió. Había
cambiado demasiado y no se parecía en nada a ningún
hombre que ella hubiera conocido.

—Si uso mi poder, la gente me tendrá miedo a mí
también. ¿Y por qué no si le temen tanto a mi Padre?
—Para entonces, Jesús ya había recogido todo lo que necesitaban para marcharse de allí ese mismo día. Se sentó
en el bulto de mantas y miró a María—. Si no sirves a
Dios por temor, sólo queda una alternativa: servirle por
amor. Si quiero aprender a hacer eso, ¿de qué vale elegir a
alguien a quien ya amo, como tú?

María se empapó de esas palabras, aunque escondió
la euforia detrás de una pregunta.

—¿Entonces eliges a alguien odioso?

Jesús sonrió.

—Judas no es odioso. Su madre siente amor por él
en su corazón.

—Tú no eres su madre. ¡Míralo! Cada día te trata peor.

—No necesitaría fe si me tratara bien, ¿no? —Jesús levantó una puntito minúsculo de la tierra que estaba entre sus pies—. ¿Sabes qué es esto?

María negó con la cabeza. No estaba de humor para una lección, pero sabía que reprochárselo ya no tenía sentido.

—Es una semilla —dijo él—. No estoy seguro de qué, podría ser de mostaza o de higo. Se parecen mucho, ambas son manchitas diminutas y negras. —Lanzó la semilla al matorral que crecía a unos metros—. Esa semilla podría caer sobre una piedra o un suelo duro y demasiado árido como para que brote. Pero nada es seguro. Podríamos pasar por aquí dentro de unos años y encontrarnos con una higuera magnífica en medio de un campo de maleza. Lo que hoy es una semilla mañana podría alimentar a una familia entera. Yo soy esa semilla y Dios me ha tirado entre la maleza. Pero él no me ha perdido de vista. Caeré en tierra árida o alimentaré a las multitudes. Que lo decida Dios.

—¿Y ésa es la razón por la que soportas el abuso de Judas? —María sonaba menos amargada, aunque no demasiado.

—Sí. Si Dios es digno de reverencia, es por temor o por amor. No puedo vivir temiendo a mi propio Padre, así que elijo el amor.

CUANDO JUDAS REAPARECIÓ, anunció que la aldea siguiente era segura. Cargaron los bultos a Jesús y emprendieron la marcha. El día se había puesto caluroso, como en el sur, incluso a principios de la primavera. Ninguno de los tres dijo una sola palabra en el camino hasta que se cruzaron con unos viajeros en el sendero angosto del desierto.

Judas reprendió a Jesús por mirar a otro lado cuando se acercaban los desconocidos.

—Deja que te vean. Quiero saber si reconocen a su salvador.

Ninguno de los viajeros reconoció a Jesús.

La aldea siguiente se parecía a todas las demás que ya habían atravesado y estaba llena también de pobreza extrema y habitantes de ojos hundidos que erraban por las calles como actores a la espera de una obra que nunca empezaba. Los niños que andaban por ahí mendigando seguían a los extraños con enorme curiosidad. Judas los ignoraba a todos. Estaba buscando algo, o a alguien.

Cuando vio a un viejo mendigo tirado contra una pared, le sacó el fardo a Jesús de la espalda con un movimiento brusco.

—Ven.

Tiró a Jesús del cuello de la túnica, que era basta, marrón y demasiado grande para él. Judas se había quedado con la blanca y le había dado la vieja a Jesús.

El mendigo oyó pasos; levantó la mirada con recelo, sin saber si estirar la mano o encorvarse aún más por si los extraños le daban una paliza.

—Buenos señores —gimió.

—¿Qué puede ser bueno cuando cargas semejante aflicción? —preguntó Judas, levantando la voz para que lo oyeran en toda la calle.

—Es cierto, he estado enfermo. ¿Una limosna, señor? —El mendigo adquirió valentía, se sacó el gorro de lana y lo extendió delante de Judas y Jesús—. Si le dan pan a este pobre, se lo estarán dando a Dios.

Judas se puso en cuclillas junto al mendigo, que parecía decepcionado al no oír el tintineo de las monedas. Hizo una reverencia seca con la cabeza y Jesús se agachó del otro lado.

—Cógele la mano —ordenó.

Jesús obedeció y tomó la mano derecha del mendigo mientras Judas le estrechaba la izquierda.

El viejo empezó a alarmarse.

—¿Qué están haciendo? —Habría gritado, pero la artritis lo había debilitado y consumido, y ya había tenido que soportar demasiadas fiebres. Las manos marchitas se agitaban como pájaros caídos en las garras de los extraños.

—No tienes nada que temer, anciano —dijo Jesús.

—¿De qué sirve tu piedad? —preguntó Judas con una dureza repentina—. Dios me ha mostrado a este pobre hombre para que lo sanáramos. Apriétale la mano con más fuerza. Yo rezaré. Podemos hacer esto juntos.

Clavó la mirada en Jesús, y éste se dio cuenta ahora de por qué Judas estaba tan contento de que nadie lo reconociera en el camino. Esta aldea era un campo virgen, un nuevo comienzo. Si Jesús dejaba que Judas se llevara todo el crédito por una curación, el clamor se centraría exclusivamente en él.

—¿Listo? —preguntó Judas. No hizo el menor esfuerzo por disimular que se trataba de una prueba. Curvó los labios en una mueca cuando apretó la mano del hombre enfermo. Era increíble que las articulaciones nudosas del viejo no se hubieran hecho polvo—. Te he traído a mi discípulo más querido. No temas.

El mendigo abrió los ojos de par en par con gran esperanza. Empezó a balbucear una oración incoherente que armaba con versos a medias. Judas también oraba; sus palabras eran audibles y claras.

—Señor, sólo Tú tienes el poder de sanar a éste, tu hijo. Envíame el don de la curación, no por mí, sino para darlo al que lo necesite.

Las personas que caminaban por allí empezaron a notar el espectáculo. Judas no abrió los ojos para ver qué estaba haciendo Jesús.

—¿Lo sientes, padrecito? ¿Sientes el poder? —preguntó. Algunos de los espectadores empezaron a murmurar mientras observaban con asombro.

El viejo mendigo se estremeció

—Sí —susurró con voz ronca—. Siento... algo.

María había guardado distancia, medio escondida en la entrada de una casa, a unos cuantos metros de la escena. Vio que Jesús soltaba la mano del anciano, se ponía de pie y miraba a su alrededor. Al ver a María, le hizo señas para que lo siguiera, pero no la esperó. Ella lo alcanzó cuando estaba doblando la esquina siguiente. Llevaba con ella el bulto con las pertenencias de los tres.

—Sabía que no ibas a curarlo. ¿Cómo ibas a hacerlo? Era un truco —dijo.

—No es eso —respondió Jesús con tranquilidad. No miró para atrás a ver qué estaba haciendo Judas—. Él podrá ordenarme a mí lo que quiera, pero darle órdenes a Dios resulta un poquito más difícil. —Sonrió—. Ahora que tiene una multitud de espectadores, me pregunto cómo hará para salir de allí.

—Los convencerá con algún sermón, supongo.

—O tal vez Dios nos engañe a todos y cure al hombre. Imagínate. Incluso Judas llegaría a creer si eso pasara. Si le aguanta el corazón.

Jesús estaba de muy buen humor. Tomó los bultos que traía María y volvió a cargárselos al hombro. Más adelante se veía un letrero: una paloma blanca que tenía una rama de olivo en el pico, dibujada con tiza en un tablero rústico.

—Nos quedaremos en la taberna. Judas nos encontrará cuando termine lo suyo.

Y así fue. Evidentemente, se había librado de que la multitud lo linchara. Al ver a Jesús y María sentados en un banco en la otra esquina de la taberna, apuró el paso y se inclinó, amenazante, sobre los dos.

—Dame un motivo para que no te mate aquí y ahora. —La cara de Judas estaba lívida de furia.

—Te concedí el milagro. Pudiste escapar sano y salvo —replicó Jesús.

—Tuve suerte. El viejo loco era un sinvergüenza. Fingía que estaba enfermo y cuando la multitud se impacientó, levantó los brazos y empezó a vociferar a los cuatro vientos que yo lo había sanado. Lo único que quería el desgraciado era salir corriendo de allí.

—Igual que tú —observó María. La broma no hizo que Judas apartara la mirada de Jesús, que parecía más pequeño de lo habitual sentado en un banco más bajo que el de Judas.

—Tal vez sí lo sanaste. Tal vez Dios salvó en secreto al hombre —dijo Jesús, sin mirar a Judas.

—¡No seas ridículo!

De pronto se oyó un grito.

—¡Judas! —Se acercó a ellos un hombre pequeño, con la cabeza oculta por una capucha. A juzgar por la expresión de Judas, era evidente que se trataba de uno de sus antiguos seguidores. Judas no se alegró precisamente de verlo.

—¿Cómo me has encontrado, Micah? —gruñó.

—No importa. La cuestión es por qué tú no nos encontraste a nosotros. —El hombre llamado Micah se sacó la capucha. Era más viejo que los jóvenes exaltados que integraban la banda. Tenía la tez morena y una cicatriz donde le nacía el pelo.

Judas esquivó la pregunta indirecta.

—¿Acaso los zelotes llegaron hasta aquí? —inquirió.

Micah asintió con la cabeza.

—Incluso atrapamos a uno. Ven, y trae a tus amigos. Ya has llamado demasiado la atención.

Se pusieron de pie para seguir al conspirador hasta una habitación trasera. María estaba mareada.

—Enderézate —susurró Jesús, tomándola de la mano.

Después de pasar la habitación trasera y atravesar un corredor, Micah les mostró el camino hacia el sótano.

A medida que bajaban las escaleras, sus ojos se iban acostumbrando a la luz que proporcionaban unas antorchas humeantes en manos de dos hombres. Sobresaltados, los dos empuñaron sus armas.

Micah levantó una mano. Aparentemente era el jefe, porque los dos guardias le obedecieron de inmediato. Micah se volvió hacia Judas.

—Tengo noticias de Simón. Estábamos preocupados por ti —dijo—. Después nos enteramos por alguien de Jerusalén que habías fallado en tu misión. Simón estaba decepcionado. Muy decepcionado.

Jesús echó un vistazo a Judas, que no demostraba emoción alguna. En circunstancias normales, la amenaza velada de Micah habría sido una condena a muerte. Pero Judas tenía la vista fija en algo. En la oscuridad del sótano, había un hombre con los ojos vendados, atado de pies y manos, y el cuerpo estirado sobre una mesa. Los pequeños regueros de sangre seca delataban que lo habían torturado.

El ruido de las voces hizo que emitiera un gemido sordo. El hombre trató de hablar, pero solo salieron sonidos incomprensibles.

Uno de los guardias se acercó.

—Si nos hubieras dicho lo que queríamos saber, todavía tendrías lengua —dijo, dándole un golpe con la palma de la mano.

La víctima, que había levantado la cabeza, la dejó caer en la mesa de nuevo. Se calló, probablemente desmayado. En el torso tenía retazos de vestimenta militar, junto con una insignia.

—Un funcionario. Han apresado a un funcionario —dijo Judas. Miró a Micah, al parecer sin miedo. Pero Jesús presentía que Micah era el peor. Su fanatismo significaba más para él que su propia vida. Judas preguntó—: ¿Por qué no pidieron rescate?

—Es un enviado especial del procónsul, Poncio Pilato. En Roma saben su nombre. El mes que viene encontrarán su cabeza en un callejón. Tenemos que sembrar el miedo entre ellos, no sólo entre nuestros propios sacerdotes y colaboradores judíos. —Los dos guardias gruñeron en señal de que aprobaban la táctica de Micah. Su líder esbozó una sonrisa—. Pero aún quedan cuestiones por resolver, ¿no es así, Judas? Tú fallaste. —Se acercó a Judas hasta que prácticamente le rozó la cara.

—Yo no, éste —Judas señaló a Jesús. En ese momento, María abrió la boca para gritar, pero Jesús la agarró del brazo y se lo apretó justo a tiempo. Judas continuó—: Tú, Micah, no estabas en el consejo. Simón me mandó a poner a prueba el coraje de un nuevo recluta que, llegado el momento, no pudo pasar la prueba.

Micah lo miró con expresión desconfiada.

—¿Por qué no te deshiciste de él? Mejor muerto que cobarde.

—Soy muy bueno —dijo Judas—. Sentí el impulso de darle una segunda oportunidad. No tendría que haberlo hecho. —Incluso con la amenaza de muerte que pesaba sobre él, Judas conservó la tranquilidad—. Suplicó por su vida y yo le dije que lo pondría a prueba una vez más.

Judas sacó su puñal y lo levantó en el aire.

—Dejen que sea él quien mate al romano. Ustedes ya han hecho suficiente y el prisionero está listo para morir.

Micah se mostraba escéptico, pero Judas se dio la vuelta rápidamente para encararse a Jesús y ponerle el puñal en la mano.

—Adelante, mata al enemigo. No reparará el hecho de que no hayas pasado la prueba, pero por lo menos sabremos hasta qué punto eres leal. —Jesús sacó la mano, pero Judas la agarró y lo obligó a empuñar el arma con fuerza—. Dijiste que Dios había acudido en mi ayuda hoy. Veamos si hace lo mismo contigo.

Jesús sostuvo la mirada de Judas sin apartar la suya.

—Así será.

Micah sacudió la cabeza.

—No es gran cosa rematar a uno que está medio muerto ya. —Por primera vez, Judas se puso pálido. Habría tratado de poner en práctica una estrategia desesperada, pero Micah tenía más que decir—. La otra opción es que yo mate al nuevo recluta. —Lanzó una mirada lasciva a María—. Y como su adorable acompañante ahora conoce todo, también tendríamos que terminar con ella. ¿Sabes cómo le llamo a eso, Judas? —Judas negó con la cabeza—. Lío. Tengo un cadáver del que deshacerme y dos más ya es un lío.

Judas no contestó. Él, Jesús y María estaban en manos de un sádico. Micah tenía el control absoluto, y ellos no podían hacer otra cosa que seguirle el juego macabro.

Micah se acercó a Jesús.

—Está bien, mátalo. No será una verdadera prueba de lealtad, pero considerémoslo una libertad condicional.

—Blandió su propio puñal—. Claro que no todos salen vivos de eso.

El prisionero ensangrentado volvió a gemir. Su cuerpo luchaba contra las ataduras: sabía qué le esperaba. Jesús se acercó. Puso la punta del puñal justo sobre el corazón del romano.

—¡No! —gritó María.

—¿Qué quieres que haga? ¿Oponer resistencia a esta maldad? —preguntó Jesús.

—Sí, tienes que hacerlo. Podemos morir juntos.

María comenzó a sollozar. Los conspiradores estaban preparados para correr hacia ella. Jesús siguió hablando como si ellos dos fuesen los únicos en la habitación.

—Si Dios hubiese querido destruir el mal, habría puesto fin al mundo. Pero no lo hizo. Por el contrario, nos ofreció una alianza de paz.

Nadie sabe lo que sucedió después, salvo que de pronto el romano moribundo se sentó y levantó los brazos. Más tarde, Micah juró que Jesús había cortado las cuerdas en la oscuridad del sótano, aunque nadie lo vio. Sin embargo, el soldado se liberó, abrió los ojos y miro a Jesús, transfigurado.

—Estoy listo —gimió. Aunque le faltaba la lengua, las palabras eran claras. Los asesinos no salían de su asombro y cuando contaron la historia, mucho tiempo después, siempre hacían hincapié en este detalle.

Jesús puso la mano en la cabeza del prisionero.

—Que la gracia del Padre esté contigo —dijo en voz baja.

—¿Qué padre? —preguntó, mientras le caían lágrimas por las mejillas.

—El que te envió aquí y ahora te lleva a casa.

Jesús puso el puñal en las manos del prisionero con delicadeza, para que la hoja no le cortara. Lo colocó con la empuñadura hacia arriba. Cualquiera hubiera dicho que parecía una de esas cruces a las que los romanos ataban a los rebeldes judíos condenados cuando querían hacer una demostración pública de las muertes. El prisionero, que ya había visto mucho más que crucifixiones, se quedó mirando el puñal.

—¿Por qué? —farfulló.

—Porque el torturado y el torturador son iguales a los ojos de Dios —respondió Jesús. Las palabras no eran suyas; pasaban a través de él y, como el prisionero, Jesús sintió un escalofrío al ver la cruz que formaba el puñal.

En su estado casi de delirio, el prisionero pensó que le ofrecían la salida noble. Le temblaban las manos cuando acercó la punta del arma al corazón. Los zelotes se quedaron en su sitio sin moverse, esperando el suicidio.

—No —dijo Jesús, apartando el arma del pecho del prisionero—. Estás llamado a irte. —Levantó la mano y el prisionero dio un grito ahogado que le resonó en la garganta. Se desplomó; el puñal se le cayó de las manos haciendo un ruido metálico en el suelo—. Ya está —dijo Jesús—. Está hecho.

Nadie trató de detenerlo cuando se acercó a María y la cogió de la mano. Ambos se dirigieron hacia la escalera angosta que llevaba a la taberna. Pero Judas se interpuso en su camino.

—¿Envías a un romano al cielo? —gritó—. No eres ningún mesías, ¡eres un desquiciado!

De pronto, los tres zelotes recuperaron el habla.

—¿Mesías? —repitió Micah, clavando la vista en Judas. Quizá tuviera a dos desquiciados en sus manos.

Jesús sacudió la cabeza.

—Dios se ha compadecido de alguien a quien tú condenaste. Eso te deja una posibilidad terrible: tal vez el mesías sí ha venido a la tierra, pero está aquí para salvar a los romanos también.

Aquellas palabras blasfemas dejaron atónitos a los zelotes, que durante unos segundos permanecieron inmóviles. Jesús apartó a Judas de su camino y guió a María de la mano escaleras arriba. Se oía ruido de festejos y alcohol en el piso superior. Jesús y María casi chocaron con un barril de vino en el último escalón, pero desaparecieron enseguida.

Mesías

✦

Tercera parte

Capítulo
12
Pureza de espíritu

Cuando volvieron a entrar en el bullicio de la taberna, Jesús notó que María estaba impresionada por la muerte del prisionero. Temblaba sólo de pensar que podían atacarlos antes de que lograran escapar.

—Nadie nos ha visto bajar al sótano —dijo Jesús, tratando de mantener la voz serena y tranquila—. Tenemos que salir por el frente. Paso a paso, un pie delante del otro, despacio. —Se aferró al brazo de María—. Los zelotes no pueden correr detrás nosotros. Saben lo que pasará si los descubren con el cadáver de un romano.

Algunos de los presentes los miraron cuando los dos cruzaron la estancia oscura y llena de humo. El humo procedía de una chimenea situada en la esquina donde se estaban asando unas patas de cordero. Bajo el vaho graso-so, las caras de los borrachos tenían un aspecto siniestro.

Pero nadie levantó la mano para detenerlos, y unos minutos después estaban fuera. El brillo de la luz del sol no fue ningún alivio para María: el temblor en su estómago casi la obligó a doblarse en dos. Jesús vio que del otro lado del callejón había una entrada amplia con suelo de adoquines en lugar de tierra, señal de que allí vivía un mercader adinerado. Llevó a María hasta la entrada, donde ella se desplomó en el suelo.

Durante un buen rato no pudo hacer otra cosa que abrazarla. No llamaban mucho la atención porque la gente estaba acostumbrada a las pequeñas escenas de miseria en las calles. Cuando Jesús creyó que se había calmado, le preguntó con suavidad:

—¿Has visto morir a alguien alguna vez?

María negó con la cabeza.

—No de ese modo. —Respiró con ritmo entrecortado.

Jesús apartó la mirada. Cuidar de María le había proporcionado algunos momentos durante los cuales se olvidaba de sí mismo. Ahora, en cambio, sintió una oleada de desesperanza. En su mente había estado siguiendo la voluntad de Dios. Pero Dios no huía, y eso era lo único que había estado haciendo él desde la primera noche en que pisó la cueva de los zelotes.

—Me siento perdido —murmuró—. La piedad de Dios fue para un gentil que odia y persigue a los judíos. Pero yo no he mostrado piedad alguna, así que, ¿en qué me convierte eso?

—No. —María lo abrazó con más desesperación—. La duda nos destruirá a los dos.

Jesús recordó la hoja del puñal apretada entre las manos del soldado romano moribundo y su extraño parecido con una cruz. No era el fracaso lo que lo desesperaba, sino la premonición de algo impensable, un acto

que ningún padre que amase a su hijo dejaría que suce-
diera.

De pronto, el abrazo de María empezó a asfixiarlo.
Fuesen cuales fuesen los padecimientos que Dios tenía
previstos para él, Jesús debía enfrentarse a ellos solo. Se
soltó de los brazos de María y se puso de pie.

—No estás a salvo conmigo. Voy a buscar la manera de que vuelvas a Jerusalén. —María podría haberle suplicado que no la abandonara. Sabía muy bien que,
hasta el momento, su papel había consistido en llorar y
huir. La idea la avergonzó y la hizo sentir exhausta. Se
cubrió la cabeza con su manto. Los curiosos que pasaban
por allí empezaban a fijarse en la escena. Jesús volvió a
agacharse y la miró a los ojos—. No te he traído más que
desgracias. No deberíamos perder la fe. ¿Qué más puede
salvarnos?

A María le quedaba una sola respuesta, un secreto
que había estado guardando durante demasiado tiempo.
Levantó la cabeza, miró a Jesús directamente a los ojos
con ardor y sus labios empezaron a besarlo. La sorpresa
de él y la fuerza de la pasión de ella hicieron que Jesús
retrocediera, haciéndole casi perder el equilibrio.

—Ámame —suplicó María, y sus palabras sonaron
como un gemido. Volvió a apretar sus labios contra los
de él.

Jesús sintió un torrente de excitación sexual. Jamás
en su vida había besado así a una mujer. No se echó atrás:
no tenía nada más que perder; no podía fingir que era demasiado santo y puro. Vio que María estaba expectante.
Ella no se había entregado tanto a la pasión como para

perder los instintos. En unos instantes sabría si tenía alguna oportunidad con Jesús como amante. La fe no era sino fe en él.

Nos equivocamos cuando pensamos que la infinidad de Dios es, en cierto modo, más grande que el universo. La infinidad es más grande que lo más grande de todo, pero también más pequeña que lo más pequeño de todo. La intervención divina puede ocurrir en una fracción de segundo, entre la inhalación y la exhalación. Entre un beso y una respuesta.

La excitación que crecía en el cuerpo de Jesús llegó al corazón, donde tuvo un efecto inesperado: la pasión se transformó en luz. Su corazón se inundó de un resplandor blanco que no extinguió su amor por María, sino que explotó y destruyó todos los límites. Jesús se sintió sobrecogido por una ola de dicha que envolvía todo lo que lo rodeaba. María jadeó, y él supo que la impulsaba el mismo misterio.

"Eres lo que más amo."

Las palabras procedían de la misma fuente que lo había conducido a la casa en llamas, pero esta vez los envolvía a ambos. Jesús sintió un alivio enorme. La ley de Moisés manda a todos los hombres contraer matrimonio. Jesús había sufrido por eso, pero ahora se dio cuenta de que podía cumplir la ley de otra manera: contrayendo matrimonio a través de Dios.

Jesús miró a María a los ojos. ¿Había oído ella las palabras? ¿Había sentido que la luz le invadía el cuerpo, lo disolvía, como si de pronto el cuerpo se convirtiera en espíritu? La mirada de María se dulcificó y perdió todo rastro de desesperación. Ella se echó atrás y hubiera querido hablar, pero en ese momento sucedió otra cosa.

Los cubrió la sombra de un hombre. La sintieron antes de verla, un velo frío que no dejaba pasar el sol. En ese momento, Jesús se encontraba en un dilema. Quería aferrarse a María en su dicha compartida, hechizo por el cual habría sacrificado cualquier cosa. Pero la sombra del hombre significaba algo fatídico y Jesús lo supo tan pronto lo vio. El extraño habló mientras su cara seguía recortada contra la luz del sol.

—Señor.

Jesús pensó en la primera persona que se había dirigido a él con ese apelativo. ¿Acaso Querulus se las había arreglado para encontrarlo? Jesús soltó a María, que se quedó agachada en la entrada de la casa, y se puso de pie. El extraño se inclinó para ayudarlo y entonces Jesús vio que el rostro era más oscuro y redondeado que el del viejo aristócrata romano.

Eso no impidió que Jesús diera la misma respuesta que le había dado a Querulus esa primera noche.

—No soy el señor de nadie —masculló entre dientes.

—O eres el de todos.

Cuando lo vio de cerca, Jesús se percató de que el hombre era un judío vestido con el mismo tipo de túnica blanca que le había dado Querulus a él. Tenía un tono sobrio, casi solemne, y no apartaba los ojos de Jesús.

—Estás por encima de todo lo que yo pueda comprender, y aun así, eres todo lo que siempre he querido. No puedo siquiera imaginármelo. —El extraño sonaba avergonzado e inseguro, como si hubiese practicado esas palabras cien veces, pero se daba cuenta ahora de que no las pronunciaba en el momento adecuado. Jesús se echó atrás y el extraño agregó con rapidez—: Sé que no me he equivocado. Ven.

Aunque había dejado que lo ayudara a levantarse, Jesús rechazó las manos del extraño, grandes y ásperas, cuando éste se las tendió. Antes de que pudiera darse la vuelta para ayudar a María, el extraño la levantó también. Ella había perdido las fuerzas, así que era como levantar un peso muerto.

—¿Por qué debería ir contigo? —Jesús estaba seguro de que uno de los observadores había salido de entre las sombras para buscarlo, como había predicho Querulus.

—Me han enviado a darte un mensaje, pero a ti te han enviado a dar un mensaje al mundo entero —respondió el extraño—. ¿Has oído hablar de nosotros?

—Sí.

—Entonces sabes que esperamos tu venida desde hace mucho tiempo.

—¿Cómo? —El tono de Jesús era precavido.

—Primero por señales y presagios. Las estrellas nos contaron parte de la historia; también lo hicieron los profetas. Y Dios nos contó el resto.

—No deberían confiar en las señales, los profetas hablaron hace cientos de años.

—Ya lo sé. —La reticencia de las respuestas de Jesús no desalentó al extraño, cuyas emociones siguieron creciendo una vez desatadas—. Encontrarte realmente supera todo lo que podría haber imaginado. He venido solo, pero toda mi comunidad ha orado porque llegara este momento.

—Lo siento, te has confundido.

El extraño dio un paso atrás, perplejo.

—No es cierto.

—¿Por qué no? ¿Crees que eres el único judío que no ha encontrado al mesías? —Ya se había esfumado el último rastro de dicha; no quedaba resplandor alguno en su corazón—. Sé lo que quiere decir engañarse a uno mismo.

María se había recuperado bastante como para sentir vergüenza por la escena íntima en la que se había entrometido el extraño. Se acomodó la túnica y trató de peinarse el pelo enmarañado con los dedos.

—Vamos —le susurró a Jesús.

El extraño la oyó.

—No, no deben irse. —Se interpuso en el camino, mientras sus ojos estudiaban la cara de Jesús con ansiedad—. ¿Es que no lo entiendes? ¿Tú, de todas las personas posibles, no lo entiendes? El tuyo no es el sendero de la felicidad. "Despreciado y rechazado entre los hombres, sometido a dolores, acostumbrado al sufrimiento."

Los tres conocían las palabras del profeta Isaías, pero Jesús cuestionó su significado.

—Que me desprecien no me convierte en el elegido. Déjanos pasar. —Esperó. No quería empujar al extraño, pero no iba a esperar mucho tiempo más.

Mordiéndose el labio, el extraño insistió en su postura.

—Jamás esperé que fuera así —masculló, buscando las palabras correctas para persuadirlos. No tenía más opción que dejarlos pasar. Jesús agarró de la mano a María para darle seguridad; ambos volvieron a la calle.

Habían caminado apenas unos metros cuando oyeron de nuevo la voz del extraño.

—Le tienes miedo a la muerte, como el resto de nosotros.

Jesús giró la cabeza, la mirada fija.

—Sí.

—¿Tanto miedo tienes que condenarías al resto de nosotros? ¿Tanto miedo que convertirías a todos nuestros profetas en mentirosos?

María notó que Jesús dudaba; le apretó el brazo con más fuerza.

—No lo escuches. No vamos a volver.

Jesús trató de obedecerle. Siguió caminando, pero las provocaciones del observador lo perseguían.

—¿Debería derrumbarse Jerusalén porque tú tiemblas? Dime, los demás querrán saber. Muéstranos que hemos sido unos estúpidos al creer. ¿Eso te haría feliz?

El extraño los seguía a gritos. Entonces Jesús sintió que María le soltaba la mano.

—¿Le crees?

Jesús la miró. Sin que ella hablara, sus ojos le decían: "Ya te has ido, y ambos lo sabemos".

Jesús estiró la mano para volver a tomar la de ella, pero era demasiado tarde. María estaba corriendo. Había recogido su túnica para que no se le enredara y las piernas desnudas hacían que pareciera una gacela pálida que huía en el desierto de un león voraz. Detrás de Jesús, el extraño permanecía en silencio, mirando la escena hasta que

María desapareció al doblar una esquina angosta y sinuosa. El hombre había provocado a Jesús hasta convencerlo
de que cayera en su red, pero por el momento el control
que ejercía sobre él era tan frágil que podía romperse con
solo tocarlo.

Resultó que el nombre del mensajero era Tobías. Traía
dos animales consigo, un buen caballo, fuerte, con montura, y un burro atado detrás y cargado con sacos de comida y mercancías varias, que, aparentemente, vendía por
el camino.

—Llevo viajando mucho tiempo para encontrarte
—dijo—. Tenía que mantenerme de alguna manera.

A Jesús le dio a elegir qué animal montar. Jesús jamás había visto a un judío montar un caballo, sólo a los
romanos, y mucho menos sabía qué hacer en la montura.
Trepó al lomo del burro y colgó los sacos a ambos lados.
En el camino, la imagen de los dos compañeros arrancaba
la sonrisa de otros viajeros: uno de los hombres, erguido
sobre un caballo bien cuidado y musculoso; el otro, en-
corvado sobre un burro de lomo arqueado que se paraba
a un lado del camino cada vez que veía una mata prome-
tedora de hierba verde.

Ninguno de los dos hablaba. Estaban sumidos en
diferentes estados de ánimo, pero guardaban silencio.
Los pensamientos de Jesús seguían volviendo a María y
la sensación de la mano de ella cuando soltaba la suya.
Tobías, por su parte, no podía creer que las antiguas
profecías se hubiesen hecho realidad. La primera noche,

cuando estaban sentados ante una hoguera, Jesús rompió el silencio.

—¿Es un hombre el mesías? —preguntó, con la mirada fija en las llamas—. ¿O puede desobedecer la ley sin que lo castiguen?

—¿Cómo? —Tobías no podría haberse sorprendido más.

—Si es un hombre —dijo Jesús—, debe casarse. Ésa es la ley de nuestros padres. Pero, ¿qué pasa si Dios no lo deja? —Tobías no sabía qué contestar. Jesús bajó la voz y miró a su acompañante—. ¿Qué dices? ¿Aprendieron algo los observadores en todos sus años de oración?

Tobías dudó.

—Sólo el mesías sabe lo que dice y hace.

—Entonces no es un hombre. Yo nunca satisfice a una mujer. Las mujeres son un misterio para mí. Yo mismo soy un misterio para mí. ¿Es eso lo que quiere tu gente, alguien que esté más confundido que ellos?

Tobías se puso de pie de un salto, con la expresión temerosa.

—¿Cómo puedes preguntarme semejantes cosas?

—No lo sé.

Jesús dijo esas palabras con simpleza, pero puso más nervioso al observador. Iba de un lado a otro, y la llama titilante lo hacía parecer un fantasma de color anaranjado brillante que ondulaba con las sombras negras.

—No es justo que me pongas a prueba así.

—¿Por qué no? Dijiste que estabas seguro de que no te habías equivocado.

—Estoy seguro.

Jesús se rio.

—Pues no lo parece. Siéntate, vamos. Ya entiendo.

Con cierta reticencia, Tobías aceptó volver al tronco que habían arrastrado hasta la fogata. No quería hablar; por el contrario, se entretuvo con los platos, limpiándolos con un pedazo de tela y volviendo a colocarlos en una de las alforjas. Tras echar leña al fuego para que ardiera toda la noche y los dos se acurrucaron en sus mantas de dormir, Tobías preguntó:

—¿Qué es lo que entiendes?

—Ustedes no quieren un mesías, sino un ídolo.

—Eso no es cierto. —Tobías contestó demasiado rápido. Desde los cuatro o cinco años conocía la ley que prohibía los ídolos.

Jesús ignoró la negación.

—Un ídolo puede adorarse en un estante. No trae problemas. Nunca tiene dudas, así que puedes atrapar a Dios en la jaula de tus propias fantasías. ¿Qué mejor que eso? —Tobías se acurrucó más en su manta y dio una respuesta amortiguada—. ¿Qué has dicho? —preguntó Jesús.

Tobías asomó la cabeza.

—He dicho que voy a llevarte con los demás. Ésa es mi misión. No tengo por qué entenderte.

—No creo que puedas evitar tratar de entenderme.

—Ya veremos.

Tobías se quedó conforme con esa cortante refutación y volvió a meter la cabeza en el capullo de lana. A la mañana siguiente, se mostró hosco; hizo ruido con las ollas y las sartenes e incluso rompió un tazón. Tenía poco más que decir cuando volvieron a emprender el camino.

Jesús también se mostraba inquieto. Había hecho una referencia velada a María, preguntándose de verdad qué pensaba Tobías. ¿Cuáles eran sus deberes como hombre ahora que Dios había cambiado todo? Tal vez los que se habían pasado la vida orando por la llegada del mesías supieran más de él que él mismo.

El terreno seguía siendo desértico y se elevaba hacia las montañas de color marrón cubiertas de hierba marchita. Así que al día siguiente fue una sorpresa que el caballo y el burro llegaran a una elevación desde la que se veía, abajo, una extensión de jardines verdes como si hubieran sido dispuestos en un mosaico. Bajo el sol cegador, el verde parecía una esmeralda que refulgía en el barro. Los jardines estaban vacíos y Jesús preguntó dónde estaba la gente de Tobías.

—Nos bañamos antes de la comida del mediodía y oramos hasta dos horas antes de que se ponga el sol. —Tobías se había acostumbrado a dar respuestas cortas, secas, y nada más. Mientras bajaban las curvas pronunciadas que llevaban al oasis, Jesús reconoció que la secta que estaba a punto de conocer podían ser nada más y nada menos que los esenios. Los esenios eran ermitaños, tenían fama de ser la secta más secreta de toda Judea. En Galilea eran desconocidos y bien podrían haber sido míticos. En el lugar donde vivían, los alrededores del mar Muerto, tenían por morada las cuevas y enclaves de las laderas, y rara vez iban a Jerusalén, ni siquiera en las festividades.

Al ver el hogar, Tobías se irguió en la montura.

—Sabrán que venimos. —Como los zelotes, los esenios hacían guardia, y Jesús oyó un sonido agudo, como un silbido, que no era de una codorniz ni de un faisán ni de ninguna otra ave. ¿Eran los esenios tan desconfiados como los zelotes? ¿Tan iracundos? La preocupación más urgente era qué iba a pasar cuando Jesús se presentara ante ellos. Tobías contestó antes de que Jesús pudiera preguntar—. Han preparado un banquete para ti.

—¿No lleva tiempo eso? Apenas nos asomamos por la cuesta —dijo Jesús.

—¿Qué tipo de observadores seríamos si tuviéramos que usar los ojos? —Los esenios habían aprendido a confiar en sí mismos, aunque sólo fuera eso. Cuando Tobías avistó el hogar por primera vez, parecieron disiparse las dudas sobre el premio que traía a su gente.

Mientras se acercaban a los verdes jardines, empezaron a aparecer unas figuras. Escondidas a la sombra de un pinar había unas casas aisladas, hechas de piedra y argamasa, y más refinadas que las chozas de barro de los pueblos por los que habían pasado. Al principio, los esenios tenían un aspecto fantasmal, y salían a la luz vestidos con túnicas blancas resplandecientes, la misma vestimenta para hombres, mujeres y niños.

—Yo tenía una túnica como ésa —señaló Jesús.

—Lo sabemos. Es lo que te unió a nosotros. Te daremos una nueva después de que te bañes y descanses. —Tobías era el centro de atención tanto como Jesús. La manera en que se sentaba, erguido y orgulloso, significaba que había cumplido su misión. Traer al mesías era como capturar un águila sin más herramienta que las manos. La gente observaba a Jesús con lágrimas en los ojos. Hubieran gritado aleluyas, pensaba Jesús, salvo que se lo impedía cierto sentido arraigado de la dignidad. Las madres les tapaban la cara a los hijos más pequeños con las faldas para que los gritos emocionados no insultaran al invitado.

El sendero terminaba en una enorme casa de reunión o sinagoga. Frente a ella esperaba una hilera de ancianos, todos con barba gris o incluso blanca. Antes de que Jesús pudiera bajarse del burro, se le acercaron y le tocaron los pies. El último de los suplicantes fue el más anciano, que murmuró:

—Que no nos abandones nunca.

"Amén."

Cientos de voces dijeron esa palabra al unísono, en forma de plegaria, creando un murmullo suave, sobrenatural, en el aire. Jesús se dio la vuelta y vio a toda la comunidad de pie detrás de él. ¿Quiénes eran esas personas? Todavía no lo sabía, pero no eran como los demás, como los aldeanos, que se ponían histéricos cuando se enteraban de quién era él y le agarraban las vestiduras como si fuesen aves de carroña y quisieran arrancarle el pellejo. Los esenios eran casi silenciosos y agachaban la cabeza como una reverencia a medio hacer.

"Glorificado seas."

Esas palabras volvieron a llenar el aire de un murmullo sobrenatural. ¿Venían de los esenios o de más arriba? Tobías llevó a Jesús al salón de reuniones; los ancianos se apartaron para dejarle paso, en señal de respeto. Cuando Jesús entró, vio una habitación simple y vacía con paredes encaladas y altos ventanales. Parecía una sinagoga, pero no había manuscritos ni altar. A excepción de unos bancos bajos de madera dispuestos en hileras, todo el espacio estaba dedicado a unos cuadros que llenaban todas las paredes.

Todas las pinturas lo mostraban a él e incluían escenas de su vida, tanto pasadas como futuras.

Tobías se dio la vuelta, percibiendo que Jesús se había quedado atrás.

—Ahora sabes por qué no era imposible encontrarte.

Jesús casi no oyó lo que dijo; percibía los latidos del corazón en los oídos. Reconocía las escenas de su vida en Nazaret: en el taller cortando piedra con su padre, sentado en círculo con sus hermanos y hermanas mientras el rabino leía historias del éxodo de Egipto. Pero otras imágenes no le resultaban familiares. Lo pintaban sentado en un trono entre las nubes y entrando en Jerusalén a lomos de burro mientras la gente tiraba hojas de palma delante de él.

Nadie los había seguido hasta el interior. Querían que Jesús viera el espectáculo en privado, que reaccionara sin que nadie estuviese presente.

—¿De dónde han salido? — Jesús sonó ronco, pero su rostro casi no revelaba reacción alguna.

—Nadie lo sabe —contestó Tobías. Jesús lo miró desconcertado—. El primero apareció cuando yo era niño, demasiado niño para recordarlo. —Señaló un cuadro que estaba en la esquina opuesta. Jesús alcanzó a reconocer a José y María, envueltos en ropas gruesas de invierno. Ella estaba dando de mamar a un recién nacido, aunque el entorno no se parecía al hogar que había conocido Jesús. Era más bien un granero o un establo. En el fondo se veían unas siluetas indefinidas de vacas y ovejas. Sus padres nunca habían hablado de un lugar como ése.

—¿Quieres decir que no los pintó una mano humana?

Tobías asintió con la cabeza.

—Todos los inviernos, en el día más corto del año, aparece uno nuevo. Nuestros ancianos tuvieron una visión en la que les decían que construyeran esta estancia con paredes blancas y desnudas. No se les reveló nada más. Como somos esenios, obedecimos. No tenemos otro fin en la vida. Durante muchos años la finalidad de este lugar fue un secreto. Nos dijeron que lo mantuviéramos cerrado, hasta que un día tuvimos otra visión. Y encontramos esto.

Señaló uno de los altos ventanales, no un cuadro. Jesús entrecerró los ojos para protegerse de los rayos de sol, llenos de motas de polvo luminosas, danzarinas. Justo debajo del ventanal, se distinguían unas palabras escritas en letras negras, en hebreo: "Luz del mundo".

—El resto llegó muy rápido —dijo Tobías. Cuando Jesús miró a su alrededor, vio que cada ventana tenía su propia inscripción. "Mesías." "Ungido." "Cordero de Dios." "Rey de reyes." Todos los judíos las conocían porque las habían pronunciado los profetas—. Así que ya ves, las señales y los presagios no eran difíciles de interpretar. Tendríamos que haber sido ciegos para no verlos. —Tobías no dejaba de sonreír. En cierta medida, le alegraba poder sorprender a Jesús.

Jesús se acercó al cuadro en el que estaban María y José en el establo; pasó los dedos suavemente por el dobladillo de la túnica rústica de lana de la madre. Era muy realista: ella la había usado todos los inviernos.

—Tu gente es pura de espíritu —dijo Jesús—. Por eso llegaron estos cuadros a ustedes. —El martilleo de los oídos había cesado. Jesús recorrió el salón con la mirada y se detuvo en cada escena. Había un pedazo de pared cubierto con una sábana de lino, que escondía una imagen—. ¿Por qué está tapado ése?

Tobías se encogió de hombros.

—Es el último que apareció. Vinimos al salón como siempre, el día más corto del año. Pero esta vez fue distinto. La imagen no mostraba al mesías.

—¿Y a quién mostraba? Quiero ver.

—Claro. —Con algo de duda, Tobías se acercó al cuadro y tiró de la sábana, que se desprendió de los ganchos que la sostenían—. No entendimos qué pasó —dijo—: ni siquiera está terminado.

El cuadro mostraba solamente una colina baja y desértica bajo un cielo nublado. Podría haber sido cualquier colina de Judea y aparentemente no encajaba con los demás cuadros. La mano invisible que lo había pintado se había detenido en seco, aunque cuando Jesús se acercó, pudo distinguir, apenas, la vaga silueta de algo. Había tres cruces en la cima de la colina, dibujadas con trazos casi imperceptibles.

—¿Hicimos bien en cubrirlo? —preguntó Tobías.

Jesús se había puesto pálido.

—Déjenlo destapado. Sé por qué está sin terminar.

—¿Por qué?

—Porque tengo que terminarlo yo.

Capítulo
13

Viajero

El día en que Jesús anunció que se iba, la noticia corrió como reguero de pólvora. Los esenios habían estado cinco años esperando su partida. Jesús no tenía pensado quedarse. ¿Acaso no estaba escrito que el salvador conquistaría Jerusalén y entraría, triunfante, en el templo? También era el día en que los esenios verían justificada su existencia. En el mundo exterior, no le importaban a nadie. Mientras que todos los judíos oraban por el mesías, los esenios eran demasiado extremos. Eran tan puros que jamás se casaban. Practicaban el celibato para expiar la desobediencia de Adán y Eva, y los recién llegados tenían que servir a la secta durante diez años antes de que el grupo los aceptara.

Ahora, por fin, los esenios tendrían su recompensa. En la mente de cada uno de ellos, Dios conocía cada detalle del enorme sacrificio que hacían.

—Marcharemos al templo detrás de ti —declaró Tobías—. No somos guerreros, no tenemos armas, pero eso no importará, ¿verdad? —Se imaginaba que los soldados romanos iban a caer como hileras de trigo en un sembrado cuando Jesús levantara la mano.

Jesús sacudió la cabeza y dijo que iría solo.

Tobías estaba preocupado.

—Sé que no vas a fracasar —tartamudeó. Pero, ¿no iba a llevar ejército alguno? Todas las profecías decían que el mesías era un guerrero. ¿Qué más podría ser? La violencia está entretejida en las Escrituras como si fuera un hilo sangriento, desde la maldición de la serpiente que lanzó Dios y la marca de Caín en el libro del Génesis. A lo largo de la historia de los israelitas, entre los castigos de Dios y las batallas constantes por la supervivencia, el mundo ha estado lleno de violencia—. ¿Puedo acompañarte yo, por lo menos? —preguntó Tobías.

—Tienes curiosidad por verme derribar las fortificaciones romanas. ¿Tocando el shofar, tal vez?

Tobías parecía esperanzado.

—Tenemos uno. Puedes llevártelo. —Desde que el cuerno de carnero había logrado la victoria en Jericó, hacía varios siglos ya, el shofar había formado parte de las festividades.

Jesús dio una palmadita a Tobías en el hombro.

—Puedes venir. De todos los que están aquí, el que se lo merece eres tú. Pero yo busco lo que no se puede buscar. Y cuando lo encuentre, tú no lo verás. El viento es incluso más visible que lo que busco.

Tobías sonrió.

—Pero uno puede sentir el viento e ir adonde el viento quiere que uno vaya.

Los preparativos se hicieron rápido y con gran entusiasmo. Sujetaron las provisiones a un burro de carga y ataron al animal a la parte trasera de un carro. Jesús se negó a llevar nada que fuese más elaborado o lujoso que eso, y cuando los más ancianos sugirieron que cargara un alijo de puñales y armadura, él no les hizo caso. Los que corrían más rápido subieron a las montañas para reunir a los otros esenios que vivían lejos del centro de Qumrán. Mientras se congregaban en el altiplano donde se encontraba Qumrán, a un kilómetro y medio del mar Muerto, los recién llegados se veían demasiado pálidos para ser habitantes del desierto. Pero muchos de los hombres de más edad dedicaban sus días a copiar escrituras a la luz de las velas en casas o cuevas oscuras. Incluso después de medio día de viaje, parpadeaban al ver el sol como búhos nerviosos.

Jesús observaba todo con una indiferencia que nadie se explicaba. Fue al banquete que daban en su honor, pero cuando se sentó a la cabecera de la mesa casi no bebió de la copa de vino y partió el pan con aire distraído. Al día siguiente, reunió a tantas personas en el salón de reuniones como cabían: llenó los bancos y ocupó cada centímetro cuadrado de espacio libre. Era un mediodía de pleno verano; casi no se podía respirar. Jesús conocía prácticamente todas las caras. ¿No había vivido acaso entre los esenios durante cinco años? Había enseñado en todas las comunidades, compartido banquetes con los rabíes y analizado con ellos hasta la parte más insignificante de la ley y el midrash.

Jesús les dijo que las escrituras verdaderas no estaban en los manuscritos de la Torá.

—Si Dios es omnipresente, debemos averiguar por qué es tan difícil verlo —había dicho una vez cuando alguien lo encontró en cuclillas en un campo, absorto con algo que había visto en el suelo. Era el nido de una alondra, escondido entre la hierba. Tenía una nidada nueva dentro, y los polluelos ciegos habían confundido la sombra de Jesús con la de la madre. Abrían los picos enormes y rosados, llorando y bamboleando la cabeza a la espera de la comida.

Esos momentos sombríos no eran muy frecuentes. Jesús trajo más dicha a los esenios que la que habían conocido hasta ese momento. Dejó atónitos a los rabíes afirmando que la creación de Dios seguía siendo tan pura como el día en que apareció el Edén. Para él, la caída no existía.

—Miren las aves del cielo y los lirios del campo —decía—. ¿Qué mandamiento desobedecen? —Como parte de sus enseñanzas, sostenía que la inocencia era la cercanía respecto de Dios y que todas las criaturas eran inocentes desde su creación.

—Eva hizo que Dios se enfureciera y así perdimos la inocencia —insistían los rabíes.

Jesús sonreía.

—Las mujeres tienen poderes misteriosos, pero dudo que puedan destruir lo que creó Dios. Simplemente nos caímos en el barro, y el barro se va con agua.

Los rabíes no estaban convencidos; nadie tiene derecho a contradecir la Torá. Pero la gente común creía en Jesús y amaba sus enseñanzas. Por fuera, Jesús era, evidentemente, el mismo hombre joven que apareció por primera vez en medio de los esenios, pero Dios lo había hecho cambiar muchísimo por dentro; había construido un pilar de fortaleza a partir de un arbolito inmaduro.

Jesús paseó la mirada por la concurrencia, esperando que se hiciera el silencio, antes de decir:

—¿Los he decepcionado? Seguramente sí. De lo contrario, habría sido Dios el que falló, y eso es imposible. —De la multitud surgió un murmullo confundido. Nadie esperaba que empezara su sermón de esa manera—. No oigo ninguna respuesta. Si he satisfecho sus expectativas, entonces están todos salvados, ¿verdad? Los judíos se sienten realizados. ¿Es eso lo que quieren que crea?

¿Se trataba de una prueba? La confusión era generalizada; se oían gritos atribulados.

—Señor, explícanos qué quieres decir.

Jesús levantó la mano para llamar al silencio.

—Ustedes quieren que venza a sus enemigos y devuelva la tierra a Dios. No puedo hacer nada si no me contestan a una sola pregunta. ¿Por qué me necesitan a mí? ¿Por qué no han alcanzado ya la salvación? Que alguien me conteste.

Tobías, que estaba sentado en la hilera del medio, sintió que el corazón le latía con fuerza. Quería ponerse de pie de un salto, pero uno de los ancianos se le adelantó.

El viejo titubeó al hablar, tratando de esconder su disgusto.

—Señor, los judíos no se pueden salvar a sí mismos. Los romanos retienen nuestras tierras por la fuerza; nos cobran impuestos convirtiéndonos en miserables. Miles de rebeldes han muerto y, como represalia, sus familias han sido asesinadas. Tú sabes todo eso.

Jesús asintió.

—Dios también lo sabe. Entonces, ¿por qué no ha hecho nada?

El anciano carraspeó. Había aprendido a someterse a la sabiduría del joven maestro, pero otra cosa era que lo interrogaran como a un niño en la escuela.

—Dios ha esperado a que expiáramos nuestros pecados —dijo, estirando el brazo con un ademán para señalar a todos los fieles—. Todos los que están aquí se han unido en un gran acto de expiación. Todos nuestros años de pureza tienen ese cometido: ganar la misericordia de Dios.

Jesús frunció el ceño.

—No parece que hayan ganado mucha misericordia. ¿Qué tienen, en realidad? Espinacas mezcladas con tierra para comer, unas cuantas ovejas escuálidas medio muertas de hambre por no tener más que matorrales. A muchos pecadores se les ha dado mucho más.

La multitud estaba azorada. Lo último que esperaban de Jesús era que los tratara con desdén. Aunque Jesús no los estaba humillando. Hasta hacía un mes, se mezclaba con los esenios como uno más, pero una noche, mientras caminaba por los olivares, pasó algo. Al principio, no parecía importante. Jesús miró la luna por entre las ramas enmarañadas del olivo más antiguo. Las ramas parecían una red y la luna era un pez brillante atrapado en ella, listo para que lo arrastraran hasta la costa.

De pronto, Jesús sintió una punzada en el corazón. Se quedó mirando: la imagen se volvió amenazante, porque Jesús supo que los esenios fracasarían. Su pureza no los salvaría. Estaban atrapados como la luna. Ninguna secta diminuta podía expiar todos los pecados del pasado. Pasarían generaciones enteras y los judíos seguirían siendo esclavos. Su única esperanza seguía siendo un secreto.

Jesús supo dos cosas en ese momento: tenía que irse para desentrañar ese secreto y no podía permitir que los esenios lo siguieran por si fracasaba.

Se armó de valor para enfrentarse a la consternación de su audiencia.

—Dios lo ve todo. Detrás de la mansedumbre se esconde la arrogancia y detrás de la pureza, el orgullo —afirmó—. Ustedes se equivocan al creer que podrían liberarse de todos sus pecados y el peor error que han cometido ha sido creer que yo puedo salvar a Israel. —Jesús ignoró las demostraciones de sorpresa que ahora se estaban convirtiendo en manifestaciones de enojo—. He venido como su amigo —continuó, levantando la voz— y no me voy a ir como enemigo suyo. Pero si esperan que derribe de un grito los muros de Jerusalén como hizo Josué con los de Jericó, se están engañando a ustedes mismos.

Los hombres se pusieron de pie a gritos; las mujeres empezaron a llorar. Tobías fue uno de los pocos que se quedaron en su sitio, con la cabeza inclinada y orando para que el maestro tuviera algún fin secreto en mente.

—¿Ahora se vuelven contra mí, tan rápido? —añadió Jesús—. ¿El amor que me tenían se convierte en odio por unas cuantas palabras de reprimenda? —Jesús, que estaba junto a un altar lleno de frutas exóticas y ornamentos de oro puestos allí en señal de reverencia hacia él, barrió la mesa de un manotazo y tiró los brazaletes y amuletos de metal al suelo. Se subió al altar, extendió ambos brazos y se puso a gritar para que lo oyeran por encima del bullicio—. ¡Siéntense! ¡Cálmense!

Muchos estaban demasiado irritados para escucharlo, pero las mujeres y los hombres que no habían perdido la calma los convencieron de que volvieran a sentarse. Jesús habló y apagó con su voz el murmullo furioso y las quejas.

—No me voy por mí, sino por ustedes —dijo—. Lo único que siempre han querido de mí es que salve a los judíos. Pero es imposible salvar a los judíos mientras el mundo sea lo que es ahora. Necesitamos un mundo nuevo, nada más ni nada menos.

Nadie comprendió lo que quería decir, aunque en esas palabras había un tono de esperanza que apaciguó a la multitud.

—¿Cómo vas a traer ese mundo nuevo, señor? —preguntó alguien.

—No lo sé. Sólo sé que no puedo ser lo que ustedes han imaginado. No soy un guerrero y no puedo defenderlos de los opresores. —Jesús bajó la cabeza. Su tono manso conmovió a todos, por muy molestos que estuvieran.

Tobías se puso de pie, incapaz de seguir en silencio.

—No fuimos nosotros quienes rompimos la alianza. Nosotros hemos tratado de honrar a Dios de todo corazón. Hemos obedecido sus mandamientos, nos hemos arrepentido de todos los pecados, incluso de los más pequeños. —Se oyó un murmullo de aprobación en el salón.

Jesús contestó lentamente.

—Ustedes son las personas más puras que he conocido. Dios los ama por eso, pero eso no significa que los vaya a salvar.

—¿Qué quieres decir? ¿Que no hay bondad que lo satisfaga?

Jesús negó con la cabeza.

—Dios es más que bondad: es un misterio.

—¿Y tú no lo has resuelto?

—Todavía no. Pero estoy más cerca que el día en que llegué.

El aire estaba cargado de un gemido sordo. Tobías miró a su alrededor.

—No puedes dejarnos así, desesperados. Nosotros te acogimos como nuestro maestro. Enséñanos.

Jesús sacudió la cabeza.

—Déjame ir. Olvídate de que estuve aquí. —Se bajó de la mesa de un salto y se dirigió hacia la puerta. Las mujeres empezaron a llorar de nuevo; los hombres se desplomaban al suelo con las manos en la cabeza. Un día que había comenzado como un festejo terminaba en llanto y desconsuelo.

Tobías alcanzó a Jesús.

—Mira lo que estás haciendo. Vuelve. Sin ti, no tendremos esperanza alguna.

—Tranquilízate, Tobías, nadie tiene la culpa de esto. —A pesar de la confusión que había creado, Jesús parecía más sereno que nunca—. Trae el carro. Nos vamos de inmediato. —Tobías endureció la mandíbula y se negó a moverse. Con un tono más amable, Jesús dijo—: Es lo mejor. Dios puede hablar y aun así provocar llanto. Tú lo sabes muy bien.

Si Tobías manifestó alguna reacción, no tuvo tiempo de demostrarla porque se dio la vuelta demasiado rápido. Caminó hacia el pinar donde descansaban los animales a la sombra y, unos instantes después, volvió con el carro y el burro de carga. Jesús se subió al carro, donde habían cargado dos corderos por si se acababan las provisiones. Tobías hizo restallar el látigo sobre la mula que tiraba de la carreta. Cuando se alejaban, vieron las telas de colores que colgaban de los árboles, como anticipo de la ovación del mesías en su camino a Jerusalén.

Los corderos balaban, afligidos, porque sentían que se los llevaban lejos de su hogar. Jesús les susurró un rato largo al oído para que se calmaran, pero no miró ni dirigió la palabra a Tobías. No quería que se diera cuenta de lo mucho que le había costado pronunciar ese sermón brutal.

Esa noche, exhaustos de orar, los esenios se dispersaron. Algunos estaban tan agotados que tendieron las mantas en el suelo del salón y se tiraron a dormir allí. La mayoría recogió sus pertenencias y emprendió el camino de regreso a su hogar, aislado en el medio de las montañas. El clima era de tristeza y desamparo. La noche pasó tan rápido como vino. A la mañana siguiente, cuando se despertaron, los que habían dormido en el salón de reuniones se encontraron con que los cuadros habían desaparecido, y el revoque se veía tan fresco y blanco como el primer día.

DESPUÉS DE ABANDONAR a los esenios, Jesús bordeó el Jordán, por lo que Tobías tenía esperanzas de que entrara en Jerusalén después de todo, o por lo menos se dirigiera a su hogar, en Galilea.

—¿No quieres ver a tu madre y despedirte de ella? —preguntó.

Sin darse la vuelta para mirar, Jesús replicó, cortante:

—Mi madre sabe dónde estoy.

Lo peor que podía pasar era que Jesús se dirigiera a la famosa Ruta de la Seda, que iba del Nilo hasta los oscuros confines del Oriente. Desde que era un niño Tobías había oído hablar de las fantásticas cortesanas a las que transportaban en literas cubiertas con mantos de oro, princesas convertidas en prostitutas para el deleite de los emperadores romanos. Sus camellos llevaban cencerros de plata y el aroma a rosas y ámbar gris se percibía una hora antes de que las cortesanas llegasen a destino. Por esa ruta viajaban trenes de especias de kilómetros y kilómetros de largo y la seda, de los colores del arco iris, que supuestamente escupían los gusanos, tenía el tacto de la lana más suave de cordero cortada en capas tan finas que se podía ver la luna a través de ella. La Ruta de la Seda llevaba al olvido.

Pero al tercer día, Tobías se dio cuenta de que habían tomado la ruta hacia Siria, una de las más peligrosas de Palestina por los traficantes y forajidos enmascarados. Él la había recorrido en sus viajes, hacía años, mientras buscaba a Jesús. Cada kilómetro había sido un suplicio. Jesús estaba tranquilo y nunca preguntaba nada a los comerciantes con los que se cruzaban. Cada vez que llegaban a un cruce, asentía en silencio para señalar el camino que quería tomar. A esas alturas, Damasco estaba apenas a dos días de viaje.

Esa noche, en el campamento, Tobías se desahogó.

—Estás olvidándote de nuestra gente —dijo, removiendo las cenizas con un palito, abatido.

—Que no es lo mismo que olvidarse de Dios —contestó Jesús. Reflexionó por un instante—. ¿Crees que hay un Dios para los judíos y otros para los demás?

Tobías negó con la cabeza.

—Conozco tus enseñanzas. Hay un solo Dios para todos. Pero, ¿no lo han rechazado los gentiles? Ellos han decidido apartarse de la ley. Los judíos no. Por eso somos el pueblo elegido.

Jesús no respondió. Ya habían tenido la misma discusión muchas veces. De todos modos, no era la teología lo que había amargado a Tobías. A la mañana siguiente, Jesús le sacó las riendas de las manos.

—Deberías volver. Deja la carga y llévate el burro.

—¿Yo solo? Es muy peligroso —protestó Tobías.

Jesús parecía decidido.

—Pronto te encontrarás con caravanas que vayan hacia el Sur. Únete a ellas. —Los lugares desconocidos que había después de Damasco bien podrían haber quedado en el infierno por lo que sabía Tobías de ellos.

Cuando se subió a la parte trasera del carro, testarudo como era, y se agachó en el suelo cubierto de paja, Jesús no dijo nada, al principio.

—No deberías haber soltado a esos corderos —gruñó Tobías—. Alguien o algo se los va a comer. Y para eso los hubiéramos comido nosotros.

Una hora más tarde, se detuvieron junto a un arroyo lleno de barro para que la mula y el burro tomaran algo de agua, y Jesús dijo:

—Yo puedo proteger tu alma. Lo sé mejor que tú. Pero no puedo proteger tu cuerpo. Tú tienes que estar entre los judíos. Por muy mal que estén las cosas con los romanos, los esenios han encontrado un refugio.

Tobías se rio con amargura.

—¿Así que me aconsejas que salve mi cuerpo y pierda el alma? ¿Es ésa tu enseñanza final?

Ésta era la forma sarcástica que tenía Tobías de negarse a dejar a Jesús. También fue lo último que dijo antes de que los atacaran los ladrones. Eran seis —probablemente, un clan de sirios empobrecidos que se aprovechaban de los viajeros porque era la única manera de ganarse la vida—, escondidos en el espesor de la maleza que crecía a orillas del arroyo. Se abalanzaron sobre ellos dando alaridos feroces, blandiendo largos puñales de hoja curva. Tobías tuvo una única oportunidad de salvarse. Se puso de pie, gritando y sacudiendo las manos en el aire.

—¡Deténganse, deténganse!

Metió la mano en su faja y sacó una pequeña bolsa con dinero que llevaba escondida, pero los bandidos creyeron que estaba sacando una daga. El más joven de ellos, tirador experimentado, le arrojó una lanza corta y rudimentaria terminada a martillazos en acero. Tobías enarcó las cejas en un gesto de sorpresa cuando la punta se le incrustó en la garganta. Soltó un gorgoteo ahogado de sangre y cayó al suelo, inmóvil. Los ojos quedaron mirando al cielo.

Los sirios se gritaban unos a otros en el dialecto local. Uno se arrodilló junto al cuerpo de Tobías y le sacó la bolsa con el dinero. Pareció desilusionarse un poco al no encontrar el arma, pero el bandido más alto, que al parecer era su hermano mayor, le dio una patada al cuerpo en señal de desdén ante el remordimiento del otro. Acercó la cara a la de Jesús a la fuerza y gritó algo ininteligible. Al ver que Jesús no respondía y tenía la mirada fija hacia arriba, los bandidos soltaron unas carcajadas burlonas.

El mayor, que había golpeado a Tobías, estiró la mano para arrancarle la faja a Jesús esperando encontrar más dinero. Pero en aquel momento Jesús lo miró a los ojos.

—No —dijo con suavidad.

El bandido lanzó una mirada socarrona a su brazo, que empezó a temblar visiblemente. No estaba paralizado, pero tenía que haber pasado otra cosa que sólo el bandido detectó, porque retrocedió de un salto mientras maldecía entre dientes. Los otros bandidos se quedaron quietos. Después de una pausa, el mayor se volvió hacia ellos y les gritó con furia. Siguió una discusión, en la que todos señalaban mucho a Jesús y blandían los puñales en dirección a él. Estaba claro que los otros querían robarle y matarlo, y los confundía que su líder, el más sanguinario del grupo, no los dejara.

Jesús no prestaba atención. Se arrodilló junto a Tobías y le habló.

—Alégrate de que fuese rápido. Te hubiera enfadado mucho pensar que nadie dirá el kaddish para ti.

El lugar estaba demasiado lejos y era demasiado desolado para los rituales; ni siquiera había una herramienta adecuada con la que cavar una tumba. Jesús se sacó la vestidura blanca y cubrió con ella el cuerpo de Tobías para protegerlo del sol. Pero no dijo las oraciones de lamento que exigía el ritual del kaddish.

—Te libero de tus ataduras terrenales —susurró—. Ve a mi Padre con regocijo.

Jesús no miró hacia atrás. Por el silencio que había a sus espaldas, sabía que los bandidos se habían ido valiéndose de sus destrezas furtivas para no hacer ruido alguno. No importaba si habían escapado o vuelto a esconderse. Jesús sostuvo la mano en alto y bendijo el cadáver. Ya sin alma, no era más que una cáscara. Jesús miró el carro y la mula y el burro; los dos animales estaban asustados por el estallido de violencia y el olor de la sangre en el aire, así que se habían quedado cerca del abrevadero, moviendo las orejas para detectar si seguía habiendo peligro.

Jesús se acercó a ellos y les sacó los arneses; luego tomó la carga que llevaba el burro y la dejó en el suelo. A partir de ahora, seguiría a pie. Se sentó unos instantes bajo una palmera a beber agua del odre que llevaban consigo. Sonrió para sus adentros. El misterio lo hacía avanzar y parecía funcionar exclusivamente a capricho. Uno creería que el mesías conocía el camino, pero de hecho Jesús tenía la mente en blanco. Era como si Dios quisiese que recorriera un sendero donde no había sendero.

Cuando el sol dejó su ardiente zenit, Jesús se cargó el odre al hombro y se puso de pie. Saludó a Tobías con la cabeza antes de marcharse. Cualquier otra persona hubiese sentido curiosidad al ver las manchas de sangre de la vestidura blanca que cubría el cadáver, y no por morbosidad. ¿Cómo se explicaba que un hombre con una herida en la garganta sangrara, horas después de su muerte, por las palmas de ambas manos, la frente y un tajo profundo en el costado derecho? Pero Jesús se alejó sin preguntar.

EL CAMINO INFINITO que llevaba al este fluía como un río seco lleno de humanidad. Ninguno de los que lo transitaba podía adivinar quién era Jesús. No llevaba mercancías ni camellos, así que no era un mercader. Tampoco cargaba con ninguna tienda como los nómadas y no se detenía a los lados del camino a orar como los monjes. No usaba reliquias sagradas como los peregrinos. Además, los peregrinos tenían un destino en mente. Jesús se topó con uno, un persa que se dirigía al oeste pero había tenido que desviarse del camino principal.

—¿Qué buscas, hermano? —preguntó el persa.

—A mí mismo —dijo Jesús.

El persa se rio.

—¿Cómo sabes que no te dejaste en casa?

—No lo sé.

Iban caminando por un terreno de una belleza inusual, una estepa verde y ondulante que se deshacía en flores silvestres del amarillo más brillante, como soles caídos a la tierra. El persa vendía piedras.

—¿Para la construcción? —preguntó Jesús.

—No —contestó el persa, y abrió un cuadrado de seda cruda para mostrarle el lapislázuli más brillante que Jesús jamás había visto, de un azul más intenso que el mar Tirio. Sólo había un lugar en el mundo conocido de

donde podían proceder esas piedras: el persa señaló al sudeste, hacia un lugar muy lejano. Su familia había ido y
vuelto caminando durante diez generaciones por la gran
ruta, hacia el este y el oeste, para enriquecerse con un puñado de piedras azules.

—Soy rico, no tengo necesidad de seguir vendiendo
—afirmó el persa—, pero he oído hablar de la Gran Madre de Éfeso, que tiene mil senos. Quiero arrodillarme
ante ella.

—¿Por qué? —preguntó Jesús.

—Porque no quiero morir antes de encontrar a
Dios.

—¿Cómo sabes que no lo dejaste en casa?

Al persa le causó gracia el comentario, además de
curiosidad; se bajó del caballo y caminó junto a Jesús el
resto del día. Calculaba que el viajero solitario era judío,
pero Jesús no lo afirmó ni lo negó.

—Si no quieres decírmelo, por lo menos dime por
qué te fuiste —insistió el persa.

—Es difícil de explicar. No estoy huyendo de nada;
no estoy yendo hacia nada. Si Dios está en todas partes,
es imposible perderlo como es imposible también encontrarlo. Y aun así, debo viajar.

El persa, que no era ningún idiota, dijo:

—O has pensado mucho sobre este asunto o eres un
tonto.

Jesús sonrió.

—Un tonto habría querido jugar con una de tus hermosas piedras azules. En el lugar de donde vengo, nadie
puede entenderme. Me han adorado y me han despreciado.

Sin previo aviso, Jesús se desvió del camino y se dirigió hacia un grupo particularmente brillante de flores silvestres. El persa se detuvo, sin saber qué hacer. Valía la pena pasar algunas horas de charla para matar el aburrimiento del viaje (él sabía por experiencia que este tramo del camino, de tres meses de duración, era apenas una parte del todo, que se extendía hasta el fin del mundo), pero no ser arrastrado por los delirios de un loco. De todos modos, esperó.

Media hora después, Jesús volvió y retomó la caminata como si nunca se hubiese desviado.

—Sé adónde tienes que ir —dijo el persa. Le divirtió la expresión de sorpresa de Jesús—. Tardarás varios meses —continuó—, pero cuando llegues a la tierra de los caballos, donde miles de ellos pastan en libertad, gira hacia el sur. El mundo es una joroba, y llegarás al punto más alto si te diriges al Sur. Empieza a subir. Eso es lo que tienes que hacer.

—¿Y cómo lo sabes? —preguntó Jesús.

El persa levantó las manos.

—No es lo que crees, no soy ningún oráculo. Pero tú te pareces a otros que he conocido. Se llaman "locos por Dios" y vienen de esas montañas. Tienes que subir muy alto, tanto que te faltará el aire. La nieve te cegará hasta que creas que la muerte es apenas otro nombre para la blancura infinita. La gente normal se vuelve loca si se queda ahí demasiado, pero algunos se vuelven "locos por Dios", que es otra cosa. —Se encogió de hombros—. Si les crees.

Una hora después, llegaron a un punto donde el camino se bifurcaba, y el persa tomó el lado que llevaba a las minas de lapislázuli. Jesús siguió por el camino principal. A decir verdad, el extraño le había dado una pista valiosa: quizá Jesús estuviera loco por Dios, si eso significaba que lo consumía lo divino hasta que todo lo demás se reducía a cenizas.

Durante meses y meses, una mano invisible había atendido a las necesidades de Jesús. Cuando tenía hambre, aparecía comida. Por lo general, eso ocurría como por casualidad: Jesús se encontraba con un campamento abandonado donde habían dejado, sin darse cuenta, una hogaza, o a un animal silvestre se le caía una pata del cordero que había cazado en una zanja. Jesús comía el pan y asaba el cordero, dando gracias a Dios mientras lo hacía.

Pero Dios había dejado de guiarlo. Jesús ya no oía palabras en su cabeza, y mucho menos la dirección que debía seguir orientándolo en su viaje. Se sentó en un claro de cedros oscuros, aromáticos, a meditar sobre ese cambio. No se sentía abandonado ni solo. ¿Acaso Dios le estaba pidiendo algo que él no había visto? No recibió respuesta alguna, así que llegó a la conclusión de que seguramente seguía un misterio tan grande que carecía de voz, algo tan inefable que incluso la zarza ardiente que se le había aparecido a Moisés era demasiado rudimentaria. Aun así, estaba agradecido por las indicaciones que le había dado el persa. Tal vez fuera hora de oír la voz de Dios en todas las voces. ¿O acaso era eso lo más absurdo que se le había ocurrido?

Al cabo de unos días, Jesús empezó a seguir a los nómadas por praderas interminables. En sus carretas con cubierta de cuero, los nómadas surcaban como piratas esas olas verdes donde corrían miles de ponis salvajes y peludos. Los nómadas venían del este. Jesús nunca aprendió más que unas pocas palabras de su lengua nasal, que sonaba como un cántico. Ellos gesticulaban para darle a entender que subiera a la parte trasera de su carreta, donde había mujeres y niños silenciosos amontonados con pollos y ovejas. Jesús observaba con curiosidad las caras redondas de las mujeres, untadas con lanolina para darles brillo. Suponía que era una marca de belleza.

Transcurridas varias semanas, el grupo itinerante encontró una aldea. Los hombres se volvieron violentos de repente, encendieron antorchas y empezaron a correr por toda la aldea dando alaridos. Al verlos, los aldeanos huyeron sin oponer la menor resistencia. Los nómadas saquearon todo lo que encontraron a su paso: velas, joyas, sebo, pieles. Mataron al ganado y lo despiezaron ahí mismo. Con la misma indiferencia, asesinaban a cualquier hombre o niño que encontraran escondido entre los pastizales.

Jesús estaba horrorizado. Pronunció una bendición en silencio por los muertos, a quienes los nómadas despojaron de adornos y cosas útiles como pantalones de cuero. No tenían motivo para enterrar los cuerpos, así que los tiraban entre las vísceras y otras partes inútiles de los animales sacrificados. Jesús vio que unos hombres se acercaban a la carreta y ataban a ella un cordero destetado y dos terneros, animales que podían engordar en el camino y matar más adelante. Ninguno de los hombres miró a Jesús dos veces.

Jesús no les tenía miedo, a pesar de las manos ensangrentadas, que les habían dejado marcas rojas en la boca y la frente por habérselas pasado por la cara durante la tarea bochornosa del día, pero se preguntaba por qué no lo habían matado a él. La caravana volvió a ponerse en marcha. En la parte trasera de la carreta, las mujeres miraban a Jesús sin inmutarse, mientras examinaban el botín del pillaje acurrucadas entre la paja.

Entonces comprendió. Había un círculo de paz a su alrededor. Ya no tenía nada que perder, y eso lo hacía invisible. Era el viento dentro del viento. Qué extraño que Dios hubiera obrado ese cambio, sin que nadie lo viera, en silencio. Si quería, Jesús sabía que podía recorrer la faz de la Tierra en un estado de bendición permanente.

Sin embargo, no podía. Estar bendito en un mundo maldito sería insoportable. En el fondo, él lo sabía, y cuando finalmente se acabaron las praderas, Jesús abandonó la caravana en un magnífico caballo negro que le entregaron los nómadas como regalo de despedida. Jesús se dirigió al sur como le había indicado el persa y llegó a la cima del mundo. Empezó a escalar y, cuando alcanzó la parte inhóspita donde la vegetación se marchitaba hasta convertirse en hierba de un centímetro de alto, Dios dejó de darle comida. Jesús continuó adelante. Pasado el límite de las nieves perpetuas desaparecían incluso los pastos secos, y Jesús se sumergió en la blancura despiadada que había predicho el persa. La única señal que le daba Dios de que continuase era que no se moría congelado, a pesar del frío que le calaba los huesos.

Finalmente, tras una semana de cabalgar y caminar, a Jesús lo detuvo un puño invisible en forma de una enorme tormenta de nieve que se desató al ponerse el sol.

Hacía días que Jesús vagaba por las montañas y, si no se había vuelto loco ni muerto de hambre, tampoco estaba "loco por Dios". La nieve empezó a amontonarse en los ventisqueros, que se transformaban en dunas blancas con la acción del viento huracanado. Jesús no podía encender fuego; no había luna en el cielo.

Soltó a su caballo, dándole una palmada en el flanco para que el animal se alejara al trote; quizá sobreviviera por su cuenta. La blancura cegadora de la nieve se volvía sofocante de día, negra de noche. Cuando los ventisqueros le llegaron al pecho, Jesús sacudió los brazos como un nadador atrapado en una ola monstruosa.

Pero pronto estuvo exhausto. Sin posibilidades de escapar, se arrodilló y empezó a orar. Hundiendo el mentón en el pecho evitaba que los copos de nieve le taparan la nariz.

Los minutos se transformaron en horas, o al menos le dio la sensación de que así era, y el peso de la nieve compactada terminó por enterrarlo.

Y así fue como lo encontré, gracias al muchacho del templo, que vio una extraña montura en la nieve a la mañana siguiente.

Capítulo
14
La apuesta

Jesús tardó cuatro días en relatar la historia que he contado yo hasta aquí. Para entonces, ya había aprendido a preparar té casi tan bien como yo (prestaba atención y, a partir del segundo día, empezó a hacerlo más suave). De hecho, aprendió a hacer de todo. Aunque en realidad no era mucho. Todas las comidas eran iguales e implicaban el mismo ritual: amontonar estiércol seco para encender el fuego en el hogar de piedra; hervir agua en una olla con la nieve que se acumulaba en la puerta; cuando el agua estaba hirviendo, poner algunas tiras de carne seca de la que colgaba de las vigas del techo; agregar un puñado de mijo (sacarle primero los gorgojos) y dejar que hirviera todo hasta que se hubiese formado una masa pegajosa.

Medida en ollas de mijo pegajoso y cecina, la historia de la vida de Jesús había sumado veintitrés. Yo había escuchado sin mostrar reacción alguna mientras él hablaba; cerraba los ojos, pero nunca me dormí.

Comimos la vigesimotercera olla y Jesús se puso de pie para buscar más té diciendo:

—¿Te ha enseñado esto algo sobre mí?

Yo me encogí de hombros.

—Sabía todo lo que precisaba saber de ti antes de que empezaras a hablar. Y a ti, ¿te ha enseñado algo el viaje? Ésa es la cuestión.

Jesús sonrió.

—Aprendí cosas raras. Al principio, era alguien que buscaba, pero todo lo que encontraba se hacía polvo en mi boca. Después Dios hizo milagros a través de mí, pero yo no tuve nada que ver con ellos.

—¿Y ahora?

—Ahora me he desvanecido. Casi no puedo encontrarme.

—¿Es tan malo eso? —pregunté.

Jesús dudó.

—¿Puedo serte sincero? Pensé que Dios me elevaría.

Su semblante hubiera hecho reír a algunos y a otros les hubiera dado pena.

—La elevación viene cuando ya no queda nada de ti que el mundo pueda coger —afirmé—. Ten paciencia. Dios ya te ha borrado. Apenas distingo una mancha. —Yo jugueteaba con una sarta de cuentas que llevaba al cuello, sin levantar la vista para ver si Jesús estaba sorprendido—. Cuando te vi por primera vez, pensé en un animal común en estas montañas, la liebre variable.

Jesús se rio.

—Nunca he visto una liebre variable.

—La liebre variable es marrón en verano cuando la nieve se derrite. Se mezcla con las piedras y la tierra para que los zorros no puedan verla. Después se vuelve blanca en invierno cuando vienen las tormentas de nieve. Pero hay un lobo que también se vuelve tan blanco como la liebre, así que la liebre sigue estando en peligro, y la lucha continúa.

Jesús dejó la teterita de hierro en medio de los dos.

—No entiendo.

—Ya entenderás.

De pronto, empecé a dar manotazos al aire como si estuviera tratando de espantar unas moscas. Jesús preguntó qué hacía.

—Alejo a los demonios —contesté—. Usa los ojos.

Al principio, Jesús no comprendió de qué estaba hablando. Pero si entrecerraba los ojos, detectaba algo que resultaba casi invisible: unas sombras fugaces en los rayos de sol que entraban por el vidrio roto de la ventana.

—¿Te atormentan? —preguntó.

—Todo lo contrario. Me aman; no pueden estar lejos de mí. ¡Fuera! —Incliné la cabeza en un gesto burlón—. ¿Y tú? ¿Te ha dado Dios el don de los demonios?

—Nunca pensé que fueran un don. ¿Conoces a Job? —preguntó Jesús. Negué con la cabeza—. Según las escrituras de mi pueblo, Dios y el diablo hicieron una apuesta. Buscaron a un hombre llamado Job que creía en Dios con todo su corazón. Job vivía en perfecta rectitud y honradez en la tierra de Uz. El demonio apostó a Dios que podía volver a cualquiera en contra de él, incluso a Job.

—Ah —murmuré—. ¿Y tú crees que ese Dios es benévolo? No voy a preguntar quién ganó.

—¿Porque ya lo sabes? —dijo Jesús.

—No, porque la apuesta sigue en pie, sólo que esta vez se trata de ti.

Jesús me miró mientras yo tomaba el té. Había seguido un misterio hasta el final, y el final era una choza miserable en un campo desolado de piedra sepultado bajo la nieve. ¿Quién era yo, a todo esto? Era muy fácil adivinar las dudas que asaltaban a Jesús.

—No importa quién soy. Tú quieres que Dios gane la apuesta, ¿no? —dije.

—Sí.

—Bueno, tiene muy pocas probabilidades de ganar. De hecho, no tiene ninguna. ¿Más té?

Jesús sacudió la cabeza.

—¿Por qué ninguna? ¿Acaso los judíos están malditos por toda la eternidad? —Pensó en la marca de Caín y trató de sacarse la imagen de la cabeza.

—Ese diablo del que hablas, ¿cómo se llama?

—Satanás. Le apodamos el Adversario.

Asentí con la cabeza varias veces.

—Eso lo dice todo. Tú quieres que no haya más sufrimiento humano. Quieres un mundo basado en la pureza y la virtud. Dios ha oído tus plegarias: te dio milagros; te impartió fuerza y verdad. Así que, ¿qué te detiene? No una maldición. Te topaste con tu adversario, alguien que va a seguir empujando a los seres humanos en la dirección contraria por mucho que tú trates de llevarlos hacia Dios. —Hice una pausa y di un manotazo fuerte al aire; la nube de diablillos voladores se estaba acercando demasiado—. Saben que estoy hablando de ellos —expliqué—. Los demonios son eternos. Ese Satanás no se irá nunca y, mientras esté, las probabilidades de que Dios gane la apuesta son nulas.

—¿Por qué?

—Porque los seres humanos no son eternos. Él tiene tiempo de liquidarlos uno por uno.

Jesús agachó la cabeza. Este viejo había expresado lo que él más temía.

—Tenía dos personas muy cercanas a mí, un hombre con la valentía necesaria para salvar a los judíos y una mujer que quería entregarse por amor a mí. ¿Era obra de Satanás?

—¿De quién si no? —pregunté—. El hombre estaba celoso de ti y la mujer quería poseerte. Los demonios ciegan a las personas para que no vean la luz, incluso cuando tienen la luz frente a ellas.

—Ella estaba muy cerca de mí —murmuró Jesús—. En ella veía a madre y esposa al mismo tiempo. Veía a todas las mujeres. ¿Cómo puede ser que eso esté mal?

—Entonces busca la manera de casarte con todas las mujeres —dije—. En tu camino, eso será posible. Cuando el amor de una sola mujer sea el mismo que el de Dios, reconocerás la divinidad de las mujeres. —Me puse de pie de un salto—. Veamos si podemos encontrar una de esas liebres de las que te hablé.

Jesús estaba desconcertado, pero no opuso resistencia: sabía que era su función someterse al misterio que se le había puesto en el camino. Por el momento, era yo el que encarnaba el misterio y hablaba con su voz.

Nos envolvimos en pieles de animales y salimos al frío glacial. El día estaba clarísimo, por lo que la nieve brillaba con un resplandor punzante. Jesús bajó la vista, se tapó los ojos con la mano y siguió mis pisadas mientras yo tomaba la delantera. Marchamos por la nieve nueva que había dejado la tormenta hasta que yo me detuve de pronto y me llevé un dedo a los labios.

—Shhh. —Me quedé helado, sin moverme, un minuto larguísimo; después avancé arrastrándome, tratando de no hacer crujir la nieve con las suelas—. Ahí —dije, señalando hacia delante—. Nos acercamos mucho a una, un macho grande. ¿Lo ves?

Jesús miró hacia donde yo le señalaba, pero los campos de nieve eran tan blancos que los ojos se le rebelaron y empezaron a inundarse de azul: tenía las retinas cansadas.

—No veo nada —aseguró.

—¿Estás seguro?

Jesús se esforzó, pero con la intensidad de la luz era demasiado doloroso mantener los ojos abiertos más de unos segundos. Jesús no podía creer que yo siguiera mirando.

—Muy bien —dije—. Cierra los ojos. Déjalos descansar. No quiero tener que llevarte a casa de la mano. —Jesús se acurrucó con los ojos cerrados y se tapó la cara con ambas manos. Poco a poco, el brillo azul se fue desvaneciendo. Jesús sentía que yo estaba arrodillado a su lado—. Ésta ha sido una excelente lección —afirmé, satisfecho.

—¿Una lección sobre qué?

—Sobre ti. No podías ver la liebre porque era blanco sobre blanco. La gente no te puede ver a ti porque eres Dios sobre Dios. Todo el mundo brilla con una luz divina, tanto que ciega a todos y nadie puede ver a Dios cuando aparece en persona.

Jesús se sacó las manos de los ojos.

—No digas eso. Ningún hombre puede ser Dios. Para mi pueblo, es sacrilegio decir semejante cosa.

La reprimenda no me molestó; al contrario, me hizo reír.

—¿Qué estás diciendo? ¿Que Dios debe obedecer las reglas de personas que ni siquiera pueden verlo?

—Creí que habías dicho que estaban ciegos de verlo en todas partes. —Jesús notó que empezaba a dolerle mucho la cabeza; se había quitado la mano de los ojos demasiado rápido.

—He dicho la verdad. La gente no sabe que ve a Dios en todas partes. Piensa que ve árboles y montañas y nubes. Eso es lo que hace la ceguera: esconde la realidad detrás de un velo. —Me puse de pie—. Espantaste a la liebre, así que volvamos a casa.

Jesús no protestó. Sería un alivio volver a la choza, que estaba cálida y oscura y ayudaría a que se le pasara el dolor de cabeza. Pero mientras volvíamos, su mente seguía quejándose por algo.

—Tienes que dejar de llamarme Dios.

—De acuerdo. Dentro de poco no será necesario.

—¿Por qué?

Me giré para mirarlo; mi respiración se condensaba en el aire gélido y se escarchaba en mis mejillas.

—Estás destinado a ser más grande que Dios. Reconócelo. De nada sirve esconderse.

—¿Qué? —Jesús estaba realmente impresionado—. Voy a escuchar tus lecciones y tratar de descifrar tus acertijos, pero no si son una locura.

Ignoré aquella objeción.

—Tú quieres cambiar el mundo. Lo dijiste tú mismo. Dios se conformó con crearlo. Él no interfiere. Así que si quieres ser el gran reformista, tienes que aspirar a ser más grande que Dios.

Jesús parecía desconcertado. Mi lógica tenía sentido, y yo sin duda estaba satisfecho con ella. Tarareé para mis adentros durante todo el camino de vuelta. Jesús no tuvo otra opción más que seguirme. La ventisca había tapado las huellas que bajaban por la pendiente y, de todos modos, si se iba ahora, corría dos riesgos: no descubrir nunca cómo había logrado yo que los demonios me amaran y encontrar la muerte segura de vagar sin rumbo en la blancura donde nacen los "locos por Dios".

ESA NOCHE, JESÚS comió su plato de mijo en silencio. Yo, que amo la soledad mucho más que la compañía, lo observaba sin decir palabra. También sabía que Jesús estaba preocupado por lo que se había dicho. La choza era tan pequeña que teníamos que dormir los dos en el suelo, uno al lado del otro, casi hombro con hombro. Nos quedamos boca arriba, mirando al cielo, los dos conscientes de que el otro estaba despierto.

Pasada la medianoche, en un momento, Jesús dijo:

—¿Por qué te viniste a vivir aquí?

—No tenía otra opción. Era eso o suicidarme. —Yo estaba lleno de sorpresas, y ésta la dije como si nada—. Incluso me traje una navaja, por si tenía que hacerlo de todas formas. Está por allí. —Señalé un armario situado en la esquina. Jesús no pudo verlo porque la habitación estaba completamente oscura.

—¿Por qué suicidarte? —preguntó.

—Porque yo era como Job y como tú. Miraba alrededor y todo el mundo parecía estar librando una guerra entre Dios y los demonios. La gente iba tambaleándose a ciegas entre el placer y el dolor. Clamaban por Dios a gritos cuando Dios estaba en todas partes. ¿Qué sentido tiene vivir en un mundo así si no puedes cambiarlo?

—Pero no te suicidaste.

Me reí en la oscuridad.

—No. Abandoné esa estúpida idea la primera semana. Con el frío maldito que hacía, pensé que suicidarme sería un favor, y era demasiado miserable para hacerle un favor a nadie.

Jesús volvió la cabeza en dirección a mí.

—¿Soy yo tan extraño como tú?

—¿No puedes adivinarlo solo?

Los dos nos reímos. Después, Jesús dijo:

—Así que si no te suicidaste, tienes que haber cambiado el mundo.

—Sí, claro.

—¿Cómo?

—Igual que lo vas a cambiar tú. Y no pasará mucho tiempo antes de mostrártelo. ¿Cuántos años viviste con los esenios, cinco? Podrás cambiar el mundo en cinco segundos, una vez que sepas la verdad.

—¿Cuál sería esa verdad?

—La verdad que voy a decirte —dije— no significaría nada para un hombre común y corriente. Tú no te das cuenta, pero eres el más raro entre los raros. Naciste solamente para servir a Dios, pero eso no es lo que te hace raro. Ha habido otros, muchos otros, que solo querían servir a Dios. Tú, sin embargo, eres como una pluma parada de lado. No es necesario empujarte: puedo hacer que te caigas con un simple soplido.

Jesús estaba tendido allí, en el suelo duro, envuelto en una gruesa piel de cabra, pero aun así más frío de lo que jamás hubiese imaginado. La oscuridad era tan intensa como la de una cueva. Los sentidos de Jesús no detectaban más que la voz baja de un anciano que le hablaba casi al oído. ¿Podía ser ese realmente el escenario de una revelación? Jesús esperó.

Antes de que yo pudiera pronunciar otra palabra, la puerta se abrió con estrépito. Asustado, Jesús se incorporó. La luna brillaba sobre los campos de nieve. Contra esa luz fantasmagórica se recortaba una figura.

—No te asustes —dije. Yo estaba relajado y confiado—. Es de esperar.

—¿Quién es? —susurró Jesús. La figura no hablaba ni se movía; parecía vagamente humana, pero no cabía duda de que no lo era.

—Tu adversario está preocupado —dije—. Quiere detenerme.

Por un instante, a Jesús se le vino a la mente la imagen de una liebre blanca y un zorro blanco que se abalanzaba sobre ella: la liebre trataba de escapar de las fauces del zorro pero éste la degollaba. Inmediatamente, se dio cuenta de que ya no había nadie en la puerta y de que la figura misteriosa estaba en el interior de la choza. Una nube ocultó la luna por un instante. Ahora la única manera de detectar la presencia del intruso era escuchar el sonido apenas perceptible de sus pasos.

"¿Debería tener miedo?", se preguntó Jesús.

Yo contesté.

—No si eres quien creo que eres. —Levanté la voz—. Tú deberías escuchar también, así aprendes. —Sentimos un fuerte rugido cerca de donde estábamos acostados, y la choza se llenó de un olor fétido. Jesús sintió que una oleada de pavor helado le golpeaba de lleno en el pecho. Estaba temblando, pero sabía que yo le había puesto la mano en el hombro—. Tranquilo. Ignóralo y escucha. Ya sabes que Dios está en todas partes, pero no has dado el paso siguiente, y por eso has errado sin rumbo por la faz de la Tierra hasta que me encontraste a mí. Yo estoy aquí para darte la sabiduría que te liberará de una vez por todas. Si está en todas partes, Dios también está en ti. Si está en ti, entonces tú estás en todas partes. ¿Comprendes?

Jesús temblaba como si estuviera teniendo un ataque terrible; mis palabras habían calado hondo. Él ya no me oía a mí. Pero sí oyó a alguien. La voz de Dios, que había estado ausente durante muchos meses, ahora volvía, sólo que esta vez también era la voz de Jesús: las dos se fusionaban de tal manera que era imposible distinguir una de la otra.

—No puedes cambiar el mundo mientras seas una persona. Siendo hombre, nunca escaparás de la guerra entre el bien y el mal.

Ante aquellas palabras el intruso rugió con tono amenazador, y Jesús vio dos ojos que brillaban, rojos, en la oscuridad. Pero la amenaza fue inútil. La voz continuó.

—Sólo alguien que conoce la realidad más allá del bien y del mal puede conocerme a mí. Yo soy todas las cosas, sin división. Este Satanás quiere que creas que él gobierna un lugar donde yo no estoy, pero incluso él está hecho de Dios.

Los ojos rojos, brillantes, se acercaron aún más, y cuando estuvieron sobre Jesús, lanzaron fuego.

—El Adversario no quiere que nadie sepa esto porque, de ser así, se quedaría sin poder —continuó la voz—. Apenas puede reconocerlo él mismo. Si él es Dios, no existe la guerra entre nosotros, pero él vive de la guerra.

De pronto, el intruso lanzó un alarido ensordecedor que hizo temblar las paredes de la choza. Las mejillas de Jesús estaban bañadas de lágrimas.

—El golpe final debe venir de ti. No se puede enseñar: sólo se descubre en el interior. Sigue escuchando —le susurré al oído.

Con algo de dificultad, Jesús recobró el control. La voz esperó y luego dijo:

—Sólo quien puede ver los demonios como parte de Dios es libre. El bien y el mal se disuelven. Se cae el velo y lo único que se ve es la luz divina: dentro, fuera, en todas partes. La imagen de un cadáver putrefacto se vuelve tan bendita como la de un arco iris. No hay más realidad que la luz, y tú eres esa luz. Tu alma es el alma del mundo entero. En tu resurrección estará la resurrección del mundo entero.

Mientras la voz hablaba, Jesús contenía la respiración sin darse cuenta. Ahora soltó todo el aire de un solo suspiro, un suspiro larguísimo. Misteriosamente, a medida que salía de los pulmones de Jesús, el aire era reemplazado por un resplandor cálido. Fue una sensación extraña. Parecía que se le desinflaba todo el cuerpo, pero cuando miró hacia dentro, Jesús vio lo que estaba pasando en realidad. Lo estaban abandonando todas las experiencias que había tenido hasta ese momento. Vio cómo salía flotando una nube de recuerdos, como si fuesen millones de pájaros que se alejaban volando de un árbol al amanecer.

—Deja que se vayan todos. Deja de buscar. Es la única manera de encontrarte a ti mismo —volví a susurrarle.

Esto abrió las compuertas interiores. Jesús vio que los ojos rojos y brillantes se dirigían a la puerta. Sin saber por qué, se levantó de un salto y los siguió. Yo no lo detuve. Los ojos se fueron alejando de la choza. ¿Realmente eran los ojos de Satanás o no eran más que los de un fantasma? Lo que sintió Jesús después fue una ráfaga de aire gélido en el cuerpo desnudo. Estaba descalzo en la nieve congelada y los talones se le hundían en la gruesa capa de nieve. El campo estaba tan blanco que la luz de la luna parecía venir de abajo tanto como de arriba.

"Déjame verte."

Jesús trató de que su pensamiento alcanzara al Adversario. Los ojos rojos se volvieron a hacia él, y empezó a cobrar forma un cuerpo misterioso. Jesús siguió corriendo con los brazos abiertos para abrazar la figura.

Pero la aparición se desvaneció, y Jesús terminó abrazando una nube de humo. Se inclinó, sin aire, exhausto y con punzadas de dolor en las costillas. La luz fantasmagórica de la luna le hacía sentir que estaba flotando en el aire. Sólo el frío helado debajo de sus pies le decía que seguía en la Tierra.

DURANTE VARIOS DÍAS, Jesús estuvo acostado casi como muerto, pero sudando de fiebre. Cuando volvió a abrir los ojos, se sentía débil y agotado.

—Inhalaste el humo del demonio —dije con calma—. No pudo hacerte daño, pero dejó su hedor. —Le puse una compresa de hierbas y nieve compacta en la frente.

Jesús se sentó con debilidad.

—No parece que me ame como te aman los demonios a ti.

—Todavía no. Satanás tiene más que perder que un pequeño demonio. Te evitará un tiempo, pero tarde o temprano van a volver a encontrarse.

Cuando la fiebre desapareció por completo, a Jesús le costó mucho darse cuenta de que hubiera cambiado algo. En realidad, se sentía vacío, como si Dios lo hubiese abandonado, una vez más, para que se las arreglara solo.

Yo seguí con mi rutina diaria, y Jesús trataba de ir a la par. Pero su corazón estaba en otra parte; él estaba impaciente. Habían ocurrido cosas extraordinarias en la choza: a Jesús no le cabía duda alguna. ¿Por qué, entonces, estaba hastiado y preparado para partir?

—Una vez que develas el misterio, todo se vuelve bastante monótono —dije—. Sé lo que se siente.

Jesús me pidió que se lo explicara. Estábamos sentados en el umbral, bajo el tenue calor del sol. La primavera estaba cerca. Los vastos campos de nieve eran del mismo blanco resplandeciente, pero el goteo constante de los carámbanos que colgaban del alero indicaba la presencia de una nueva calidez.

—Para conocer a Dios, debes convertirte en Dios —le expliqué—. La gente no quiere que le digan eso porque no coincide con su fantasía de que Dios está sentado lejos, sobre las nubes. Pero ser Dios no significa que uno haya creado el universo. Fue Dios el que hizo eso. Él creó el tiempo con la eternidad, él hizo los cielos y la tierra con un pedacito de su mente. Cuando digo que te has convertido en Dios, me refiero a que sabes de qué estás hecho. —Sonreí—. Por suerte, yo lo descubrí antes de convertirme en esta vara vieja y marchita.

Ésa fue la última charla que tuvimos sobre el tema, o casi la última. Unos días después, metí un poco de carne seca y mijo en un saco de cuero.

—Toma —dije cuando Jesús volvió de asearse en la nieve. Él asintió con la cabeza. No había más preparativos que hacer. Jesús podía irse cuando quisiera, pero yo le sugerí que compartiéramos un último té.

Pasé las manos por encima de la tetera. Esta vez no estaba espantando ningún demonio.

—¿Ves este vapor? —pregunté—. No parece el agua de la tetera, y mucho menos la nieve que reuní para hervir. Tampoco parece un río ni la lluvia ni el mar. Pero las apariencias engañan. Vapor, hielo y agua son la misma cosa. Saber eso es estar libre de ignorancia.

Jesús entendía, pero estaba atribulado.

—Todavía me siento como siempre, como yo. ¿Por qué?

Me encogí de hombros.

—¿Quién dijo que ser Dios era emocionante?

Jesús sonrió.

—Vamos, habla en serio.

—¿Quién dijo que Dios es serio? Hay un universo entero que cuidar. Dios tiene que reírse para soportarnos. —Pero yo sabía que Jesús ansiaba una respuesta, así que continué—: Todo conocimiento es limitado. Un hecho, por muy cierto que sea, apenas socava el vasto campo de la ignorancia. Tú llegaste a mí queriendo conocer toda la verdad. Y ahora la conoces, pero tu conocimiento es nuevo. Deja que madure. Y pase lo que pase, o todo es milagro o nada lo es.

En ese momento, reapareció el muchacho del templo. La última tormenta de nieve casi había sepultado la aldea, explicó. No había podido llegar hasta la choza hasta ahora.

—El sacerdote y yo rezamos por ti —dijo, agradecido de que yo estuviera vivo todavía. Incluso para esa región inhóspita, el frío había sido terrible.

—¿Por qué rezaste? —Sonreí—. ¿Temías por mi alma? Te dije que me había olvidado de traerla. Era demasiado pesada, y necesitaba espacio en mi morral para otras cosas.

Al chico no le gustaba que le tomaran el pelo.

—Quería que, si te morías, fueras al cielo. Si estabas vivo, unas oraciones de más no iban a venir mal. Eso dijo el sacerdote.

Le di las gracias y le puse una monedita en la mano para cubrir el costo del incienso. Después, le dije que acompañara al forastero a la aldea y valle abajo hasta donde hiciera falta para que llegara a donde no hubiese nieve y el camino fuera visible.

Jesús partió sin ceremonias. El muchacho del templo había estado encerrado durante días, así que ahora no podía dejar de correr por el sendero, que no era más que un surco en la nieve. Jesús no se despidió ni miró hacia atrás en dirección a la choza. Era imposible que yo estuviese mirando desde el umbral.

Jesús no supuso que el chico se hubiese dado cuenta, pero cuando pudieron divisar la aldea, el muchacho le preguntó por qué no se había despedido del viejo.

—Sólo digo adiós cuando me voy —dijo Jesús—. Pero no tengo adonde ir ni de donde irme. Antes sí, pero ya no.

El pequeño se encogió de hombros; supuso que el forastero hablaba así por la falta de oxígeno. O tal vez se hubiese vuelto "loco por Dios". El sacerdote le había dicho que eso pasaba.

Unas horas después llegaron a una grieta entre las piedras por donde se filtraba el sol. Allí la nieve estaba derretida, con lo que se podía ver el camino de montaña.

—Baja la pendiente. No puedes perderte —le indicó el muchacho a Jesús.

Jesús asintió con la cabeza, le dio las gracias y emprendió el camino solo. El chico se quedó observándolo unos minutos antes de que el sendero descendiera hasta perderse de vista. El forastero no había hablado mucho mientras bajaban por la montaña. El muchacho le preguntó cómo se llamaba, pero la respuesta no tenía sentido: Alfa y Omega no eran nombres propios y, aunque lo fuesen, eran dos, no uno.

Capítulo

15

Luz del mundo

Cuando Jesús se marchó de mi choza, lo único que pude hacer fue observar desde lejos. Existen muchas versiones sobre qué fue de él. Les contaré lo que yo vi.

Dos viajeros a caballo bordearon el Jordán, que se asemejaba a una serpiente sinuosa en medio del desierto. Se dirigían al norte, desde Jerusalén a Tiberíades, la vulgar capital donde vivía Herodes en impotente decadencia. Herodes no era realmente un rey sino un títere real.

—Mira, allí abajo. ¿Qué pasa? —dijo el romano, un soldado veterano de la caballería llamado Linus. Según él, descendía de una familia de senadores, pero de hecho había nacido en las alcantarillas de Ostia, donde el Tíber desemboca en el mar llevándose las aguas residuales del puerto consigo.

El judío, que se había quedado rezagado con el calor del día, se puso a la par.

—¿Dónde? —preguntó.

Linus señaló río arriba, hacia un cruce formado por una depresión entre las formaciones rocosas marrones y veteadas que delimitaban el Jordán, un sitio muy apropiado para vadear el río con el ganado.

Linus, que era delgado y estaba curtido por las batallas, frunció el ceño.

—¿Hay problemas? —preguntó.

En la mano derecha, siempre preparada para luchar, llevaba un guantelete de cuero cosido con tachuelas de hierro. Su mano señaló a un grupo de aldeanos que se habían reunido en el vado pero no estaban cruzando ni llevaban ganado alguno para pastar.

—No son los rebeldes; sería absurdo aquí, a plena luz del día —contestó el judío—. Además, la mitad son mujeres y niños.

El judío, que resultó ser Judas, sonrió en secreto para sus adentros. Linus detestaba el hecho de que algunos despreciables campesinos durmieran en su saucedal. Había otros a lo largo del río, pero éste era su preferido para robarle a Herodes.

Una vez al mes, Linus y Judas tenían que llevar el tesoro a Tiberíades para pagar el tributo mensual a Herodes. La mayoría procedía de gente que les cambiaba el tesoro por dinero en el templo, y Caifás le había ordenado a Judas que lo vigilara. Pero los romanos, siempre desconfiados, insistían en enviar a uno de los suyos acompañando a Judas para asegurar una mayor protección.

Judas había hecho ese viaje muchas veces, y el ritual era siempre el mismo. Cuando divisaba el vado, Linus bostezaba y anunciaba que quería dormir una siesta en el saucedal. Judas accedía y dejaba los ojos cerrados el tiempo suficiente para que el romano robara un puñado de monedas de plata de las alforjas. Caifás lo dejaba pasar desapercibido porque consideraba que era un precio necesario, hasta cierto punto.

—Trata de que comparta contigo su comisión —decía—. Lo añadiremos al envío del mes que viene.

Pero a Judas le importaban poco esas cosas. Había tardado lo mejor de los últimos cinco años en ganarse la confianza de los funcionarios del tesoro del templo. De cierta manera perversa, le enorgullecía haber podido infiltrarse tanto siendo un rebelde fugitivo. Casi todos sus compatriotas de la banda de Simón habían sido asesinados en las redadas como represalia contra los rebeldes. Judas estaba seguro de que los zelotes estaban condenados.

—Vamos —dijo—. Hay ranas en el barro. ¿Ustedes, los romanos, no creen que las ranas vienen del infierno? Tal vez la entrada esté cerca.

—¿Ranas? —preguntó Linus, entrecerrando los ojos—. ¿Por qué te burlas de mí? —Entonces vio a un grupo de aldeanos en el agua—. ¿Por qué se están bañando aquí? —preguntó—. Pensé que ustedes tenían sitios especiales para eso.

—La mikve —balbuceó Judas—. No lo sé. —Judas sabía más de lo que aparentaba. Había oído hablar de esa nueva práctica de bañarse al aire libre, el bautismo, que había empezado en secreto en las cuevas y cisternas de las montañas pero en los últimos tiempos se hacía más abiertamente—. Lo hacen para expiar sus pecados, para purificarse —explicó.

—¿Y por qué no pagan una multa en el templo como todo el mundo? —gruñó Linus, haciendo un ademán desdeñoso—. No me lo expliques. Nadie entiende a los judíos, y mucho menos un judío.

—Es cierto —asintió Judas. Esperó que Linus se calmara para decir—: ¿Por qué no vas tú delante? Mi caballo está agotado. Me quedaré un rato aquí para que beba agua.

Linus estuvo tentado. Podía robar más dinero si se quedaba solo, pero tenía el presentimiento de que podría tratarse de una cuestión política. Eran cada vez más los judíos que trataban de librarse de sus pecados por el agua preparándose para la llegada de un general mítico que lideraría el ataque a Jerusalén. Pero, ¿qué podía hacer un solo soldado (y un judío que no era muy leal que digamos) contra veinte o treinta campesinos, aunque no tuvieran navajas escondidas en las túnicas?

—¿Estás seguro de que vas a estar bien? —preguntó.

—Un judío entre judíos: estaré mejor que si vienes conmigo.

Linus tiró de las riendas para que el caballo hiciera un gran círculo alrededor de los que se estaban bautizando. El que parecía dirigir, metido hasta la cintura en el río, parecía un salvaje vestido con pieles sin curtir y la barba enmarañada. Agarró a un niño pequeño por la nuca y le sumergió la cabeza en el agua. El pequeño salió resoplando y sonriendo.

—Animales mugrientos —murmuró Linus.

Judas estaba a punto de desmontar cuando se dio cuenta de que se dirigía hacia él un hombre que estaba sentado muy cerca, bajo los árboles. Del pelo y la barba todavía le chorreaba agua del Jordán.

¿Cuánto tiempo había pasado? Eso no importaba: Judas hubiera reconocido a Jesús incluso en la oscuridad.

—No te molestes en bajar —dijo Jesús—. Sigue a caballo y yo caminaré a tu lado.

Judas volvió a acomodarse en la montura. Echó una mirada al grupo que había acompañado hasta entonces a Jesús, a la sombra. Se encontraban todos arrodillados haciendo reverencias en dirección a él.

—Veo que las cosas te han salido bien —dijo Judas con tono seco.

—Y tú pudiste huir de tus amigos los asesinos. —Judas asintió con la cabeza. Su caballo negro emprendió la marcha, lentamente, y al avanzar levantó polvo con los cascos. Jesús apoyó su mano sobre el lomo del animal, acompasando el paso al suyo. No había rastro alguno de recriminación en los ojos de Jesús, y a Judas tampoco le importaba: había pasado demasiado tiempo.

—¿Eres tú quien los bautiza?

—No, no soy yo —contestó Jesús—, es mi primo. La gente lo considera santo, y algunos lo llaman "mesías".

Judas esbozó una sonrisita.

—Bonito negocio familiar.

Jesús mantuvo la vista baja, fija en la tierra.

—No nos hemos encontrado por casualidad. Tenía que hablar contigo.

—¿Por qué? Ya no soy una amenaza para ti —dijo Judas bruscamente, sorprendido de la ira que delataba su voz.

—Una vez te ofrecí la salvación, pero tú no la quisiste. —Jesús hablaba con suavidad, como un viejo amigo que retoma una conversación—. Sé por qué me diste la espalda. Dentro de ti se estaba librando una batalla, que aún no se ha definido.

Judas se puso tenso.

—Ni lo intentes. Vuelve con los tontos que creen en ti.

—¿Cómo sabes que no eres uno de ellos? —Aunque Jesús hablaba con tono amable, Judas sintió en el pecho que lo invadía una oleada de hostilidad que procedía de un rincón oscuro y le perforaba el corazón como si fuese una garra—. Esa batalla debe terminar, Judas. Ya no queda tiempo. Te está acosando la muerte. Acéptame, y yo te salvaré. Pero tiene que ser ahora —instó Jesús.

Judas se quedó mudo. El dolor que sentía en el pecho se volvía más intenso: podía tratarse de un hechizo de Jesús para asustarlo y así convencerlo de que se rindiera. O de Linus. Quizás Linus le hubiese puesto una tintura venenosa para no tener que seguir compartiendo su botín. Judas se puso pálido y se desplomó en la montura, sin poder moverse.

Cuando reaccionó, se dio cuenta de que Jesús le había puesto la mano en el pecho. La garra empezó a ceder y el dolor se fue aliviando de a poco.

—No me crees —dijo Jesús—. Mira detrás de nosotros.

Pero cuando se dio la vuelta, lo único que Judas pudo ver fue una polvareda arremolinada a unos cuantos metros de distancia. Era algo que se veía con frecuencia en el desierto, una pequeña columna llena de ramas y hojas, pero inofensiva.

—No es nada —dijo Judas. Sabía que Jesús tenía poderes, y levantar viento bien podía ser uno.

—No comprendes. Es ahora cuando se vuelve peligroso —advirtió Jesús, con los ojos clavados en el remolino. El viento cobró fuerza de pronto y la columna se elevó y empezó a avanzar hacia ellos. En cuestión de segundos, el viento se convirtió vendaval y el caballo de Judas se puso nervioso. Al animal le ardían los ojos y los ollares por la arena que arrastraba la tormenta. Jesús tuvo que gritar para que Judas lo oyera—. ¡Escúchame, Judas! Yo te amo, y tú debes aceptarme.

La urgencia de esas palabras sorprendió a Judas, pero un antiguo desprecio se adueñó de su voz.

—¿Todavía con esos misterios? No es más que viento, ya pasará. —En ese momento, oyeron otro ruido: un alarido horroroso que procedía del interior del torbellino. Presa del pánico, el caballo tiró a Judas al suelo. Judas cayó y quedó cegado por la arena—. ¡Maldito seas! —gritó. Dio un manotazo desesperado tratando de recuperar las riendas del caballo pero no encontró más que aire. El animal ya había desaparecido, sumido en la tormenta opaca, como un caballo místico que se evapora con el hechizo de un mago.

Para entonces, la columna de arena ya medía unos diez metros de altura. Jesús ayudó a Judas a ponerse de pie.

—Satanás no tiene derecho a llevarte —le gritó al oído—. Entrega tu alma a Dios, acéptame.

Incluso ante la amenaza de la muerte, Judas continuaba desafiante. Abrió la boca para decir "no" cuando, de pronto, Jesús se irguió con los brazos extendidos a ambos lados. Las manos empezaron a brillarle, primero en un pequeño punto del centro de la palma. Era como una vela que brillaba desde el interior de una lámpara de aceite. De repente, la marca se puso blanca y, en cuestión de segundos, salió de ella un rayo de luz.

—Yo soy el Elegido. Dios no se ha olvidado de ti. Ven —dijo Jesús con suavidad.

Judas cayó de bruces al suelo. Había oído las palabras con toda nitidez, a pesar del viento huracanado y el silbido extraño de la polvareda.

—Acepto —gimió, y se desmayó.

Jesús no trató de hacerle volver en sí. La columna de arena había ganado la fuerza y volumen como para levantar a un caballo en el aire. Jesús dio media vuelta, caminó directamente hacia el remolino sin balancearse siquiera y se metió dentro. En el centro había una calma inquietante. Jesús miró a su alrededor. Levantó las manos con tranquilidad. La luz que emitían tembló y se hizo más tenue.

—¡Apágalas! —gritó—. Te reto a que las apagues. —La luz dejó de titilar y volvió a brillar con fuerza. El remolino endemoniado rugió, y aparecieron dos ojos rojos en el caos que giraba sin parar. Alrededor de ellos se formó una silueta vaga que podría haber sido casi humana, tal como había sucedido en el primer encuentro de Jesús con el Adversario—. Vamos, atrévete —repitió Jesús—. ¿Acaso no estás aquí para eso, para extinguir la luz del mundo?

Pero Satanás no podía hacer eso, ni tampoco derribar a Jesús. De la silueta oscura salió una voz socarrona.

—Me inclino ante ti, maestro. Sólo quiero complacerte.

—¿Cómo puede complacerme un demonio? —preguntó Jesús.

"Mira por encima de tu hombro."

Jesús lo hizo. La densa nube de arena se había transformado. Era como si Jesús estuviera suspendido en el aire, montado en un águila, y toda Palestina se extendiera debajo de él. Vio el mar de Galilea que centelleaba como un zafiro azul al sol, rodeado por colinas y campos verdes.

"Es tuyo."

Jesús sacudió la cabeza.

—¿De qué me sirve la inmundicia? No veo nada real. —Sintió una oleada de confusión que procedía de la figura borrosa, cubierta de polvo—. ¿Todavía crees que eres real? —preguntó. Levantó la palma de las manos y la luz se volvió más intensa—. ¿Qué más me puedes ofrecer?

—Puedo mostrarte cómo hacer pan con las piedras. Nadie volverá a morirse de hambre. Podrás alimentar a las multitudes.

—¿De qué sirve la vida cuando les robas el alma a las personas? —preguntó Jesús.

De pronto, el paisaje cambió. Jesús se encontró en la torrecilla más alta del templo de Jerusalén. La vista a la plaza daba vértigo. Los peregrinos y devotos deambulaban por allí como manchitas; ninguno miraba hacia arriba.

"Te tiraré de esta altura y morirás. ¿Te parece lo suficientemente real? ¿O esperas que Dios te salve?"

—Mi Padre no desperdiciaría su tiempo. Si me tiraras ante un cuadro de una manada de leones, ¿necesitaría que alguien me salvara?

Jesús volvió a levantar las manos, y la luz salió disparada con tanta fuerza que empujó a Satanás hacia atrás. La calma inquietante del ojo de la tormenta se desvaneció hasta convertirse en un ruido ensordecedor.

—¡Renuncia a tu orgullo y a tu arrogancia —gritó Jesús— o la luz de Dios te destruirá!

La columna de arena se retorcía con furia, como una serpiente que ha quedado atrapada por el cogote. Jesús cerró los ojos y empezó a imaginar el mundo. Primero, evocó la aldea de Nazaret y, a medida que iba divisando cada casa, las llenaba una por una con la luz blanca de sus manos.

—Que esta luz ahuyente todo lo irreal —oró—. Que se disuelvan las ilusiones de Satanás.

Las paredes de barro y los patios de tierra de Nazaret empezaron a brillar desde el interior. Jesús pasó a las colinas que la circundaban y, a medida que veía los pinos y olivares, los iba llenando de luz hasta que brillaban.

"¿Qué estás haciendo?"

Jesús no respondió. En su mente, el proceso iba acelerándose y ampliándose en círculos más grandes. Vio toda la región de Galilea y la llenó de luz. Se estaba anulando la vieja apuesta por el alma de Job. Y no era por algo que Jesús hubiese dicho o hecho; ni por algún milagro para deslumbrar a los incrédulos. Él ya estaba más allá de todo eso. El secreto fundamental residía en sus manos.

Cuando un ser humano no es más que luz pura, la irrealidad se hace añicos. Jesús estaba propagando la luz a todas partes, mirando todo lo que había en el mundo y reemplazando las ilusiones con Dios. Llevaba tiempo, pero él quería ser minucioso. Cuando terminó, el Adversario suplicaba piedad: la luz lo había acorralado en el último rinconcito de la creación.

El trabajo estaba terminado. Jesús había tardado cuarenta días y cuarenta noches. Se puso de pie. El poder del Adversario había disminuido enormemente, pero el demonio no se había rendido.

"Es sólo temporal. Los hombres volverán a recordarme."

Jesús sacudió la cabeza.

—Te recordarán las cáscaras de los hombres, pero sus almas están a salvo para toda la eternidad. La apuesta está ganada. —Jesús se arrodilló junto a lo poco que quedaba de Satanás—. ¿No te preguntas por qué no te he matado? —Con una sonrisa, dijo—: Te estoy salvando para el día en que me ames. Ya llegará.

El demonio de polvo se desvaneció con un último bufido. Cuando Jesús se dio la vuelta, vio el cuerpo inmóvil de Judas tendido en el suelo, justo donde había caído. A pesar de todo lo que había pasado, Jesús había vuelto al mismo lugar. Durante cuarenta días, Dios había mantenido a Judas con vida y, con un ligero roce de Jesús, se incorporó de un salto. No tenía ni idea de que había pasado más de un minuto.

—Te he protegido —dijo Jesús—, ahora puedes seguirme.

Judas pestañeó, desconcertado.

—¿Quién eres tú? —preguntó, aturdido.

—Soy Jesús, tu señor.

Judas se puso de pie tambaleando.

—Aléjate. No conozco a ningún Jesús y nadie me puede esclavizar.

Si no hubiese estado tan apabullado, Judas le habría dado un golpe. Tenía el puño cerrado ya y los ojos le brillaban, amenazadores.

Y entonces Jesús comprendió. Satanás no podía hacerle daño, pero sí podía nublar la vista de todo el mundo y borrarles los recuerdos. Un último truco del ilusionista. Jesús levantó las manos para correr el velo que cubría la mente de Judas. Tambaleante como estaba, Judas alzó los puños para protegerse de un posible ataque.

Jesús dudó.

—Está bien —dijo con tranquilidad—. Si me sigues, tiene que ser porque me amas por tu propia voluntad.

—¿Amarte? Habrás perdido la razón, forastero.

Jesús bajó las manos.

—Vete en paz —dijo—. Eso es todo lo que puedo hacer por poner fin a tu guerra.

De pronto, Judas se sintió débil y perdido. Detrás de él, oyó el ruido de cascos al galope. En un recodo del camino apareció Linus al trote, con el caballo de Judas atado a una cuerda.

—Enséñale a cabalgar a un judío —dijo el romano con sorna—. Si este caballo se hubiese escapado, el sargento de caballería te lo habría hecho pagar con tu propio pellejo.

Judas asintió con la cabeza. Seguramente se había desmayado cuando el caballo lo tiró de la montura. ¿Y el forastero que había perdido la razón? Judas se dio la vuelta, pero detrás de él el camino estaba vacío y el silencio del bosque flotaba en el aire cálido, inmóvil.

JACOBO EL TEJEDOR era uno de los mejores de Magdala, pero cuando un viejo se casa con una muchacha joven, la dignidad se va volando por la ventana. Jacobo sabía que la gente se reía de él a sus espaldas, pero a él no le importaba. En el otoño de su vida, Dios le había traído consuelo.

—María —dijo Jacobo. No tenía que gritar mucho para que su voz se oyera por sobre el tableteo de la lanzadera cuando corría por el telar. Apareció su esposa, sacudiéndose harina del pelo. Tenía las mejillas manchadas de blanco; era día de hornear—. ¿Puedo molestarte, querida mía? Más añil; me queda poco.

María asintió con la cabeza.

—Iré corriendo a casa del tintorero. —Se limpió las manos con un trapo y fue en busca de su manto.

Desde que había regresado a su pueblo natal, la gente casi no la reconocía. Se quedaba callada de pronto, incluso en medio del mercado público. Se cubría la cara más de lo necesario para una mujer casada y si un joven la miraba de cierta manera, ella lo fulminaba con la mirada.

Por lo general, tenía una excusa para ir sola a casa del tintorero en busca de hilo, porque Elías era apuesto y soltero. Jacobo sabía cuál era el problema: su joven esposa era más sensible que él a los chismes.

—Es lógico —le decía él, agarrándole las manos para darle seguridad—. Un corderito es más tierno que un carnero viejo. —Los dedos de Jacobo estaban encallecidos por los años empleados en hacer correr la lanzadera, y María se estremecía cuando él la tocaba. Pero eso también era lógico, pensaba Jacobo: la piel de María era demasiado suave para la de él, que parecía una lija.

María salió con rapidez y tomó un atajo. La casa del tintorero estaba a apenas dos calles de distancia, pero la gente miraba por la ventana y, como ella tenía que buscar hilo dos veces por semana, los ojos burlones la quemaban cuando pasaba. Había un camino trasero por entre los corrales que tenían los aldeanos detrás de las casas.

Cuando llegó a la puerta trasera de Elías, le tembló la mano sobre el pestillo. En parte, se detuvo para inhalar el rico perfume de las tinturas, en especial el aroma mantecoso del azafrán, del que el tintorero extraía un color parecido al hilo de oro. Pero había otro motivo, y ese motivo la hacía temblar.

Elías sintió la presencia de María en la habitación de teñido antes de verla a ella. María se acercó por atrás, muy sigilosamente. El aire estaba turbio por las cubas de hierbas y flores silvestres en ebullición. Un tintorero de pueblo no podía costear tintes minerales como el lapislázuli y el cobalto: su azul venía del añil, y en ese momento Elías levantaba una masa de hilo recién teñido de la cuba. Mientras lo llevaba al tendedero, se le chorreó el torso, desnudo hasta la cintura, de vetas azul violáceo.

Entonces la vio.

—Tú. Un minuto.

Ese siempre era el momento más humillante para María, pero no por mojigatería. Había estado con suficientes hombres como para que se le borrase todo rastro de puritanismo. Pero Elías la hacía esperar antes de abrazarla. No bastaba con que estuviera engañando a su esposo: tenían que recordarle, una y otra vez, que el más atractivo era el tintorero, no ella.

María dio media vuelta y entró sola en el dormitorio. Se sacó la túnica y se acomodó en la cama baja. Tenía un colchón muy bueno, ya que el tintorero sabía elegir la lana. Era lo suficientemente sensual como para llenar el colchón con la lana más fina de cordero. En momentos de placer, cuando estaba tan excitada que se olvidaba de la vergüenza, María adoraba la sensación suave que le producía en la espalda y los hombros.

Elías estaba de pie en la puerta limpiándose el pecho para sacarse la mancha. María le preguntó por qué sonreía.

—Suele ser el hombre el que tiene miedo de que le quede colorete o perfume. Pero en nuestro caso, eres tú. ¿Cómo explicarías los labios azules a tu esposo?

Como muchos jóvenes apuestos, Elías sabía lo que valía, pero no era egoísta. Mostraba una necesidad real por María y se tomaba su tiempo para amarla. Le besaba los pechos y, si tenía tiempo, incluso sacaba una vieja copia del Cantar de los Cantares y le leía poesía. Para María, algunos de aquellos gestos tiernos significaban mucho cuando él se los ofrecía; pero ninguno importaba después.

Dio la casualidad de que Elías se había olvidado de limpiarse unas gotas de tinte de la barba y María se levantó con añil en el cuello, del lado donde él había apoyado la cabeza durante la práctica amorosa. Él se dio cuenta y le limpió la mancha con los dedos húmedos.

—Mírame —dijo, tratando de asegurarse de que se hubiera ido por completo el azul.

—No quiero.

—¿Por qué no? —María no contestó y se escapó de sus brazos para vestirse, Elías lanzó una risita suave—. Qué chica extraña. No tenías que casarte con él para empezar. Vivir con una manzana silvestre no te saca el gusto por las cerezas a punto.

De pronto, se oyó un golpe fuerte en la puerta delantera. Elías corrió las cortinas. Su semblante se ensombreció.

—¿Quién es? —preguntó María, que de inmediato se puso tan nerviosa como él.

—Cuatro hombres. Corre atrás, yo me aseguraré de que salgas sin que te vean.

Los hombres que estaban en la entrada habían visto que se abrían las cortinas, así que golpearon con más insistencia. Elías no se detuvo para ponerse la ropa: agarró a María de la mano, la arrastró hasta la parte de atrás de la casa y abrió la puerta de un manotazo. Pero los vigilantes del pueblo no actuaban de improviso: tenían todo planificado de antemano y había otros cuatro, con el ceño fruncido y armados con palos, en el patio trasero, junto al corral de las ovejas.

Sin decir palabra, agarraron a María y se la llevaron a rastras de la casa.

—¡No! —gritó Elías.

Los hombres ni siquiera se preocuparon por el amante desnudo. Se llevaron a María mientras Elías se quedaba mirando. Transcurrido un instante, él cerró la puerta y volvió al interior.

No había un muro específico para lapidar a los delincuentes, como habría habido en Jerusalén. Sin embargo, los ocho hombres tenían en mente un lugar: un lateral de un molino abandonado. Fue todo un espectáculo obligar a María a avanzar por la calle. Ella no lloraba ni bajaba la cabeza, ni siquiera cuando los aldeanos se unieron a la procesión y empezaron a silbarle y maldecirla. Alguien corrió a buscar a Jacobo, el esposo agraviado, pero la muchedumbre se impacientó cuando vio que él no venía.

Todos los hombres habían agarrado una piedra y la habrían atacado sin pensarlo dos veces. María no podía mirarlos; se hundió en el suelo, entumecida y temblorosa.

—¿Qué están haciendo, hermanos?

Todos giraron la cabeza y María no pudo evitar levantar la vista. Vio a Jesús, pero no mostró señal alguna de reconocerlo.

—Estamos haciendo justicia —le dijo un anciano al forastero.

—¿Por qué?

—La han encontrado cometiendo adulterio. Todavía tenía las huellas del pecado frescas sobre su piel. —El anciano miró a Jesús con recelo: habría sido incómodo que resultase ser un espía romano.

—El rabino nos ha dado permiso —gritó alguien entre la muchedumbre, cosa que era mentira, con la esperanza de que el forastero reflexionara.

—Pero el rabino no está aquí —señaló Jesús, que tenía la mirada fija en los hombres y no miraba a María—. ¿Por qué motivo? —Como nadie respondía, continuó—: ¿Será porque matar también es pecado? Estoy entre judíos, ¿cierto?

—Vete. Nosotros tenemos razón —gritó otro.

—Si tienen razón, permítanme que les entregue una piedra más grande. —Jesús se agachó y cogió una piedra con bordes irregulares dos veces más grande que su mano—. El que esté libre de pecado, que tire la primera piedra. No tiene nada que temer del Padre, porque nuestro Dios sólo castiga a los culpables. —Sostuvo la piedra en alto—. ¿Y bien?

Nerviosos, los hombres se miraron unos a otros. Jesús dejó caer la piedra, que resonó contra el montón reunido para la ejecución.

—Voy a hacer un trato con ustedes —dijo Jesús. Se dirigió hacia María, se agachó y le dio la mano para que se pusiera de pie—. Esta mujer no volverá a cometer pecado. Si alguno de ustedes ve la más mínima mancha en ella a partir de hoy, vendré yo mismo y me encargaré de imponer el castigo.

La vergüenza había reemplazado en gran parte la ira de la multitud, pero ahora se oían murmullos.

—No puedes prometer semejante cosa —declaró el anciano.

—Lo prometo no sólo por ella, sino por todos ustedes. ¿Acaso no está escrito que alguien vendrá para llevarse los pecados de todos ustedes? Quizá sea hora de creerlo.

La muchedumbre empezó a susurrar.

—¿Cómo puedes decir que eres el mesías? —preguntó el anciano con desconfianza.

—¿Qué esperaban? ¿Un gigante que bajase en una carroza de fuego? —contestó Jesús—. En otro tiempo, yo también esperaba algo semejante. —María lo miraba fijamente con el mismo desconcierto que Judas. Trató de soltarse, pero Jesús le habló en secreto al oído—: Tú quisiste poseerme con tu amor, ¿no te acuerdas? —Ella empezó a temblar.

—¿Qué eres tú de esta prostituta? —quiso saber el anciano—. Ella tiene esposo, y lo ha injuriado enormemente.

—Soy su esposo del alma y a mí jamás me ha injuriado —dijo Jesús. Mientras atravesaba la muchedumbre con María de la mano, Jesús miraba a ambos lados—. Traigo buenas nuevas de Dios, suficientes como para llenar el mundo. Pero primero tengo que llevar a esta mujer a que se purifique.

María se encontraba aturdida; sólo era consciente de que no los seguían. Unos minutos después, pasó ante la casa de Jacobo el tejedor, que tenía las puertas y los postigos cerrados. Jesús vio que ella la miraba y le dijo:

—Deja esta vida atrás. El Señor ha preparado el camino antes que yo. —Eso no bastó para tranquilizarla. Pronto se encontraron lejos del pueblo. Al borde del camino corría un arroyo; María podría lavarse y quitarse el polvo y las lágrimas de la cara—. Y esa última mancha azul —dijo Jesús con una sonrisa.

María se sonrojó de vergüenza, pero cuando se arrodilló junto al agua y se mojó la cara, se quitó mucho más que el polvo y las lágrimas. Alrededor de su reflejo brilló un resplandor como el sol del mediodía mientras Jesús sostenía una mano sobre ella. Con un grito ahogado, María se dio vuelta rápidamente. Durante una milésima de segundo, se formó un halo sobre Jesús, pero el resplandor desapareció enseguida.

Atemorizada, María apenas pudo susurrar:

—¿Quién eres?

—Aquel al que el mundo espera. Pero he venido a ti primero.

—¿Por qué?

—Porque sé qué te purificará y te liberará de pecado para siempre.

Lo lógico hubiera sido que María derramara más lágrimas, de alivio y gratitud o, por lo menos, como consecuencia del susto. Pero María no lloró. Llena de asombro y paz, preguntó:

—¿Qué me has hecho?

—Hoy te he dado nueva vida —replicó él con suavidad.

María lo vería repetir la misma bendición una y otra vez, desde ese momento hasta que llegara el final. Un final terrible, pero ella no podía preverlo. Muchas veces le tocó a ella ayudar a ponerse de pie a las personas aturdidas a quienes Jesús les imponía su mano.

—¿Qué ha pasado? —balbuceaban aquellos que encontraban las palabras. La mayoría no podía.

—Él ha matado a la persona que eras para que pueda nacer quien eres de verdad.

Era una buena respuesta, aunque los discípulos que dedicaban horas a memorizar lo que decía Jesús la pasaran por alto. Pero rara vez importaban las palabras. Jesús había abierto una ventana a la eternidad, y María miró por esa ventana durante el resto de su vida.

Las noticias de la ejecución tardaron días en llegar a Nazaret, así que la aldea durmió pacíficamente un tiempo más. La semana de Pascua trajo consigo un banquete que duró media noche. Para sorpresa de todos, Isaac el ciego se levantó de su lecho de enfermo para estar presente. Su hija menor, Abra, lo llevó de la mano. Aunque Isaac no podía ver los decorados —sedas satinadas, tapices y estandartes preciosos guardados en arcones de cedro todo el año o mesas que crujían bajo las torres de dulces—, tenía un recuerdo vívido de años anteriores.

—¿Todo esto por el ángel de la muerte? —preguntó.

Abra estaba avergonzada.

—Dios salvó a los judíos del ángel de la muerte y nos sacó de Egipto. Ya lo sabes —dijo ella, mirando a los otros invitados como para excusarse—. Espero que sepan disculparle, es muy anciano.

—Y estoy enfermo, no te olvides —agregó Isaac alegremente—. Anciano y enfermo.

Abra bebió copiosamente en el banquete y se quedó dormida en una silla antes del amanecer. Las otras hijas de Isaac ya estaban durmiendo, en casa. Isaac le dio las gracias a Dios por proporcionarle el momento adecuado para escapar. Con su bastón, salió sigilosamente y caminó dando golpecitos hasta que llegó a las afueras del pueblo, donde empezaban los perfumados bosques de pinos.

El anciano se sintió menos seguro allí, al dejar atrás la última casa de la aldea. ¿Qué camino quería el Señor que tomara? Una ligera brisa le acarició la mejilla derecha, señal de que tenía que doblar a la izquierda. Isaac volvió a dar gracias a Dios. Giró, tropezó con unas piedras y casi se cayó en dos ocasiones; luego se detuvo y esperó con paciencia otra señal divina. No oyó ninguna, y después, con la agudeza de los ciegos, percibió que había alguien cerca.

—¿Jesús? —balbuceó. Su última enfermedad lo había dejado tan débil y demacrado que su estado era preocupante. No tenía fuerzas para seguir.

—Aquí estoy —dijo Jesús.

—Anoche soñé contigo —comentó Isaac, tanteando delante de él para ver dónde se encontraba Jesús.

—Mejor no me toques —pidió Jesús—. Todavía no.

—Ah. —Isaac comprendió. En su sueño aparecía todo claramente. La corona, la sangre que se deslizaba por la frente de Jesús. El peso aplastante sobre sus hombros y la multitud que lo abucheaba y se burlaba de él. Cuando se despertó esa mañana, Isaac estaba temblando. Apenas pudo contenerse y no delatarse echándose a llorar delante de Abra.

Pero Jesús no parecía triste, así que Isaac tampoco quería estarlo.

—Te dije que tenías el don. Tal vez más que yo. Dejaremos que Dios lo decida —afirmó.

Isaac sintió una bocanada de aire tibio en la mejilla, que le trajo una sensación dulcísima, una mezcla de inocencia infantil con dicha maternal: no se podía describir una sin la otra.

Entonces el anciano no pudo contener las lágrimas, y las dejó fluir sin vergüenza alguna.

—¿Moriré yo también hoy?

—No creo que eso sea posible, a menos que yo haya muerto. Yo no he muerto —dijo Jesús—. Nadie volverá a morirse jamás.

Isaac respiró hondo.

—Eso es bueno.

Empezaron a pesarle las extremidades y se cayó al suelo. Las piedras parecían tan suaves como una pluma. Tenía los ojos llenos de una nueva sensación. ¿Era eso lo que llamaban luz? La única luz que había conocido él estaba en los sueños. Esta luz era mucho más vibrante: se estremecía de vida. Isaac estaba deslumbrado con la luz del día. Levantó la vista y se encontró con Jesús, de pie frente a él con una túnica blanca y una expresión llena de compasión. No podía hablar.

—Dios te ha abierto los ojos para que veas un misterio —explicó Jesús—. He caminado por la tierra como el hijo del hombre, y él está sufriendo en este preciso instante. Los discípulos lloran al pie de la cruz. Los romanos lo abuchean y torturan.

—Lo he visto —dijo Isaac—. Ha sido horrible.

Jesús negó con la cabeza.

—No fue más que un sueño para mí. No vengo a ti como el hijo del hombre, sino como el Hijo de Dios. Así que regocíjate.

Isaac quería con todas sus fuerzas creer en las palabras de Jesús.

—Creerás antes que el resto. ¿No has dicho siempre que Dios está en todo? —preguntó Jesús.

—Cierto. Incluso aunque fueras un demonio perverso al que han enviado para tentarme, tienes que ser Dios.

—Soy el mesías, Jacobo. La larga espera del mundo ha terminado. Y la tuya también.

De pronto, la diferencia entre la luz del día y la figura de Jesús se difuminó. Su resplandor era gozoso e insoportable al mismo tiempo.

Entonces Isaac sintió que Jesús lo levantaba en sus brazos como a un niño. El viejo estaba ciego de nuevo.

—¿Vendrás conmigo? —preguntó Jesús—. Quiero que nos encontremos con nuestro Padre.

Isaac se sintió más cansado que nunca. No podía reunir las fuerzas para decir que sí. Pero seguramente lo hiciera, porque el aliento cálido de Jesús le cubrió la cara como una bendición y entonces... silencio.

Cuando Abra se despertó de su sueño ebrio, sintió una punzada de culpa, seguida de la esperanza desesperada de que sus hermanas se hubiesen llevado al padre a casa. Pero el grupo de búsqueda que encontró el cuerpo de Isaac en el bosque ya volvía a Nazaret con el cadáver envuelto en una mortaja. Cuando salía, Abra oyó que las mujeres lloraban a gritos.

Se le llenaron los ojos de lágrimas y empezó a orar por el difunto, pero no lloró. Isaac estaba viejo y enfermo; Dios había tenido piedad de él. Abra alcanzó la procesión y tocó la mortaja. Su blancura le trajo paz. La ciudad de Dios tenía que ser así de blanca.

Empezó a llenársele de dolor el corazón, pero no por eso cedió la paz. Después de todo, el mesías no tardaría en llegar. Eso decían todos en Nazaret, y Abra era de las que creían.

Epílogo

Como sabrán, los aldeanos son muy supersticiosos con respecto a mí. Ellos piensan que soy una especie de mago negro y yo los considero una verdadera molestia, por lo que guardamos las distancias. Con el tiempo, la mayoría se olvidó de mí. Me convertí en una especie de árbol retorcido que sobrevive en una cima azotada por el viento, otro pino chueco que se mantiene en pie por pura rebeldía.

Así que al muchacho del templo ——que ya ha alcanzado la edad suficiente para el sacerdocio— le asombró que yo desapareciera. Una mañana de primavera, subió como pudo hasta la choza con un montón de leña y se encontró con la puerta abierta de par en par. Seguramente llevaba abierta bastante tiempo, a juzgar por cómo había desordenado el viento mis escasas pertenencias y puesto mi silla patas arriba.

Nadie volvió a verme.

Más abajo, en el lugar donde la gente de las montañas nunca se anima a ir, las caravanas se hicieron más numerosas cuando pasaron las tormentas de invierno. Yo había bajado caminando y me había puesto al lado del camino, a observar. Un día, paró un carro y se bajó de él un viajero. El hombre caminó unos cuantos pasos y se arrodilló. En las manos llevaba una crucecita de madera.

Esperé unos minutos antes de decir:

—Yo lo conocí.

El viajante volvió la cabeza para mirarme.

—¿Cómo? Soy el primer discípulo que viene por aquí.

Me encogí de hombros.

—Aun así.

Hice un gesto para se acercara a mí: estaba preparando té en el brasero. El viajero aceptó, por algo más que cortesía, y empezó a hablar. Había sido discípulo de Jesús casi desde el principio. De su boca salían palabras entusiastas sobre el mesías, sobre las conversiones milagrosas que se extendían como reguero de pólvora. Muchos habían visto al Cristo resucitado, dijo. La emoción de su relato entusiasmaba tanto al viajero, llamado Tomás, que se olvidó de tomar el té.

Cuando se lo señalé, Tomás sonrió casi para sus adentros.

—No sólo de té vive el hombre.

Le pregunté por Judas. Tomás se asombró de que yo, que parecía más consumido que un mono viejo, conociera el nombre de Judas. Sacudió la cabeza.

—Un traidor y un demonio que merecía terminar en la horca. —Cosa que Judas se había encargado de hacer, él mismo, después de darle la espalda a Caifás en su propia cara—. Se ahorcó en un árbol que estaba en plena floración —contó Tomás—, y de la noche a la mañana las flores blancas se tiñeron de un rojo sangre.

Asentí con la cabeza.

—Así que Judas será maldito y tú bendito. Bien. —Hace falta vicio para que la virtud sea agradable. Tomás me miró con desconfianza.

—Es verdad —insistió—. Puse la mano en las heridas de Jesús cuando se levantó de entre los muertos, y eso también es verdad.

Empecé a apagar el fuego del brasero, que soltó un humo sucio y con olor a estiércol.

—La verdad es tan misteriosa como Dios.

En aquel momento, el conductor del carro le gritó a Tomás; se habían quedado muy rezagados de la caravana. Tomás se puso de pie con reticencia: quería probar de nuevo conmigo.

—¿Seguirías a mi señor si yo demostrara que se levantó de entre los muertos?

—No —contesté yo—. Lo sigo porque tengo que hacerlo.

Tomás se quedó perplejo, pero esperó junto al carro mientras yo recogía mi brasero y mi morral. Podría haber viajado en el carro con él, pero yo insistí en caminar detrás. Atravesé tormentas despiadadas, sufrí los insultos y pedradas de los niños que seguían a Tomás cada vez que se iba de una aldea, bebí agua sucia de un trapo empapado en barro cuando encontramos un pozo que al final estaba seco.

¿Adónde íbamos? No pregunté ni me importaba. Le debía eso a Jesús. Yo lo había desafiado a que cambiara el mundo y él lo había hecho. La luz nos precedía adonde fuésemos. Yo me quedaba dormido mirando las estrellas, que parecían agujeritos diminutos hacia otro mundo. A veces iba hasta la línea brillante trazada entre este mundo y aquél. Allí me encontraba con Jesús. No hablábamos nunca, sino que nos bañábamos en el resplandor que vence todas las ilusiones.

No le comentaba a Tomás esos viajes. Él me hubiera creído, aunque jamás hubiera creído que Jesús siempre venía con Judas.

—Eres un alma grande —le decía yo a Judas—. Estuviste dispuesto a hacer de villano en la Tierra. Has de amar muchísimo a Jesús.

Judas era humilde para los elogios y se limitaba a decir:

—La Tierra es hija de Dios. ¿Cómo no iba a ayudar a un niño? —Entre nosotros, estaba claro que sin Judas no podría haber existido esa cosa nueva llamada cristianismo.

Por supuesto, hace mucho que dejó de ser algo nuevo. A veces, al árbol donde se ahorca alguien se le llama "árbol de Judas"; Tomás es Tomás el bendito. Todo eso era necesario. ¿Para qué? Para el momento en la vida de toda alma cuando se cae el velo y, debajo de todo espectáculo de riqueza y pobreza, salud y enfermedad, vida y muerte, la creación canta una sola palabra: "hosanna".

Jesús y el camino a la iluminación

El relato ha terminado y, hacia el final, Jesús ya ha alcanzado la iluminación: ve a Dios como una luz pura que anima cada rincón de la creación. Así como el Jesús del Nuevo Testamento llama a sus discípulos, incluso a Judas, "la luz del mundo", el Jesús de esta novela ve a Dios hasta en el hombre que ha de traicionarlo. Nada puede quedar excluido de Dios, ni siquiera el mal, en la forma de Satanás.

¿Así se sentía Jesús realmente? ¿Así se convirtió en el mesías? Muchos lectores dirán que no, y con razón. Para ellos, cristianos creyentes (o no), Jesús es estático: no tuvo problemas ni evolucionó. Nació divino en un establo de Belén y siguió siendo así durante el resto de su vida.

El Jesús estático se aparta de la experiencia humana y, si eso lo hace único —el único Hijo de Dios—, también crea una brecha. Esa brecha ha sido imposible de zanjar durante dos mil años. Millones de personas han adorado a Cristo sin haber experimentado transformación alguna. A excepción de un puñado de santos, el cristianismo no ha convertido a los creyentes en la "luz del mundo", aunque claramente Jesús pretendía que eso ocurriera, de la misma forma que pretendía que el Reino de Dios descendiera a la tierra durante sus años de vida. Al igual que Buda y todos los demás iluminados, Jesús quería que sus seguidores también llegaran a la iluminación.

El único modo de seguir las enseñanzas de Cristo es alcanzar su propio estado de conciencia. En mi opinión, alcanzar la conciencia de Cristo significa recorrer el mismo camino que él transitó hacia la iluminación. Por ese motivo, el Jesús de esta novela se enfrenta con dudas y contradicciones cotidianas. Se pregunta por qué Dios deja que el mal gane continuamente; no se siente apto para cambiar a otras personas; se debate entre el amor por los hombres y las mujeres y el amor divino. Dicho de otra manera, Jesús se propone resolver los misterios más profundos de la vida: ése es el principal motivo por el cual no es estático, como suele parecer en la versión bíblica.

¿Una enseñanza imposible?

Entiendo perfectamente que los cristianos confirmados se toman las enseñanzas de la iglesia con seriedad y que les moleste el hecho de que otros cuestionen la imagen que ellos tienen de Jesús. Sin embargo, el Jesús del Nuevo Testamento ya plantea enormes contradicciones. Trata de ponerte en el lugar de una persona del siglo I —no necesariamente judía— que jamás ha oído hablar de Jesús hasta que un día pasa junto a una gran multitud que se ha congregado al pie de una montaña para escuchar a un predicador itinerante. Por pura curiosidad, te quedas a escuchar también.

Bienaventurados los pobres de espíritu, porque de ellos es el reino de los cielos.

Bienaventurados los afligidos, porque ellos serán consolados.

Bienaventurados los mansos, porque ellos poseerán la tierra.

MATEO 5, 3-5

Detengámonos aquí. Por mucho que tratemos, es casi imposible escuchar el Sermón de la Montaña con inocencia. Cada palabra ha sido absorbida por completo en la cultura de Occidente, se ha mantenido durante demasiado tiempo como una promesa y un ideal.

Bienaventurados los limpios de corazón, porque ellos verán a Dios.

Bienaventurados los pacíficos, porque ellos serán llamados hijos de Dios.

Bienaventurados los perseguidos por causa de la justicia, porque suyo es el reino de los cielos.

MATEO 5, 8-10

Por muy hermosas que sean estas palabras, pensemos en lo fácil que resulta olvidarlas. Los pobres de espíritu no parecen muy bienaventurados que digamos; más que nada, son ignorados, si no malditos. Los millones de afligidos no encuentran consuelo. La Tierra parece de los más ricos y carentes de escrúpulos.

Hay algo perturbador en un evangelio que nunca se cumplió o, si eso suena demasiado duro, un evangelio que exige más de la naturaleza humana de lo que estamos dispuestos a dar. El Sermón de la Montaña sigue dando muchas otras enseñanzas impracticables, por ejemplo: "Ustedes han oído que se dijo: 'Ojo por ojo, diente por diente'. Pero yo les digo: no hagas frente al malvado" (Mateo 5, 38-39).

¿Es, aunque sea remotamente, posible obedecer ese mandamiento? ¿Qué hay de la necesidad de combatir el mal en nombre del bien? Todo, desde el control criminal en las "guerras buenas", se basa en la premisa de que hay que oponer resistencia al mal. A continuación de esa cita del sermón viene la famosa frase de Jesús según la cual hay que poner la otra mejilla, lo que lleva a improbabilidades incluso mayores: "Al contrario, si alguno te abofetea en la mejilla derecha, vuélvele también la otra; y al que quiera litigar contigo y quitarte la túnica, déjale también el manto; y si alguno te fuerza a caminar una milla, ve con él dos. Da a quien te pida, y no vuelvas la espalda al que desee pedirte prestado" (Mateo 5, 39-42).

Como consejo para la existencia material, el sermón es en extremo desconcertante. Jesús les dice a quienes lo escuchan que no planifiquen para el futuro ni ahorren dinero: "No acumulen riquezas en este mundo, donde la polilla y la herrumbre las destruyen, y donde los ladrones penetran y las roban; acumulen tesoros en el cielo" (Mateo 6, 19-20). Literalmente, Cristo incluso pide a sus seguidores que no se ganen la vida: "Por eso les digo: no se inquieten por su vida, por lo que han de comer y de beber; ni por su cuerpo, qué han de vestir. ¿No es la vida más que el alimento y el cuerpo más que la ropa? Miren cómo las aves del cielo no siembran, ni siegan, ni encierran en graneros, y sin embargo, el Padre celestial las alimenta. ¿No valen ustedes más que ellas?" (Mateo 6, 25-26).

La tendencia general del sermón es contradecir nuestros instintos sobre la manera en que debemos vivir en el mundo. ¿Por qué Jesús quería que fuéramos contra la naturaleza humana? Yo no creo que quisiera eso. Por el contrario, él quería que nos transformáramos, es decir, que fuéramos más allá del yo más bajo y sus necesidades impulsadas por el ego. El Sermón de la Montaña y casi todas las enseñanzas del Nuevo Testamento apuntan a una existencia superior que sólo se materializa en el conocimiento de Dios, un estado de conciencia en unión con lo divino.

En cuanto a la fe, el cristianismo le dio la espalda a una llamada muy radical a la transformación. La ética protestante del trabajo contradice descaradamente la enseñanza de Jesús de no planificar de antemano ni preocuparse por el futuro. Si el catolicismo está tentado de sentirse complacido porque los protestantes desobedecen a Cristo, ¿cómo hacen para vivir con las líneas más famosas del sermón? "Ustedes han oído que se dijo: 'Amarás a tu prójimo y odiarás a tu enemigo'. Pero yo les digo: amen a sus enemigos y recen por los que los persiguen, para que sean hijos de su Padre que está en los cielos" (Mateo 5, 43-45). Si el catolicismo se hubiera tomado eso a pecho, la historia mundial no habría conocido ni la inquisición ni las cruzadas.

Lo de amar al enemigo me recuerda una historia de la segunda guerra mundial que siempre me emociona hasta las lágrimas. Los nazis hicieron prisioneros a monjas y monjes jesuitas y los enviaron a los campos de concentración, junto a los judíos, gitanos y homosexuales. Una de las monjas fue sometida al horror y perversión de los experimentos médicos asociados con el doctor Josef Mengele, el temido "ángel de la muerte" de Auschwitz. Quien se ocupaba de las torturas era una mujer, una de las enfermeras de Mengele. Víctima del sufrimiento extremo, la monja sabía que estaba a punto de morir y, como último acto, se sacó el rosario del cuello. Se lo dio a la enfermera, que, desconfiada, retrocedió y le preguntó qué estaba haciendo. La monja respondió: "Es un regalo. Acéptelo, junto a mi bendición". Ésas fueron sus últimas palabras antes de morir.

Ella fue un ejemplo vivo de "no hacer frente al malvado" y, en pocas palabras, nos dice que las principales enseñanzas de Jesús dependen de una conciencia superior. Pocos podrían responder con compasión a la maldad profunda, intencionada, a menos que, como en el caso de esta monja, la compasión se hubiera convertido en parte de nuestra naturaleza. Además, esa compasión debe reemplazar todo lo que no sea compasivo, esos instintos que nos obligan a resistir y maldecir la maldad y luchar contra ella cuando toca nuestra vida.

Jesús fue el producto de la transformación y quería que los demás también lo fueran. Sin ese proceso, sus enseñanzas no son solamente radicales, sino impracticables (a menos, claro, en esos momentos privilegiados cuando nos encontramos actuando con más amabilidad, más cariño y menos egoísmo de lo habitual).

Entonces, ¿cuál es el camino que trazó Jesús? Hay partes que ya nos resultan familiares. Jesús les dijo a sus discípulos que oraran. Les pidió que confiaran en Dios. Debían tener fe para obrar milagros. Su actitud hacia el mundo sería de paz y amor. Millones de cristianos siguen tratando de vivir según esos preceptos; aun así, tiene que faltar algo crucial, porque no vemos que se haya producido una transformación a gran escala en la naturaleza humana de los cristianos. Los cristianos parecen tan inclinados como el resto de nosotros a ser poco cariñosos, violentos, egoístas e intolerantes, con la diferencia de que están tentados de usar su religión para justificar su comportamiento. (En eso no están solos: todas las religiones organizadas crean una ética que disfraza las flaquezas humanas con una retórica de pretendida superioridad moral.)

La clave que falta

El camino que trazó Jesús esconde mucho más, y gran parte pasa inadvertida porque su enseñanza no se ha visto a la luz de una conciencia superior. Entrar en el Reino de Dios no quiere decir esperar la muerte y luego unirse a Dios, sino que es un acontecimiento interno aquí y ahora por el cual la naturaleza humana se convierte en algo más elevado. El Sermón de la Montaña apunta a un mundo transformado que depende de que cada persona siga los consejos de Jesús. Volverse hacia dentro suena familiar —todas las tradiciones espirituales lo exigen—, pero, ¿qué hacemos cuando llegamos ahí dentro? Ésa es la clave que falta. En líneas generales, el proceso de transformación sigue siendo el mismo que cuando Jesús estaba vivo.

Paso 1: Cambiar de percepción. El Sermón de la Montaña se extiende a lo largo de tres capítulos del evangelio de Mateo y toca varios temas. Sin embargo, en todo el sermón, Jesús vuelve una y otra vez al mismo principio general: la realidad de Dios es lo contrario de la realidad material. Por eso los mansos recibirán la Tierra, por eso no hay que resistir al mal, por eso tenemos que amar a nuestros enemigos. Hace falta un cambio de percepción para ver eso, el mismo cambio que hizo Jesús para llegar a la unidad con Dios.

Paso 2: La Providencia de Dios es para todos. Cuando dice que los primeros serán los últimos, Jesús no se refiere al mundo material, sino a la acción de gracias. La piedad, como la lluvia, es para los justos y los injustos por igual. Las aves del cielo y los lirios del campo no son humanos, pero se benefician de la Providencia y, si pensamos que tenemos que luchar para sobrevivir, no conocemos a Dios. Al estar en todas partes, Dios se hace sentir en todas partes (de más está decir que "él" y "ella" son intercambiables cuando hablamos de Dios y que ambos son inadecuados para describir lo divino, que no tiene género).

Paso 3: Ir más allá de las apariencias. El enemigo parece ser tu enemigo, pero, a los ojos de Dios, el enemigo y uno están unidos por el amor. Para darse cuenta de esa igualdad divina, uno debe ver más allá de las burdas apariencias. El sermón apunta constantemente al nivel del alma, lejos de lo físico.

Paso 4: Aceptar el amor de Dios. Todo el tiempo, Jesús busca dar a sus seguidores la seguridad de que no están solos ni abandonados. No tienen que pelear por satisfacer las necesidades de la vida porque son personas amadas. Como hijos de Dios, no se les puede negar nada.

Paso 5: Ver con los ojos del alma. Para vivir de otra manera, hay que aprovechar las oportunidades de cambiar. Ver el mundo a través de viejas expectativas y creencias no hace más que reforzar la falsedad. De un plumazo, Jesús descarta todas las opiniones recibidas, aun cuando fueron dadas a los hombres como las leyes de Moisés. Él quiere que veamos con otro tipo de atención, un tipo de atención que viene del alma.

Con palabras como "percepción" y "atención", estoy poniendo énfasis en la manera en que cambia la realidad no sólo por las acciones que ocurren en el mundo material, sino por las acciones que tienen lugar en el interior. Cuando Jesús predicó que el reino de los cielos está en el interior, se refería a la mente (o conciencia). Cuando predicó que nadie puede servir a dos señores, sino que debe elegir entre Dios y Mammon, quería decir que las cosas del mundo material —riqueza, estatus, familia, poder y posesiones— son completamente diferentes de las del espíritu.

El Nuevo Testamento no fija una manera sistemática de entrar en el reino de los cielos, por lo que tenemos que recurrir a la gran sabiduría tradicional, tanto oriental como occidental, para llenar las lagunas. En casi todas las tradiciones, e implícitamente en el cristianismo, la realidad está dividida en tres niveles: el material, el espiritual y el divino.

El *mundo material* es el ámbito del cuerpo y de todas las cosas físicas. Aquí, damos al césar lo que es del césar; es decir, pagamos el precio, cualquiera que sea, de la existencia diaria. Como este nivel de la realidad está dominado por el deseo de las buenas cosas en la vida, la búsqueda de dinero, estatus, poder y posesiones, nos pone al servicio de un dios falso, simbolizado por Mammon.

El *Reino de Dios* es el mundo espiritual, donde todo lo que se aplica al mundo material se pone patas arriba. La realización no es una meta lejana, sino algo dado. Los hechos se rigen por leyes espirituales, y ya no existen las limitaciones físicas. A veces Jesús llama a este nivel de realidad el cielo y dedica mucho tiempo a convencer a la gente de las recompensas que brinda. En el cielo, todos serán amados; el trabajo incesante tendrá fin; hay un banquete ya preparado para los pobres y débiles. En el cielo, se borran todas las desigualdades porque ya nadie es persona: todos son almas.

Dios, o *el Absoluto,* es el origen de la realidad. Trasciende el mundo material pero, al ser infinito e ilimitado, el Absoluto también va más allá del cielo. Cristo describe una "paz que sobrepasa todo entendimiento", es decir, que ni siquiera la mente puede llegar ahí; la realidad de Dios es inconcebible.

Los tres niveles se intercalan entre sí. El mundo material, el Reino de Dios y Dios mismo están presentes en este mismísimo momento en uno y fuera de uno. Creer que uno existe sólo en el mundo material es un tremendo error, que Jesús vino a corregir. Él ofreció la salvación, que abre la puerta a las dos dimensiones que faltan en la vida: el mundo espiritual y el origen de la realidad. La razón por la que Jesús hace que eso parezca tan fácil ("Llamen y se les abrirá la puerta") es que las dos dimensiones siempre estuvieron aquí. Sólo que nosotros nos equivocamos al creer que no.

La salvación tiene un beneficio práctico. Cuando uno se da cuenta de que el mundo material está bajo el control de Dios, deja de luchar contra los obstáculos que pone la vida. Resulta que el mundo material no es la causa de nada: es el efecto. Recibe sus señales del ámbito espiritual. Cada uno de nosotros recibe impulsos del alma, y nuestros pensamientos y acciones existen para llevar esos impulsos a la práctica. Como lo hacemos de manera imperfecta, la vida se vuelve una mezcla de placer y dolor. El alma sólo quiere lo bueno para nosotros, pero eso únicamente podría ocurrir si el Reino de Dios viniera a la Tierra, precisamente aquello a lo que aspiraba Jesús.

Aunque los tres niveles de la realidad están siempre presentes, las personas tienen que elevarse a un estado de conciencia superior para abarcar los tres. Cuando Jesús dijo "el Padre y yo somos uno", señaló que para él era lógico ver todo al mismo tiempo. ¿Qué veía Jesús? Una especie de cascada que empezaba con Dios, caía hasta el reino de los cielos y, después de filtrarse por el alma, llegaba a su destino final, en el mundo material.

Para que se entienda mejor, tomemos por ejemplo la felicidad. La mayoría de las personas cree que las cosas externas dan felicidad o por lo menos la desencadenan. Un automóvil nuevo sin abolladuras nos hace más felices que un viejo cacharro con las puertas hundidas. A más dinero, más felicidad por el placer que el dinero puede comprar. El placer constante, aunque inalcanzable, sería un estado perfecto.

Sin embargo, Jesús nos enseñó que la felicidad en la Tierra es un burdo reflejo de la felicidad espiritual. La felicidad va perdiendo intensidad cuanto más nos alejamos de Dios. Dios es pura dicha, una especie de éxtasis infinito que nada puede disminuir ni modificar. Esa dicha pura va cayendo como cascada hasta el reino de los cielos, donde el alma también es estática, pero hay que disminuir la dicha de Dios para que la experimenten los seres humanos. Así, la felicidad que mana del alma se vuelve condicional. Cuando la dicha de Dios llega al final del viaje en el plano material, creemos por error que la felicidad va y viene. Parece frágil y propensa a cambiar. Podemos perder la felicidad cuando las cosas que nos rodean salen mal y ya no percibimos su verdadero origen.

El viaje a casa

Como tenía los ojos abiertos al origen de todo, Jesús veía la realidad tal cual es: una manifestación constante de Dios. ¿Por qué algo es verdadero o bello o poderoso? Porque Dios contiene la Verdad, la Belleza y el Poder. De poco sirve saber esto intelectualmente. La experiencia lo es todo y, por lo tanto, Jesús ofrecía esas experiencias una y otra vez. Obraba milagros para mostrar lo incorpóreo que era en realidad el mundo. No se cansaba de invertir las reglas de la vida con el propósito de que la gente supiera lo que era el cielo.

Aun así, todas sus enseñanzas estaban puestas al servicio de un objetivo primordial: encontrar el camino de regreso a casa. Para sus primeros seguidores judíos, la historia espiritual de los seres humanos había sido un largo exilio. Adán y Eva fueron desterrados del paraíso. Los hijos de Israel estuvieron exiliados en Egipto y cautivos en Babilonia. Sin embargo, todas esas catástrofes eran simbólicas: representaban olvidarse del alma y apartarse de la divinidad. En términos más simples, Jesús ofrecía el cielo como hogar y a Dios como el Padre que da un banquete porque está feliz de que todos sus hijos pródigos regresen a casa.

Jesús sabía que los hijos perdidos de Dios no encontrarían el camino a casa con una dosis de metafísica, así que se puso de ejemplo de alguien que era completamente físico y espiritual a la vez: la unión de Dios, el alma y un ser humano mortal en uno solo. Jesús no se limitó a traer la luz de Dios a la Tierra; él mismo era la luz. ("Si no les molestara tanto a los cristianos, le llamaría 'gurú', que en sánscrito quiere decir 'que disipa la oscuridad'"). Cuando Jesús proclamó que nadie podía entrar en el Reino de Dios si no era a través de él, no se refería a una persona histórica aislada nacida en Nazaret en el año 1 de la era cristiana. Todos los usos de "yo" que hizo Jesús en los evangelios deben interpretarse como Dios, alma y ser humano, no porque Jesús fuera único, sino porque la realidad en sí funde a los tres. (Así, cuando dijo "antes de que Abraham naciera, Yo soy", Cristo señalaba, a su manera, la eternidad como su origen fundamental.)

Ahora tenemos una idea mucho más clara del camino que recorrió Jesús y el que quiere que recorramos nosotros. Nuestra meta consiste en alejarnos del plano material, dejar que nos guíe el alma y, en última instancia, volver a unirnos con nuestro origen, que es Dios. Renunciar al mundo, en el sentido de dejar de perder tiempo con él, no tiene nada que ver con ese camino, como tampoco tiene nada que ver la piedad ni vivir una vida religiosa con ostentación para parecer mejores que los que no lo hacen. Jesús se reía de esas apariencias y rechazaba a la casta de sacerdotes profesionales que eran los fariseos y los saduceos, a los que tildaba de hipócritas porque conocían todos los detalles de la letra de la ley divina pero nada de su espíritu. Por no mencionar que, como todos los sacerdotes, los fariseos ganaban más estatus y poder manteniendo a la gente alejada de la salvación. Proteger su posición privilegiada significaba más que mostrarle a alguien el camino que podía recorrer por sí solo sin recurrir a las autoridades religiosas.

Yo creo que el diagnóstico de Jesús, que ahora tiene dos mil años, es tan válido hoy como siempre. Encontrar el camino de regreso a casa es el centro de la existencia espiritual; es más, de la existencia misma. Entonces, ¿cómo lidiamos con la separación que nos hace sentir abandonados por Dios y aislados de nuestras propias almas?

Trascendiendo encontramos a Dios

Jesús enseñó a sus discípulos que si encontraban primero a Dios, encontrarían todo lo demás. Ése es el indicio más claro de que Jesús no apuntaba a una figura paterna sentada en un trono, sino al origen de la realidad. Ese origen no se puede encontrar con los cinco sentidos ni traer a la conciencia como si fuese un recuerdo. El único camino es el de la trascendencia, es decir, "ir más allá".

Según la tradición cristiana, hay muchas formas de ir más allá, y los creyentes de hoy siguen practicándolas. Hacer buenas obras y ser caritativo van más allá del egoísmo. Rezar por que se solucione un problema equivale a entregárselo a Dios y, así, va más allá de nuestros propios esfuerzos. La vida de un monje sacrifica todas las preocupaciones materiales, yendo más allá de toda gratificación que pudiera satisfacer el ego y su infinito caudal de deseos.

Sin embargo, dudo que Jesús haya tenido en mente formas tan limitadas de trascender, porque ninguna de ellas altera la realidad. Dios se esconde como detrás de un velo. No habla, así que está oculto por los pensamientos que ocupan nuestra mente, que nunca dejan de hablar. Entonces, la trascendencia significa superar los cinco sentidos y la actividad constante de la mente. Aquí es donde se divide el mundo espiritual, ya que Occidente, con la fuerte influencia del cristianismo, prefiere la contemplación de la naturaleza divina de Dios, mientras que Oriente, con el legado de las antiguas tradiciones espirituales de la India, se inclina por la meditación.

No obstante, no tiene por qué haber una diferencia tan tajante entre estos dos modos de trascender. Tanto en la meditación como en la contemplación, la mente hace dos cosas: se tranquiliza y amplía más allá de los límites cotidianos. Eso se logra tomando un pensamiento o una imagen y dejando que la mente experimente estados cada vez más exaltados de sí misma. En la meditación mántrica, por ejemplo, el sonido del mantra se va volviendo cada vez más suave hasta que deja lugar al silencio. En la contemplación cristiana de una imagen, digamos, el sagrado corazón de María, la imagen también se desvanece y adquiere un significado emocional muy sutil. La meditación tiende a ser más abstracta, ya que el mantra no tiene significado, mientras que la contemplación se centra en el amor, la compasión, el perdón o alguna otra característica de Dios.

A mucha gente le sirve una forma de meditación menos abstracta, como la siguiente, que se centra en el corazón. Siéntate, quieto, con los ojos cerrados. Deja que la atención vaya al centro del pecho y, sin hacer ningún esfuerzo, que la mente se concentre en el corazón. Es probable que surjan sentimientos e imágenes y, cuando eso pase, trata con delicadeza de volver la atención al pecho. No fuerces nada; no te resistas a ninguna emoción ni sensación que pueda surgir. (Evita tratar de imaginarte el órgano del corazón o detectar los latidos: no estamos hablando de eso, sino de un centro sutil de energía.)

Al principio, este tipo de meditación no llevará al silencio y quizá ni siquiera a la tranquilidad. Todo depende del estado del corazón, el centro, que en la mayoría de las personas alberga muchos conflictos. Van a resurgir recuerdos ocultos; querrán salir emociones reprimidas. Deja que suceda. La experiencia no tardará en cambiar cuando te contactes con el corazón como centro de afecto y amor. Cuando entras en el corazón, lo que buscas es la sensibilidad. Cuanto más sensible es la experiencia de la meditación, más cerca llegarás al silencio. Con el tiempo, sin embargo, también trascenderás el silencio y se abrirá la puerta a una presencia invisible. Esa presencia no está muerta; por el contrario, está más que viva, y cuanto más te sientes con ella, más expresará los atributos de Dios. El amor y el afecto son sólo dos. Además, Dios es fuerte, poderoso, sabio, infinito, eterno y sin principio ni origen. Tu meta consiste en encontrar el origen de todas esas cualidades dentro de ti y, a la larga, llegar a encarnarlas.

Las semillas de la vida terrenal se plantan en el cielo

Si uno ya estaba en unidad con Dios —el final del viaje espiritual—, quedarse sentado, inmóvil, dentro del propio ser sería la realización plena, no porque uno se haya escapado de este mundo en un globo aerostático, sino porque el Absoluto, por ser el origen de todo, contiene la realización de todos los deseos. Cuando el padrenuestro dice "tuyo es el reino, el poder y la gloria", las palabras indican el lugar de donde proviene toda la energía, la dicha y la creatividad.

Pero la trascendencia tiene muchas gradaciones y nos permite experimentar el nivel sutil de la realidad, el plano del alma. A diferencia del nivel del Absoluto o Dios, en este nivel de conciencia hay imágenes, pensamientos y sensaciones que pertenecen directamente a la vida cotidiana. Enamorarse a primera vista, por ejemplo, es como una transmisión directa desde este reino sutil, así como conocer de pronto la verdad de una situación o encontrar, de la nada, una solución brillante a un problema cuando han fracasado otras maneras de resolverlo.

Ésos no son más que ejemplos aislados. El reino sutil en su totalidad está en cada uno de nosotros. Aquí, las cosas más deseables de la vida —amor, creatividad, verdad, belleza y poder— están plantadas en forma de semillas, esperando crecer una vez que entren en el mundo físico. Para despertar a esas semillas, uno puede practicar la acción sutil, es decir, la acción al nivel del alma. Quizá eso suene esotérico, pero piensa en cualquier cosa que busques con avidez y que traiga plenitud y un sentido de alegría y felicidad y verás que tiene los siguientes elementos:

❖ Amor y entusiasmo
❖ Optimismo

❖ Deseo de alcanzar una meta
❖ Atención centrada
❖ Inmunidad ante las distracciones
❖ Energía espontánea
❖ Sentido de realización
❖ Ausencia de resistencia, tanto dentro como fuera

Podemos llevar esas cualidades a cualquier objeto de deseo: la búsqueda de la persona amada, el preciado proyecto de investigación del científico, el sueño del jardinero de cultivar las mejores rosas del país. Ninguna de esas actividades empieza en el plano físico, sino que empiezan como semillas en la mente. Por otro lado, las actividades que no continuamos, que nos aburren fácilmente o que carecen de impulso suficiente para llegar a algo son como semillas improductivas. No basta con recibir una señal del alma: hay que cultivarla e integrarla a nuestra vida.

Estamos hablando de acciones sutiles. Puedes aplicarlas a tu viaje espiritual con la misma facilidad con que las aplicas a tus seres queridos, tu carrera o la final del mundial de futbol, si es el caso. El camino cristiano se puede planificar en forma de acciones sutiles que no son esotéricas, sino más sencillas de entender que los conceptos religiosos tradicionales tales como la gracia y la fe.

Amor y entusiasmo. Encuentra lo que es digno de amar en Jesús o, si prefieres, en María y los santos. Ábrete a la posibilidad de que Dios te ame, de que estás en este mundo para tener todo lo que puede dar un padre amoroso. Aunque tu realidad presente no admita la aceptación incondicional de esta actitud, abre una ventana. El amor es más que un sentimiento que va y viene; es un aspecto permanente de tu propio ser, que empieza en el origen. Estás destinado a participar en el amor porque participas en ti mismo. Ten esa visión en mente. Valora las cosas más hermosas de tu vida, sean cuales sean, como expresiones de amor, dones que te son dados a través de la gracia, no por casualidad ni buena suerte ni porque hayas trabajado mucho para conseguirlos.

Alinéate con la visión de Dios como un árbol cargado de frutos que inclina sus ramas para ofrecerte algunos a ti. O piensa que Dios es el sol oculto detrás de las nubes. No tienes que trabajar para encontrar el sol; lo único que tienes que hacer es esperar a que se disipen las nubes. Con esta visión en mente, es mucho más fácil ser entusiasta en la vida, porque de pronto lo desconocido ya no es aterrador, sino una región de donde vendrá la próxima cosa buena.

Optimismo. Sé positivo en cuanto a tus expectativas. No tienen que ser solamente un estado de ánimo y no deberían convertirse en fantasía. Ten en cuenta que, en el nivel del alma, las semillas de la plenitud son infinitas. Por otro lado, las malas semillas vienen del pasado, engendradas por la memoria. Recordamos que nos hicieron daño y decepcionaron y, manteniéndonos ligados a esos malos recuerdos, seguimos repitiéndolos. El pasado planta malas semillas; la mente las alimenta con miedo e ira.

El optimismo se centra en las buenas semillas, así las alienta a que broten. En sentido estricto, no me refiero al pensamiento positivo. En el pensamiento positivo, hay que sacudir todos los resultados negativos hasta que salga algo bueno. En realidad, las malas semillas dan malos frutos, pero una vez que uno se enfrenta a un resultado que duele o decepciona, se aleja de él y se centra en la semilla de la situación que sigue, que puede ser buena. Nadie es perfecto en esto. En todos germinan malas semillas junto con las buenas. No obstante, con una actitud optimista, uno se recuerda a sí mismo que tiene que inclinarse por las buenas, y ese cambio de atención tiene un efecto poderoso. (Una vez me presentaron a un genio matemático y le pregunté cómo era pensar con su nivel de inteligencia. Para mi sorpresa, me dijo que él casi nunca pensaba. Me pregunté cómo hacía, entonces, para que se le ocurrieran esas soluciones tan intrincadas a los problemas matemáticos. Él contestó: "Pido la respuesta y espero que esté bien. Cuando no estoy haciendo eso, mi mente está generalmente quieta".)

Deseo de alcanzar una meta. Muchas personas espirituales desconfían del deseo —cuando no lo condenan—, pero el deseo puede funcionar a favor de uno en el camino espiritual. Para eso debe estar centrado, así que tienes que tener una meta en mente. (Como me dijo una vez un gurú, "el viento no puede ayudar a las velas si no eliges una dirección hacia donde ir.") Hay demasiadas personas que quieren estar llenas de la luz (es decir, quieren sentir amor, placer, plenitud y cercanía respecto de Dios) sin dar una dirección a esas cualidades. Dios siempre va de un lado para otro, porque no es más que otra palabra para nombrar la creatividad infinita. La génesis tiene lugar en todo momento.

Si quieres tener éxito en el plano espiritual, prepárate para ir de un lado a otro. El sabio indio J. Krishnamurti expresó esta idea con gran hermosura cuando dijo que la verdadera meditación sucede veinticuatro horas al día. Lo que quería decir es que uno debería dedicar las horas de vigilia a la acción sutil, a buscar la manera más elevada de alcanzar cualquier meta. La meditación no es éxtasis. El deseo silencioso, íntimo, tiene un poder enorme, en especial el poder de la intención. Enfoca tu mente hacia una meta y mantén la concentración, pidiendo que la realidad se despliegue de la manera más satisfactoria. Después, relájate y observa qué pasa. Entregar incluso un deseo ínfimo a Dios te permite aprender que la plenitud no necesariamente depende de una lucha impulsada por el ego. Para la mayoría de nosotros, es bueno parar por lo menos una vez al día y resistir conscientemente la necesidad de interferir. Aléjate de la situación —puede ser cualquier cosa respecto a la cual sientas resistencia y obstáculos— y fíjate si la conciencia superior puede darte una solución espontánea. Una vez que hayas logrado tus primeras victorias, usar la misma técnica no te costará nada y, con el tiempo, se transformará en una forma de vida.

Atención centrada. Por derecho propio, sin ningún deseo en mente, la atención centrada es una de las fuerzas más poderosas de la mente. Es el fertilizante que hace brotar las semillas del alma. "Semilla" no es más que un recuerdo verbal; de lo que hablamos en realidad es del potencial de que un impulso sutil salte al mundo físico y empiece a crecer. Antes de que surja cualquier trozo de materia —un árbol, una casa, una nube o una cadena montañosa—, los átomos existen como potencia pura. Ese estado invisible, inmóvil, despúes "entra en calor" hasta convertirse en vibraciones leves, y esas vibraciones adquieren dimensiones físicas. (En física, el paso de una partícula invisible o "virtual" a un electrón visible se conoce como el "colapso de la función de onda", proceso básico por el cual se manifiesta el universo visible, desapareciendo y volviendo a aparecer miles de veces por segundo.)

Lo mismo se aplica a los acontecimientos futuros de tu vida. Hay un número infinito de hechos que son pura potencia. Desde esa reserva ilimitada, sólo un determinado número de posibilidades llega al estadio de semilla, que es una vibración. Están esperando entre bastidores para salir al mundo físico. Eso pasa cuando diriges tus pensamientos hacia una posibilidad y dices: "Sí, te elijo a ti". Todo lo que ha adquirido importancia para ti en la vida ha seguido ese camino de transformación de la potencia invisible al hecho en su máxima expresión. Por lo tanto, cuanto más centrada la atención, más hábil serás para activar las posibilidades que no se ven (habilidad conocida en la tradición india del yoga con el nombre de "concentración en un solo punto").

Inmunidad ante las distracciones. Una segunda habilidad que va de la mano de la atención centrada es la de no distraerse. Cuando estás enamorado, la destreza viene con bastante naturalidad. No sólo quieres dedicar todos y cada uno de tus pensamientos a tu ser amado, sino que el mundo exterior se vuelve neutro y poco interesante. Evitar las distracciones no cuesta nada. En las cuestiones espirituales, la principal distracción es el ego. Al estar enraizado en el mundo físico, el ego deambula por todas partes, consumido por deseos efímeros. Va de un lado para el otro, llevado por el miedo y la expectativa. Se pierde en fantasías y alberga resentimientos de raíces profundas.

Nunca está de más subrayar la capacidad del ego de llamar la atención. Después de todo, el mundo físico es infinito en su diversidad; los cinco sentidos nunca dejan de traer agua nueva al molino. Es imposible convencer al ego de que no se deje llevar por sus exigencias constantes de atención, placer, egocentrismo, éxito y victoria; por eso, de nada servirá oponer resistencia. Se trata de un adversario al que hay que hacer desaparecer poco a poco. ¿Y cómo se logra? Con la satisfacción más elevada de la paz interior, el amor, la calma y la plenitud, que no necesita ir detrás de objetos del mundo físico. Sólo la transformación apacigua el ego y lo pone en su lugar. La mejor actitud que se puede adoptar mientras se desarrolla este proceso es la paciencia, porque poco a poco, a medida que vayas experimentando la transformación, el ego irá perdiendo fuerza. Ten presente que "yo, mi y mío" no son las únicas formas de ver la vida. Puedes sentirte realizado viviendo más allá del ego y eso es lo que pasará con el tiempo.

Energía espontánea. La espiritualidad no tiene que ver con tratar; tiene que ver con lo que los budistas llaman "no hacer". Jesús expresó la misma idea cuando predicó que la vida no es algo por lo que haya que preocuparse. El famoso pasaje del Sermón de la Montaña sobre las aves del cielo y los lirios del campo era un ejemplo de cómo se revela la naturaleza espontáneamente. La vida fluye; se despliega sin necesidad de luchar. La energía viene sin esfuerzo.

De niño, arrastrabas los pies cuando ibas al dentista y te agotabas si te asignaban tareas que no eran de tu agrado, como cortar el césped. Pero cuando jugabas, tenías energía ilimitada. Jesús tiene ese último estado en mente. Quiere que la gente deje de preocuparse y luchar, porque ésas son las peores formas de estar en el mundo: la lucha viene de la separación, la falta de capacidad para dejar que la Providencia haga lo que quiera. Así, cuando sientas energía espontánea —y no hasta entonces—, enfréntate a los desafíos de la vida. Si, por el contrario, te sientes aburrido, agotado, exhausto, estresado o simplemente con poco entusiasmo, detente y repón energías. En este sentido, la forma espiritual de vida también es la más práctica, porque se vale de la fuente de energía espontánea. Si tienes el valor de vivir la vida que quieres, mucho mejor.

Sentido de realización. Quizá sea parte de la ética protestante del trabajo posponer la gratificación, y la fábula de Esopo augura penurias para la cigarra y fortuna para la hormiga. Pero Jesús tenía una visión diametralmente opuesta. La vida no espera la plenitud de mañana. Expresa la plenitud de hoy. En el estado de separación, esto suena a delirio. Por lo tanto, como recordatorio de que la manera que exige el mundo no es la misma de Dios, resiste el impulso de controlar, planificar, posponer y acaparar.

Todas esas actividades hacen que el tiempo se convierta en tu enemigo. Dios es eterno, y tú también. Lo eterno no espera nada. No se resigna a lo aburrido de hoy con la esperanza de un mañana prometedor. Habría que aprovechar todas las oportunidades de satisfacción. Cuando ves algo hermoso, valóralo. Cuando sientes un impulso amoroso, dile algo a la persona que amas. Sé generoso todas y cada una de las veces que puedas. No reprimas ningún impulso bueno. Tal vez temas excederte y desperdiciar demasiado, pero esos sentimientos nacen del miedo. En la realidad de Dios, cuanto más des de ti —en forma de sentimientos, generosidad, expresión personal, bondad, creatividad y amor—, tanto más recibirás.

Ausencia de resistencia, tanto dentro como fuera. Y después está el Adversario. Tienes que tener en cuenta esas fuerzas invisibles que se resisten a Dios, que niegan la realización y extinguen el amor. No hay necesidad de atribuir esos obstáculos al demonio ni a un destino maligno. La verdad es que los seres humanos están enredados en el dramatismo del bien y el mal, la luz y la oscuridad. La oposición alimenta la creación, hay que reconocerlo. Pero reconocerlo es muy distinto de sentirse obligado a combatir la oscuridad, ya sea interior o exterior. Somos tan adictos a la lucha, por no mencionar la guerra y la violencia, que apenas registramos la enseñanza de Jesús que dice "no enfrenten al malvado". Sin embargo, el mal presenta una resistencia enorme; es inútil adoptar la misma táctica.

En todos los casos, la actitud espiritual es aceptar y decir sí. Las semillas del alma crecen en direcciones misteriosas. No se puede saber con anticipación cuándo un obstáculo pasajero viene por bien futuro. La frase "todo pasa por algo" es un buen recordatorio de eso. Y, no obstante, el dolor y la angustia no son aceptables; no tendrías que resignarte a que te nieguen eso que deseas con todas tus fuerzas. Por lo tanto, decir sí y no oponer resistencia no se pueden tomar como reglas inquebrantables. De más está aclarar que, en último caso, esas reglas se olvidan, y surgen esas situaciones en las que la gente pelea, lucha y practica la violencia. Y cuando se vence al mal, por muy pasajera que sea la victoria, prevalece algo bueno, quizá Dios.

Aun así, la manera elevada de vivir es no oponer resistencia, ver si se puede buscar una alternativa pacífica. Eso lleva a una guía general que resume gran parte de lo anterior. En cualquier situación, cuando te encuentres actuando de cierta manera, observa lo que está pasando y hazte estas tres preguntas:

¿Me siento realizado y feliz actuando de esta manera?

¿Me resulta fácil actuar así?

¿Me ha dado los resultados que esperaba?

Por simples que suenen, estas preguntas encierran gran parte de las enseñanzas de Jesús. Dios pretende que nuestra vida avance sin complicaciones; quiere que experimentemos la realización plena; pretende que las semillas del alma florezcan con la misma naturalidad que la hierba del campo.

En distintos momentos evalúa tu existencia con el mismo parámetro. La vida es demasiado compleja para

dominar una situación cada vez. El futuro se despliega demasiado inesperadamente como para que haya un
ensayo. Así que tienes que desarrollar la capacidad para
vivir aquí y ahora, y la capacidad más grande viene del
nivel del alma. La realidad cae como una cascada desde lo
divino a lo terrenal y, a pesar de eso, por algún milagro,
incluso lo terrenal es divino. El mismo milagro trae alegría al valle de las lágrimas e inmortalidad a la sombra de
la muerte. No es fácil sacar uno del otro. Entonces, constantemente necesitamos maestros inspirados como Jesús.
Sería una pena que nos mostraran tan sublime verdad y
que nosotros no la aprovecháramos en todo momento.

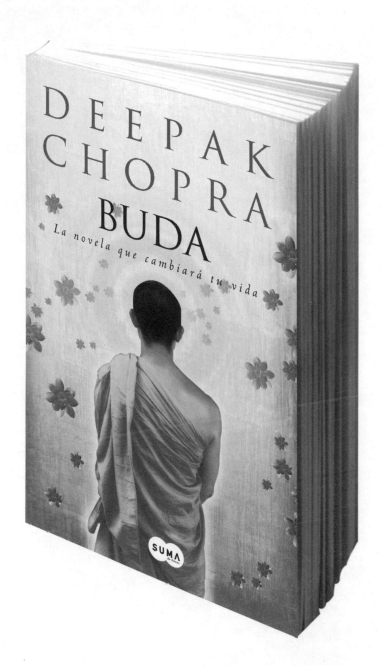

Se terminó de imprimir en mayo de 2009, en EDAMSA
Impresiones, S.A. de C.V., Av. Hidalgo 111, Col. Fraccionamiento
San Nicolás Tolentino, Del. Iztapalapa, C.P. 09850, México, D.F.